MOORLICHTER

NICOLA FÖRG

MOORLICHTER

Kriminalroman

emons:

Bibliografische Information der Deutschen Nationalbibliothek
Die Deutsche Nationalbibliothek verzeichnet diese Publikation in der Deutschen Nationalbibliografie; detaillierte bibliografische Daten sind im Internet über http://dnb.d-nb.de abrufbar.

FSC
www.fsc.org
MIX
Papier | Fördert gute Waldnutzung
FSC® C083411

Umschlagmotiv: lookphotos/Andreas Strauß
Umschlaggestaltung: nach einem Konzept von Leonardo Magrelli und Nina Schäfer
Umsetzung: Tobias Doetsch
Gestaltung Innenteil: DÜDE Satz und Grafik, Odenthal
Lektorat: Dr. Marion Heister
Druck und Bindung: CPI – Clausen & Bosse, Leck
Printed in Germany 2024
ISBN 978-3-7408-2213-2
Originalausgabe

Dieser Roman wurde vermittelt durch die Literaturagentur Agence Hoffman GmbH, München.

Für Petra Diener.
Die Guten gehen zu früh …

Never judge a book by its cover.

Prolog

Dieses Buch gehört Elvira Lutz.

Oktober 1960
Liebes Tagebuch, heute waren sie wieder da. Der Hiasl, die vorwitzige Lore, der Max, die Gudrun und der Matthäus. Sie klopfen ans Fenster, glotzen rein und rennen dann weg. Bruni meint dann immer, die wollen sie abholen. Bruni versteht nicht, dass niemand sie abholen will. Es ist eine Mutprobe, bei uns zu klopfen und wegzurennen. Die Kleinen aus meiner Klasse kommen auch immer. Gestern haben sie dann auch noch mit einem Stock »Hasenhexe« in den Staub geschrieben. Bruni ist keine Hexe. Und kein Hase. Der Vater war wieder sehr wütend, es hat eine Schelln gegeben, weil ich die nicht vertrieben habe. Wie soll ich die alle vertreiben? Heute haben wir über 1918 gesprochen und warum es einen Krieg gab. Der Lehrer hat uns Bilder der Männer gezeigt. Kaiser Wilhelm, er sagte, der wäre ein unvorsichtiger Redner und Säbelrassler gewesen. Der Kaiser von Österreich uralt, der König von England hasst seinen deutschen Vetter. Und der Zar von Russland lässt sich zu stark beeinflussen. Aber wenn das so war, warum haben die Menschen nichts daraus gelernt? Und das sind große, wichtige Männer, wenn die schon nicht klüger sind? Wie soll es im Dorf besser sein? Alle gehen Bündnisse ein, und manche passen doch gar nicht zusammen. Der Max ist eigentlich ein Ruhiger, aber er macht auch mit. Ist das in der Welt draußen auch so?

EINS

Montag

»Gerhard?«

Gerhard Weinzirl musste sich über sich selber wundern. Er hatte wohl im Halbschlaf sein Handy genommen, auf die richtige Taste gedrückt und es sogar richtig rum ans Ohr gehalten.

»Weinzirl? Bist du da?«

Die Stimme war ihm bekannt.

»Ja, offensichtlich.«

»Ich glaube, du solltest kommen.«

Er setzte sich auf, sein Blick fiel auf den alten Wecker auf seinem Nachttisch. »Jo, bist du wahnsinnig? Es ist Viertel nach fünf.«

Eine dämliche Frage. Jo war wahnsinnig, er kannte sie lange genug, um das sagen zu dürfen.

»Gerhard, ich weiß, wie spät es ist. Das ist es ja. Man muss so früh dran sein.«

Jo schien wirklich aus dem Gleichgewicht zu sein, ihre sonst so selbstsichere Stimme klang brüchig.

»Wer ist man? Und muss früh dran sein?« Er bemühte sich um verbale Neutralität. Auch weil er Jo kannte.

»Sorry. Ich bin echt etwas neben der Spur. Man ist wir.« Sie stockte. »Wir sind die Kitzretter, und da hat man, also wir, eine Drohne, und die findet Kitze.«

Davon hatte er gehört, eine gute Sache, um das Massaker unter den Rehkitzen einzudämmen. Dass Jo so einer Gruppierung angehörte, hatte er nicht gewusst, das passte aber zu ihrem Tierretter-Gen. Und er begann, etwas zu ahnen.

»Da war aber kein Kitz, sondern ein Toter. Viel Blut, also …«

»Jo, ganz ruhig.« Er war inzwischen aufgestanden, gehend konnte er besser denken. Bei ihm war das irgendwie Gedanken-Reflux. Wenn er lag, verstopfte das seine Synapsen. »Jo, ich verstehe dich richtig? Ihr habt einen Toten gefunden, der erstochen wurde?«

»Ich weiß nicht. Ja, wahrscheinlich.«

»Und wo seid ihr?«

»An so 'nem Bichl. Also unten am Eschenbach.«

Klar, das war eine Angabe, als wenn man sagte: unter dem Arc de Triomphe, in der Mitte des Ponte Vecchio, am Eingangsportal der Sagrada Família. Mit der Angabe gab es sofort Bilder. Aber er beherrschte sich.

»Kennst du die B 17 Richtung Trauchgau?«

»Ja sicher.«

»Wenn du da durch Steingaden und weiterfährst, kommt doch der Gasthof links, unter der Straße durch und dann das kleine Teersträßchen.«

Er hatte eine vage Ahnung, was sie meinte. Er arbeitete ja nun schon länger in Weilheim und hatte sich nach und nach mit dem Landkreis Weilheim-Schongau vertraut gemacht. Wie alle war er anfangs der Tücke dieses Konstrukts erlegen, hatte seine Kreise bis hinüber nach Hohenpeißenberg erweitert und war sich dort schon sehr weit weg von Weilheim vorgekommen. Aber seine Fälle hatten ihn eben auch noch weiter westlich gezogen, zu Römern auf dem Auerberg, zu einem bösen Haus und einem ebenso bösen Mann am Abhang desselben. Er hatte festgestellt, dass sogar jenseits des Lechs noch Weilheim-Schongau war, und er wusste zumindest, dass es da ganz im Westen eine Reihe von Gallierdörfern gab, die schnell ans Ostallgäu anstießen. Er war öfter in dieser Region geradelt und mehrfach an den Staustufen und einem gewissen Kaltenbrunner See vorbeigekommen. Er war in einem Café Magdalena eingekehrt, das er auch in guter Erinnerung hatte. Alles in allem war das eine Region, die mit den Bergen am Horizont in jedem Fall sehr idyllisch lag.

»Wir sind an dem Stadl, da stehen die Autos.«

Tolle Beschreibung!

»Jo, kannst du mir die Koordinaten schicken?«

»Ähm, ich weiß nicht.«

»Jo, da wird doch wohl wer sein, der oder die das kann.«

»Warte, ich frag.« Man hörte Stimmen.

»Ja, die Koordinaten kommen gleich. Und Gerhard?«

»Ja?«

»Das ist echt schlimm, also …«

»Jo, alles gut. Wichtig wäre, dass alles so bleibt, wie es ist. Dass da keiner hingeht, du weißt schon. Kannst du das veranlassen? Und habt ihr sonst noch wen angerufen?«

»Nein, ich hab gesagt, ich kenne die Kripo. Dass ich da anrufe. Dass der Mann tot ist, war irgendwie klar.« Sie schluckte.

»Gutes Mädchen, pass auf, ich informiere dennoch eine Streife, die könnte vor mir da sein, schon mal absperren, und ich fliege quasi.«

Er legte auf, flog quasi über seine Jeans, die er, wie sie ihm vom Bein gefallen war, hatte liegen lassen. Hier fehlt eine weibliche Hand, pflegte seine Vermieterin immer zu sagen. Sie hob eher auf seine bildlosen Wände ab und darauf, dass sie fand, eine Behausung könne etwas mehr Interieur vertragen als Bett, Kleiderstange, Couch, Küche und zwei Billy-Regale. Weinzirl warf sich kurz Wasser ins Gesicht und rief Evi an. Die wach klang und so, als könnte sie diese frühe Zeit nicht schrecken. Zehn Minuten später fuhr er bei Evi vor, die auf der Straße stand in einem Anorak, den man auch auf den Himalaja hätte ausführen können.

»Guten Morgen, was ziehst du an, wenn es wirklich kalt ist?«

»Es ist kalt. Es hat acht Grad.«

Weinzirl setzte Evi ins Bild und bat sie auch, die Kollegen in Schongau loszuschicken.

»Aber sag mal«, meinte Evi, nachdem sie telefoniert hatte, »so eine Drohne funktioniert doch nur mit einer Wärmebildkamera. Wenn der tot war, ist da nichts mehr mit Wärme.«

Dieser Einwand hatte etwas. »Der Mord ist womöglich kurz vorher passiert.«

Evi navigierte auch, sie kamen in der Tat an besagten Gasthof, bogen ab und erreichten sehr schnell einen Stadel, wo auch schon ein Polizeiwagen stand.

»Morgen! Wart ihr schon am Ort des …?« Des was?, überlegte Weinzirl noch.

»Nein, mir dachten, mir …«

»Prima. Danke.«

Sie parkten, gingen ein paar Schritte. Da war auch Jo, die fuchtelte. An einem Stadel standen einige Autos, eine Reihe von Frauen waren vor Ort, die teils an den Autos lehnten, zwei hatten kleine Schemel dabei und hockten drauf wie das sprichwörtliche Häufchen Elend. Nebel waberte den Hügel hinab, es war kalt, saukalt für Ende Mai. Das Gras stand hoch, das war der erste Schnitt, nach dem Flutwellen-Frühjahr definitiv auch der erste Termin, an dem Landwirte mähen konnten. Was einige auch schon am Samstag und Sonntag getan hatten, wobei sie ziemliche Riefen in den Boden gezogen hatten. Milchwirtschaft regierte bis heute eine grüne Kulturlandschaft, die so malerisch vor den Bergen lag.

Bei seiner Oma hatte man zweimal im Jahr gemäht, Heu meist im Juni, im September dann den zweiten Schnitt, im Allgäu auch »Omada« genannt. Der Opa war mit einem alten Bulldog mit Mähbalken, später mit Heckmähwerk, sehr langsam über Wiesen getuckert. Die späte Mahd hatte den Kitzen geholfen, die dann schon älter waren und mit der Geiß flüchten konnten. In Weilheim – von hier aus betrachtet war das »drunten« – mähten sie bis zu achtmal Silo, rauschten mit Riesenmaschinen rein in rappelkurze Halme.

»Jo, Morgen!«

Er umarmte sie ganz kurz, Evi tat es ihm gleich. Die anwesenden Damen trugen fast alle wasserabweisende Hosen und Gummistiefel, es gab Thermosbecher mit Kaffee, das schienen Profis zu sein, und bis auf eine, die leise weinte und von einer anderen getröstet wurde, schienen das auch alles eher rustikale Mädels zu sein.

Eine hübsche, schmale junge Frau stellte sich als die Vorständin des Vereins vor, als Bettina oder Betti, sie hatte das Display in der Hand, die Drohne dazu saß ruhig auf einer Alukiste. Ziemlich klein, das Ding, fand Weinzirl.

»Magst du mir kurz sagen, was passiert ist?«, fragte er.

»Wir haben uns um halb fünf bei mir am Haus getroffen, alles Freiwillige. Die Anzeige der Wärmebildkamera funktioniert am besten, wenn die Umgebungstemperatur niedrig ist und sich damit von der Körpertemperatur der Tiere gut unterscheidet. Drum sind wir so früh unterwegs. Heute ist es eh schwierig, ich musste die Drohne zweimal zurückholen, die Linse beschlägt im Nebel.«

»Aber sie hat einen Mann entdeckt?«, fragte Weinzirl vorsichtig.

»Für den Laien sehen die Bilder aus wie eine graue Mondoberfläche. Aber der Profi sieht die weißen Punkte, das sind die Wärmepunkte. Das kann auch mal ein wärmerer Maulwurfshügel sein, wir haben heute auch schon einen Fuchs gefunden, der lag da zusammengekringelt und hat geschlafen. Und dann war da etwas Merkwürdiges. Ich kann auf Vollbild umstellen, und das war ein Mensch. Wir dachten, der schläft halt.«

Schlief man halt einfach mal so auf einem Bichl, also einem bergigen Gupf? Womöglich, weil man besoffen aus einer Wirtschaft oder einem Bierzelt gekommen war? Pissen gewesen war?

»Drei von uns sind hin. Da lag er. So.« Sie hielt ihm ein Handy hin, die Mädels waren cool genug gewesen, ein Foto zu machen.

Und das sah nicht schön aus, gar nicht schön! Der Brustraum war blutüberflutet. Weinzirl teilte Jos Ansicht, dass man das nicht überlebte.

»Was habt ihr dann gemacht?«

»Weggegangen, Jo hat dich angerufen.«

Er nickte Evi zu.

»Wo ist das denn passiert?«

Jo zeigte hügelabwärts. »Da unten. Beim Bach. Die Fläche unter dem einzeln stehenden Bauernhof.«

Wieder eine großartige Beschreibung. Zumal sich die Welt im Nebel verlor.

»Betti, Jo, kommt ihr mit?«

Beide nickten. Sie folgten kurz dem Teersträßchen, da war in der Tat ein Rinnsal, und eine niedergetretene Spur begann.

»Etwa nach dreihundert Metern«, sagte Betti.

Binnen einer Minute war Weinzirls Jeans nass, immerhin waren seine Bergschuhe wasserdicht. Das Gras stand teils hüfthoch, eine Schönwetterperiode war angekündigt, Profis mähten am ersten Tag, wo das Wetter noch nicht so gut sein musste, und führten das trockene Heu im Idealfall am dritten oder vierten Tag ein. Sofern das fluffiges Heu werden sollte, bei Silo ginge es schneller, aber Weinzirl bezweifelte, dass man aus diesen langen, starren Stängeln noch Silo würde machen können.

Und mit an die Beine geklatschter Hose stand er dann vor dem Mann. Der lag rücklings im Gras. Der Mann war alt, er konnte alles zwischen siebzig und neunzig sein. Weinzirl tat sich da generell schwer beim Schätzen. Er konnte weder junge Frauen gut schätzen noch alte Männer. Der Mann war groß und massiv, trug eine Arbeitshose, einen Bundeswehrpullover mit Löchern, eine Cordweste darüber, und sein Filzhut war zur Seite gefallen. Der Brust- und Bauchraum sah hier live und in Farbe noch böser aus, es war ein Blutbad. Evi hatte den Mann die ganze Zeit starr fixiert, sie war in die Knie gegangen und betrachtete ihn nun genauer.

»Dieses ganze Blut, das war doch kein normales Messer. Und dann seine Augen«, sagte sie.

Der Mann – und das fühlte sich für Weinzirl komisch an – sah nicht angsterfüllt aus, er hatte keinen Todesschrecken im Blick, er wirkte fast friedlich, was angesichts des Blutes mehr als bizarr erschien. Das Gras war zertrampelt, ob hier ein Kampf stattgefunden hatte oder die Mädels mit dem Faible für Bambis hier herumgestapft waren, konnte er schlecht sagen. Wer hatte hier so gewütet?

Außerirdische waren es ja wohl nicht gewesen. Wobei? Der

Nebel begann sich zu lichten, man sah in die Wiese, und überall gab es kleine Krater. Sicher Plätze, wo Tiere gelegen hatten, aber Außerirdische landeten ja im Allgemeinen auch in Wiesen und Getreidefeldern. Weiter oben gab es einen Hof, der sich nun aus dem Nebel herausmanifestierte. Das musste ja eine Traumlage sein!

Weinzirl fasste in die Brusttasche der Weste, und da war ein Portemonnaie, das mindestens so alt war wie der Mann. Der verbeulte Ausweis darin identifizierte den Mann als Sebastian Adam Mair, er wäre in drei Tagen achtzig geworden. Diese Fete würde entfallen.

»Sieh mal«, sagte Evi plötzlich. Sie zog ein Messer aus dem tiefen Gras. Es war merkwürdig geformt. »Was ist das?«

»Wohl kaum die Tatwaffe«, meinte Weinzirl. Denn das Messer, oder was immer das war, war unbefleckt, und er konnte sich auch nicht vorstellen, dass man damit eine solche Verletzung hervorrufen konnte.

Über die Wiese kam nun ein Arzt, dessen Begeisterung sich auch in engen Grenzen hielt.

»Grad war ich im Altenheim einen Totenschein ausstellen, ich wollte heim, einen Kaffee trinken, und nun kommt ihr ange…«

Das »schissen« von »angeschissen« schluckte er hinunter. Er betrachtete den Mann. »Na ja, da war d' Hebamm au nimmer schuld.«

»Nein, aber auch weder Schlaganfall noch Herzinfarkt«, sagte Evi scharf.

Er atmete tief durch. »Ich habe so eine Verletzung noch nie gesehen, merkwürdig. Ein normales Messer war das nicht.«

»Nein, wir haben das hier gefunden«, sagte Weinzirl und hielt die Tüte hoch.

»Kein Blut, kein Nix, das Ding war nicht in der Mannesbrust«, sagte der Arzt.

»Können Sie schätzen, wie lange er hier schon liegt?«, fragte Evi mit gepresster Stimme.

»Drei, vier Stunden?«

»Er wurde von der Wärmebildkamera erfasst. Wenn er aber tot ist …«, hob Evi an.

»Die Körpertemperatur nimmt vom Zeitpunkt des Todes an allmählich ab. Faustregel: pro Stunde etwa ein Grad. Aber die Absenkung hängt auch von den äußeren Umständen ab. Bei zwanzig minus im Schnee geht's schneller als unter dem Plumeau.«

Schönes Wort, dachte Weinzirl.

»Das hat immer mit der Umgebungstemperatur zu tun, ein Leichnam passt sich an. Wie kalt ist es gerade? Zehn Grad etwa? Dann hat er in jedem Fall noch eine höhere Temperatur, die Wärmebildkamera erfasst ihn natürlich.« Er nickte, als gäbe er sich selber recht. »Natürlicher Tod ist es keiner.«

Das war unumstritten, und unumstritten war auch, dass es hier wenig Zeugen geben würde. Ein paar Rehe, den schlafenden Fuchs? Weinzirl hoffte, dass die Rechtsmedizin über diese Stiche mehr würde sagen können. Er überließ das nasse Wiesenterrain den Kollegen, die auf die anrückenden Spurensicherer warten mussten. Er und Evi gingen zurück zu den Damen. Wo ein riesiger Bulldog stand mit Zwillingsmähwerk, und davor ein erboster Landwirt. Die Kollegen aus Schongau hielten ihn gerade so davon ab, loszumähen.

»Aus dem Weg! I fahr eich sonscht übern Haufen!«

»Das werden Sie nicht tun!«, sagte Weinzirl scharf. »Gerhard Weinzirl, meine reizende Kollegin Evi Straßgütl, Mordkommission. Ihr Bichl ist ein Tatort, und ich sage Ihnen, wann Sie hier mähen.«

»Tatort?«

»Ja, der Ort einer Tat. Kennen Sie einen Sebastian Mair?«

»Den Sebi?«

»Wenn der bei Ihnen als Sebi firmiert, auch den.«

»Hä?«

»Kennen Sie ihn?«

»Ja, der Mahrer halt.«

Vor einigen Jahren hätte Evi nun reingegrätscht, aber auch sie wusste um die Wirrnis bayerischer Namen, dass der Familienname anders lauten konnte als der Hausname.

»Und, wie war er so, der Mahrer?«, fragte Weinzirl.

»A Choleriker«, sagte der Mann, dem das kleine Wörtchen »war« nicht aufgefallen zu sein schien.

»Sie mochten ihn also nicht?«

»Den mochten die wenigsten.«

»Er liegt nun leider aber tot bei Ihnen da hinten in der Wiese. Eine Idee dazu?«

»Der Mahrer? Tot? Wieso?«

Weil ihm jemand mit einem Stich- oder Schneidewerkzeug oder was auch immer übel zugesetzt hatte, dachte Weinzirl.

»Wann haben Sie ihn zum letzten Mal gesehen?«

»Wois i it. Beim Moser in der Wies, aber wann des war? Vor zwei Wochen am Sonntag vielleicht?«

Mit »der Wies« war in dem Fall die Wieskirche gemeint, der Moser war eine Wirtschaft. Hier ging es primär auch um eine »Wies«, aber um eine grasige, nasse Wiese.

»Was wollte der Mahrer denn in Ihrer Wiese?«

»Des wisst i au gära. Wieder Stäb neihauen.«

»Bitte?«, fragte Evi.

»Der hot mir vor zwei Johr Eisenstäb in den Boden grammt. Hot meine Messer ruiniert.«

»Ich verstehe Sie recht? Herr Mair hat Eisenpfähle in Ihre Wiese gerammt?«

»Also, genau genommen isch des mei Pachtwies. Die ghert dem Mahrer. Aber i hob den Boden vom Sohn pachtet.«

»Und da hat der Senior Eisenstäbe in den Boden gehauen? Warum? War er nicht damit einverstanden, dass Sie gepachtet haben?«

»Des it. I zahl guat. Es war, weil der it wollt, dass i die Kitzretter aruaf. Er freit sich über jeds tote Kitz.«

Das ließ Evi sprachlos zurück, Weinzirl musste sich auch erst einmal sortieren.

»Der Mahrer mag kuine Reach. Der mag gar kui Viech,

des wo nix bringt. Und Reach fressen Gras und verbeißen im Wald.«

Sie waren noch keine dreißig Minuten vor Ort und plauderten schon mit einem Mann, der wohl eher Feind als Freund des Ermordeten war. Aber würde der ihn in der eigenen Pachtwiese meucheln? Gerhard verkniff sich für den Moment die Frage, wo der wackere Landwirt in der Nacht gewesen war.

»Und wegen dem Mahrer kann i it mähen?«, fragte er.

»Momentan nicht. Ich denke, auf Mittag hin aber schon«, sagte Weinzirl. »Und dann ist die Wiese ja auch noch nicht ganz abgeflogen, oder? Die Kitze sind ja womöglich noch drin.«

Er machte eine unwirsche Handbewegung, stieg in seinen Bulldog und fuhr davon.

Die Damen der Kitzrettung waren immer noch da, alle wirkten überfordert. Jo kam näher.

»Und?«

Weinzirl ignorierte die Frage. »Seid ihr die Wiese denn schon komplett abgeflogen?«

»Die schon, aber da wäre noch eine andere, bisschen weiter in Richtung des nächsten Weilers.«

»Dann macht das mal, bevor die Spurensicherung da ist, bevor hier noch mehr Leute auftauchen und alles durcheinanderbringen.«

»Dein Ernst?«

»Sicher, ich vermute keine weiteren Toten in Wiesen.« Aber konnte man da so sicher sein?

»Na dann«, sagte Betti. »Jo und Fritzi, kommt ihr mit?« Sie wandte sich an Weinzirl. »Magst du mitkommen? Dann hast du einen Eindruck.«

»Gern. Evi, du?«

»Ich bleibe hier. Ich warte auf die Spurensicherung, falls die doch früher da sind.«

Sie fuhren nicht weit, parkten. Betti ließ ihre Drohne wieder aufsteigen.

Weinzirl sah der Drohnenpilotin über die Schulter. Die Drohne war so eingestellt, dass sie das ganze Feld in Streifen abflog, und da war ein Punkt, tatsächlich ein Kitz!

»Das liegt dicht am Weg«, wunderte sich Betti.

Jo nickte. »Wir fahren hin.«

Ein Walkie-Talkie ging an diese Fritzi, Jo fuhr den Jeep. Sie stoppten schließlich. Zwei Kisten waren dabei, eine bekam Weinzirl. Im Gänsemarsch ging es durch die immer noch quatschnasse Wiese.

Man hörte Betti im Walkie. »Ich sehe euch jetzt in den Bereich der Drohne eintreten. Das Kitz ist genau vor euch.«

Jo zog Handschuhe an, beim zweiten Paar assistierte die andere junge Frau, fast wie eine OP-Schwester, die der Chirurgin vor der OP zur Hand geht. Die Spannung war auch für Weinzirl greifbar. In die Kiste kam etwas Gras, ein Büschel hatte Jo in der Hand.

»Noch zehn Meter. Noch fünf«, kam es von Betti.

Noch drei Schritte, und Jo hechtete nach vorne. Das Kitz war gar nicht »amused«, es schrie, Weinzirl wunderte sich, dass so ein kleines Tier so meutern konnte. Jo trug es nur einige wenige Schritte. Ein entscheidender Moment, rein in die Kiste, Deckel zu. Durchatmen. Jo lächelte ihn an.

»Das Kitz ist schon recht groß, es war ganz schön wehrhaft. Wir müssen das zweite suchen, Rehgeißen haben häufig Zwillinge«, sagte Jo.

Aus dem Walkie kam die Info. »Es liegt etwa fünfzig Meter entfernt. Jo, Vorsicht, es schaut in eure Richtung. Du musst schnell sein.«

Jo hatte das drauf, wieder ein Hechtsprung, wieder Protestgeschrei. Wieder Klappe zu. Jo hatte ein paar Tränen im Augenwinkel, und Weinzirl rang auch ein wenig mit der Rührung, das hier war extrem intensiv.

»Und wo tut ihr jetzt die Kisten hin?«

»Besser stünden sie am Weg«, sagte Jo. »Aber leider gibt es immer wieder Menschen, die bar jeder Vernunft und bar jeden

Wissens diese Kisten wieder öffnen. Hier fahren viele Radfahrer durch. Die blöderweise befreiten Kitze flüchten zurück ins Feld und werden vermäht.« Sie schluckte. »Vermähen ist halt so ein Wort, das von ›Bein abtrennen‹ bis ›total zerhäckseln‹ viel beinhaltet, auch oft ein langes, grausames Sterben.«

Sie sah sich um. »Da rüber!«

Sie stellten die Kisten am Ende der Fläche an einen Zaun. Neugierige Jungviecher kamen von der Nachbarweide, was sicher nicht ideal war, aber die öffneten zumindest nicht die Klappen!

»Und wie geht das dann weiter?«, fragte Weinzirl.

»Wenn dann gemäht ist, werden die Kitze wieder freigelassen. Sie finden schnell wieder mit der Mutter zusammen. Lebend und am Stück«, sagte Jo. »Lass uns zurückfahren.«

Sie waren schnell wieder am Stadel. Evi hatte inzwischen die Damen alle nochmals befragt, aber sie alle hatten nichts gesehen und durften nach Hause fahren. Nur Jo und Betti blieben.

»Sagt euch der Name Sebastian Mair etwas?«, fragte Weinzirl.

Jo schüttelte den Kopf.

»Der Mahrer?«, fragte Betti.

»Ja.«

»Der lag in der Wiese?«, fragte sie im Flüsterton.

»Ja, davon gehe ich aus. Das Bild im Pass glich dem Toten doch sehr.« Er war nur jünger drauf gewesen und ohne tödliche Stiche.

Eine ungute Stille ergriff sie alle, bis Weinzirl schließlich sagte: »Betti, kennst du den Mann näher? Ich weiß, das ist jetzt alles ein bisschen viel.«

»Passt schon. Sebi Mair, Sebastian Mair, Hausname der Mahrer, ist so um die achtzig, glaube ich. Er hat den Hof schon lange übergeben, sein Sohn, der Hansi, hat's nicht leicht, weil der Alte ihm immer noch reinredet. Der Sebi redet eigentlich jedem rein und legt sich mit jedem an.« Sie stutzte. »Diese Wiese gehört ihm, der Socher hat sie nur gepachtet.«

»Das haben wir auch gerade gehört. Brauchen Bauern ihre

Wiesen nicht selber? Auch wegen der Gülleverordnung? Familie Mair hat doch auch Kühe?«

»Ja, schon. Der Hansi hat aber Vieh reduziert, er hat auf Bio umgestellt. Er kann auf diesen Boden verzichten, zumal der auch vom Weg her weiter weg liegt. Er hat genug arrondierte Böden, und er hat auch noch Besitz am Kaltenbrunner See. An Grund mangelt es ihm nicht.«

»Okay.« Weinzirl versuchte, sich zu konzentrieren. »Woher kennst du den Senior Mair? Wie war er so?«

»Ich würde gern was Nettes sagen, aber ich finde nix. Er war ein Stänkerer. Ich kenne ihn vor allem vom Kleintierzuchtverband, und er ist da jedem auf den Sack gegangen.«

»Dir auch?«

»Na ja, mir eher auf die Eierstöcke. Ich züchte Hühner. Zwerg-Cochin. Das sind Urzwerge, bei denen nie eine Großrasse bestand, zum Beispiel der japanische Chabo und eben die Zwerg-Cochin, die ausschließlich in den kaiserlichen Gärten Chinas gehalten werden durften. Die Bezeichnung Zwerg-Cochin ist irreführend, da diese mit der Rasse Cochin nicht verwandt sind, sich nur im Aussehen ähneln. Der Mahrer fand sie sinnlos, weil die Eier zu klein sind. Also, die Hühnereier. Und er sagte, diese Puschelfüße wären unhygienisch. Es heißt aber Federfüße!«

Weinzirl seufzte innerlich. Das schien ein tierischer Fall zu werden: Rehe, Puschelfüße …

»Also, ich war das nicht!«, schob sie nach.

»Wollte ich damit auch nicht sagen«, meinte Weinzirl. »Aber sonst? Ich meine, außerhalb der Kleintierzüchter. Wer mochte ihn sonst nicht?«

»Er ist auch Jäger, wir Kitzretter kennen ihn mehr als Rehhasser. Unter den Jägern gibt es eben auch sehr kontroverse Ansichten über Rehe. Es gibt besonnene Typen, aber einer wie der Mahrer hätte am liebsten rehfreie Wälder.«

»Das spitzte bei unserem Gespräch grad eben auch durch«, sagte Weinzirl. »Bei dem, der jetzt nicht mähen kann.«

»Der Socher, also der Bauer eben, ist einer von den Netten. Er hat unsere Arbeit von Anfang an unterstützt.«

»Das heißt, dass er seine Flächen abfliegen lässt?«

»Ja genau. Er ist früher mit der Familie die Flächen vor dem Mähen abgegangen, aber du kannst zehn Zentimeter neben dem Kitz vorbeigehen und es nicht sehen. Das hohe Gras liegt leicht umgekippt, du hast keine Chance, es zu entdecken. Eine Drohne ist da unbestechlicher.« Sie nickte. »Ja, wir sind sehr froh, dass wir jetzt die Drohnen haben. Und selbst wenn man früher ein Kitz fand und es zur Seite getragen hat, sprang es womöglich zurück, Tragödie inklusive. Drum setzen wir sie eben in diese Kisten, bis die Gefahr vorüber ist.«

»Leuchtet ein«, sagte Weinzirl.

»Weißt du, eigentlich liegt es in der Verantwortung der Landwirte, Kitze zu suchen, denn nach Paragraf 17 Tierschutzgesetz macht man sich strafbar, wenn man bei der Mahd den Tod des Rehnachwuchses billigend in Kauf nimmt. In der Praxis ist es aber auch mal so, dass tote Kitze schnell in den nächsten Wald geworfen werden, frei nach dem Motto: Der Fuchs freut sich auch. So einer ist der Mahrer. Dann gibt es welche wie den Socher Franz, die am Vortag anrufen. Wir sind natürlich drauf angewiesen, dass die Landwirte anrufen! Und das eben mit Vorlauf! Es macht wenig Sinn, wenn sie erst am Morgen anrufen und quasi schon mit den rotierenden Messern am Rande der Wiese lauern.«

»Das heißt, ihr müsst immer fragen, ob ihr fliegen dürft?«, fragte Evi.

»Ja, alle Kitzretter müssen sich an die EU-Drohnenverordnung halten, zudem muss immer der Revierinhaber oder der Jagdausübungsberechtigte zustimmen. Nur bei einer Eigenjagd reicht das Placet des Landbesitzers. Denn sonst wäre das Wilderei, weil man einem Tier nachstellt und es fängt!«

»Okay«, sagte Evi. »Wusste ich nicht.«

»Wir haben Gott sei Dank jedes Jahr mehr Zuspruch bei den Bauern, vor allem auch bei den Jägern, es gibt auch immer mehr Jäger, die eigene Drohnen haben. Und es gibt eben die ewig Gestrigen, die tierfreie Flächen wollen. Die gönnen dem Reh keinen Halm.«

»Ist es nicht wirklich so, dass angeblich zu viele Rehe da sind und verbeißen? Das liest man doch überall«, sagte Evi. »Wären da tote Rehe nicht eher hilfreich?«

»Ein komplexes Thema, da kannst du tagelang diskutieren. Sollten wir mal machen! Aber was die Kitze betrifft, geht es auch um Ethik. Das sind Babys! Und dann geht es bei vielen Bauern auch ums rein Pragmatische. Die wollen einfach keine Kadaver im Futter. Im Silo bildet sich Clostridium botulinum, hochtoxisch, tödlich, das scheut auch der Rehhasser wie der Teufel das Weihwasser. Auch der, dem ein totes Kitz an sich völlig egal ist.«

Wieder schwiegen sie eine Weile, bis Evi sagte: »Zusammenfassend hatte der Mahrer also wenig Freunde?«

Betti nickte. »Er hat bestimmt auch Freunde. Welche, die wie er ticken. Ich kenn die aber nicht.«

»Und die Familie?«, fragte Evi.

»Der Hansi hat es, wie gesagt, nicht leicht. Er ist Demeter-Landwirt. Die Nika, seine Frau, unterstützt ihn sehr. Sie arbeitet drei Tage die Woche im Kindergarten. Sie kann übrigens begnadet Klavier spielen, Gitarre auch. Eine sehr Nette, da hat er Glück gehabt, der Hansi.«

»Betti, sagt dir das was?«, fragte Weinzirl und führte das seltsame Messer vor, das neben der Leiche gelegen hatte.

»Ist er damit …?«, fragte sie erschrocken.

»Nein, womöglich hat er es aber verloren. Oder der Täter hat es verloren.«

»Ich hab so was schon mal gesehen. Ich komm grad nicht drauf, wo.« Sie sah kurz auf ihr Handy. »Könnte ich euch allein lassen? Ich müsste in die Praxis«, sagte sie. »Jo hat alle meine Daten.«

Weinzirl nickte. Sie stieg in ihren Pick-up und fuhr davon.

»Praxis?«, fragte er an Jo gewandt.

»Sie ist Tierärztin, tolle Frau. Alle, die hier mitmachen, sind voll beruflich eingespannt und machen das vor der Arbeit oder abends. Das sind zwar nur ein paar Wochen im Jahr, aber die haben es in sich.«

»Seit wann bist du dabei?«, fragte Evi.

»Seit letztem Jahr. Ich kenne Betti als Tierärztin, und sie hat mich gefragt, ob ich die Texte auf der Homepage der Kitzretter etwas pimpen könnte. Ich bin mal mitgegangen, um zu verstehen, was die da machen. Und da hat es mich gepackt.«

»Dein Hechtsprung war jedenfalls eins a. Auch die B-Note«, sagte Weinzirl.

»Danke, da ist nichts mit ›dutzi, dutzi‹. Es muss schnell gehen, eine zweite Chance kriegst du nicht.«

War das nicht öfter so im Leben?, fragte sich Weinzirl. Vor allem in seinem Leben mit Frauen. Er hatte es jedes Mal versaut, und zwar so, dass eben kein Weg zu einer zweiten Chance offen gewesen wäre. Nur Jo zog sich durch sein Leben. Sie waren uralte Freunde, sahen sich mal mehr, mal weniger. Waren kurz mal durch eine Phase Freundschaft plus havariert. Aber Jo war eine Konstante in seinem Leben, wobei das Wort Konstante im Zusammenhang mit Jo eher kühn gewählt war. Jo war laut, sprunghaft, schlau, wortgewandt und alles – nur nicht diplomatisch. Und er war froh, sie zu haben. Heute mehr denn je, denn mit zunehmendem Alter dünnte sich ja auch die Schar der Freunde aus.

»Und du, Jo, du kennst diesen Mahrer oder Mair nicht?«, fragte Weinzirl.

»Nein, aber so wie das klingt, bin ich froh darüber. Und er ist wohl auch ein bisschen alt für mich.«

Evi grinste.

»Und nun?«, fragte Jo.

»Wir überlassen das Feld der Spurensicherung, wir fahren zur Familie. Ich kann dich anrufen, wenn ich noch was wissen muss?«

»Klar. Ich schließe mich der zweiten Gruppe an, wir haben noch zwei Flächen, die wir absuchen müssen.«

»Jo, kannst du deinen Damen sagen, sie möchten das nicht alles gleich erzählen, whatsappen und posten?«

»Mensch, Weinzirl«, sagte sie nur. »Ciao.«

Was immer das nun zu bedeuten gehabt hatte, Weinzirl hob die Hand zu einem etwas schlaffen Gruß. Die Aussicht darauf, die Todesnachricht zu überbringen, war weniger prickelnd. Der Mahrer-Hof lag nicht weit entfernt in einem Weiler. Sie fuhren eine Stichstraße entlang auf ein neu gebautes Haus zu. Links davon stand ein ebenfalls neuer Laufstall mit Veranda, wo sich eine Kuh gerade an einer Massagebürste Wellness gönnte. Rechts davon stand ein altes Bauernhaus, dessen grüne Läden einen neuen Anstrich vertragen hätten. Weinzirl hätte diesem Haus auf jeden Fall den Vorzug gegeben, aber am Land bauten die Jungen lieber neu und opulent, anstatt sich in die Katen der Altvorderen zu quetschen, mit tiefen Decken und einer Küche, die nie auf der Südseite war.

Sie hielten an und stiegen aus. Vom Stall kam ihnen gerade ein Mann entgegen.

»Herr Hansi Mair?« Wie das klang. Der Typ war sicher eins neunzig groß und ein Brackl von einem Kerl. Da sagte man doch nicht Hansi.

Er aber schien den Namen gewohnt zu sein. »Ja.«

»Herr Mair, können wir reingehen?«

»Um was geht es? Ich hab gar keine Zeit. Ich muss gleich kreiseln.«

»Sie haben auch gemäht?«

»Gestern schon. Ging ja bisher nicht. Was wollen Sie jetzt? Wer sind Sie überhaupt?«

»Weinzirl und Straßgütl von der Kriminalpolizei in Weilheim. Entschuldigen Sie, aber wir haben keine guten Nachrichten. Ihr Vater ist tot.«

Es war still, bis irgendwo ein Hahn laut krähte.

»Er hat ungesund gegessen, sich schnell aufgeregt«, sagte er zum Haus.

»Er ist keines natürlichen Todes gestorben. Leider«, sagte

Evi. »Wollen Sie sich nicht lieber setzen?« Sie deutete auf die Sitzgruppe, die auf der Terrasse stand.

Er blieb stehen. »Tot?«

»Ja, es war ein Gewaltverbrechen.«

»Der Voder«, sagte er nur und ging ins Haus.

»Herr Mair, bitte, wir …«, rief Evi ihm hinterher.

Aber er verschwand im Haus. Evi sah Weinzirl fragend an. Kurz darauf kam eine schlanke Frau, deren auffällige Nägel irgendwie nicht zur Latzhose passen wollten, aus der Tür. Sie blinzelte kurz in die Sonne. Ihr folgte ein großer Hund mit lockigem Haar, der schöne, seelenvolle Augen hatte. Es gab Weinzirl einen Stich. Er hatte sich immer noch nicht mit dem Tod seines Hundes abgefunden. Würde er auch nie. Er war untröstlich, er konnte den Schmerz verschieben, wo der über Miris Tod schon lag. Da waren sie beerdigt, jene beiden Lebewesen, die ihn dort berührt hatten, wo sonst keines es hingeschafft hatte.

Der Hund mit den Locken ging einen Schritt auf Weinzirl zu und setzte sich neben ihn. Er war sehr nahe, ohne ihn zu berühren.

»Er mag Sie. Poldi mag gar nicht so viele Menschen. Mich auch nicht so besonders, er ist Sebis Hund, also der vom Schwiegervater. Der ist aber immer so streng zu ihm. Sagt immer: ›Ein Jagdhund muss dienen.‹«

Weinzirl war froh, dass Evi einsprang. »Um Sebi geht es auch.«

»Was ist passiert?«, fragte die Frau. »Wer sind Sie? Mein Mann ging gerade an mir vorbei, als habe er ein Gespenst gesehen. Was wollen Sie hier?«

»Frau Mair, wir müssen Ihnen leider sagen, dass Ihr Schwiegervater tot ist.«

Sie starrte Evi an. »Was? Wieso?«

»Frau Mair, setzen Sie sich doch bitte.«

Sie nickte mechanisch. Schließlich saßen sie alle vor dem modernen Haus. Eine rote Katze strich vorbei und fauchte in Poldis Richtung. Der Hahn krähte erneut.

»Was ist geschehen?«

»Wir müssen davon ausgehen, dass Ihr Schwiegervater getötet wurde. Gewaltsam.«

»Gewaltsam? Wie Mord?«

Ja, wie Mord. Weinzirl hasste solche Situationen wirklich abgrundtief.

»Leider, ja. Es tut uns leid«, sagte Evi. »Unser Beileid.«

Frau Mair nickte. »So ein Ende. So ein Ende nach einem langen Leben«, sagte sie.

Was hieß das? Sie klang merkwürdig. Abwesend. Es war nie vorherzusagen, wie Menschen reagierten, wenn sie Todesnachrichten erhielten.

»Wir können gerne später wiederkommen«, sagte Weinzirl. »Wir können Ihnen auch Fachleute schicken, mit denen Sie reden könnten.«

»Fachleute? Nein. Er ist tot. Er war ein alter Mann.«

Sie schien es auszublenden, dass er nicht sanft entschlafen war.

»Wir müssten mehr über ihn wissen. Er war etwas streitbar, haben wir gehört?«

Sie sah auf. »Er war nicht immer nett, aber schon auch ein guter Kerl.«

»Wie war er denn?«, fragte Evi.

»Er war schon auch schwierig. Ein Choleriker. Immer ganz schnell auf hundertachtzig.« Ihr traten Tränen in die Augen.

»Frau Mair, geht das bei Ihnen? Brauchen Sie Hilfe? Wir können Sie wirklich auch später noch aufsuchen.«

»Nein, es geht schon.«

»Frau Mair, wer hätte einen Grund gehabt, ihn zu töten? Gab es einen Streit, der hätte eskalieren können?«

Sie sah von Evi zu Weinzirl. »Aber doch nicht so. Er war nicht umgänglich. Aber viele hier sind nicht umgänglich. Der Schwiegervater war mit einigen zerstritten, auch mit einigen Spezln. Das waren auch welche mit kurzer Zündschnur. Die sich aber auch wieder einig waren darin, dass die Grünen weggehören, dass Habeck ein Saubeitl ist und dass Ausländer rausmüssen.« Sie stockte. »Mich hat er komischerweise ausgenommen.«

»Wie?«, fragte Evi.

»Nun, ich glaube, auf seine Art mochte er mich sogar. War froh, dass der Bua eine gefunden hat. Sie haben es ja sicher an meinem Akzent gehört. Ich bin nicht von hier, ich bin aus Slowenien, der Sebi hat lange gebraucht, den Unterschied zur Slowakei zu verstehen. Die Tschutschen mag er nämlich auch gar nicht. Slowenen gehen in seinem Weltbild, weil er verstanden hat, dass wir auch Berge haben, und ein Ahne war im Ersten Weltkrieg an der Gebirgsfront. Waren Sie schon mal in Slowenien?«, fragte Nika Mair.

Evi schüttelte den Kopf. »Ich ja«, sagte Weinzirl. »Ich war radeln, durch den Nationalpark auf der Passstraße Vršič. Der Scheitelpunkt liegt erst bei über sechzehnhundert Metern, wenn ich mich recht erinnere. Ich fand es sehr schön im Triglav-Nationalpark, auch weil die Baumgrenze weiter oben liegt, verglichen mit den Dolomiten.«

»Respekt! Für die Radtour, aber auch dafür, dass Sie ›Triglau‹ richtig ausgesprochen haben, die meisten sagen Triglaf. Ja, es ist wunderschön bei uns, all die kapriziösen Wasserfälle, die wir haben. Diese ganz spezielle Welt im Kalk. Wasser versickert, fließt unterirdisch weiter und tritt an ganz anderer Stelle übermütig wieder zutage.«

Sie klang melancholisch.

»Heimweh?«, fragte Weinzirl.

»Manchmal. Aber ich fahre mehrfach im Jahr runter. Ein wunderschönes Land. Weinberge, Gebirge, Meer auf so engem Raum – und dann ist Slowenien auch mal dissonant. Es gibt bei uns immer noch die ewig Gestrigen, die ›den Italiener‹ als Feind ansehen. Sie sollten sich das Museum Kobarid ansehen – als Antikriegsmuseum! Am Wahnwitz der Bergschlachten an der Isonzo-Front im Ersten Weltkrieg waren achtzehn Nationen, in der zwölften Schlacht im Oktober 1917 bei Kobarid waren sechshundertfünfzehntausend Soldaten beteiligt gewesen.

In den Geschichtsbüchern lapidar aufgeführt als die größte Bergschlacht der Menschheit. Ist das nicht Wahnsinn? Nach neunundzwanzig Monaten hatte diese Frontlinie eins Komma zwei Millionen Tote und Verwundete gefordert, eins Komma zwei Millionen Einzelschicksale junger Männer, deren anfangs heroische Ideale gnadenlos verheizt wurden. Und es gab eben einen Verwandten von Sebi, der in Slowenien kämpfte. Er kam halb verhungert und mit Erfrierungen bei Bauern unter, die ihn versteckt haben. Drum bin ich raus aus seiner Schusslinie.« Sie lächelte wieder wehmütig. »Entschuldigen Sie.«

»Alles gut, es ist schön, eine Heimat zu haben«, sagte Weinzirl.

»Ich habe zwei. Hier und in Slowenien. Das ist natürlich mein Zuhause, mein Mann, die Kinder, auch der Schwiegervater. Wir teilen die Liebe zur Musik. Ich spiele ganz passabel Klavier. Sebi hat wirklich wahnsinnig gut Flügelhorn gespielt, er war lange auch Dirigent bei der Blasmusik. Konnte er dann wegen seiner Augen nicht mehr, aber er war da wirklich sehr angesehen.«

Wo man singt, da lass dich ruhig nieder, böse Menschen haben keine Lieder, schoss es Weinzirl in den Kopf.

»Aber seine Freunde halten sich dennoch in Grenzen?«, hakte Evi nach.

»Ganz ehrlich, ich verstehe das hier alles immer noch nicht. Ich bin seit dreißig Jahren hier. Die ziehen her über die Nachbarn, sitzen dann mit ihnen am Biertisch zusammen, ziehen wieder über jeden her, der gerade aufgestanden ist. Ein endloser Kreislauf aus Neid und Missgunst, grad als ob das der Kit ist, der alles zusammenhält.«

Weinzirl sah sie interessiert an. Sie hatte das Dilemma am Voralpenrand besser zusammengefasst, als es ihm je gelungen wäre. »Aber wenn man mal von dieser, sagen wir mal, Grundstimmung absieht, gibt es explizite Feinde?«

»Feinde ist so ein starkes Wort. Wo er wirklich keine Freunde hat, ist bei den Meeris. Aber das ist ja zu banal.«

»Wo?«

»Kleintierzüchter.« Sie lächelte.

»Betti, die Tierärztin, sprach auch vom Kleintierzuchtverein?«

»Betti, ja. Sie ist unsere Tierärztin. Und die Kleintierzüchter sind ein gewichtiger Verein hier. Betti hat diese putzigen Hühner. Dem Schwiegervater zu klein. Er züchtet Riesenkaninchen, ich übrigens auch. Und er kann es gar nicht verknusen, wenn er nicht gewinnt. Weil seine Rammler eigentlich die besten sind. Kommen Sie«, sagte sie und ging davon. Auf das alte Bauernhaus zu, das in einem Bauerngarten lag.

Es war ein typisches Gebäude der Ostallgäuer Bauweise, in L-Form, links gab es den Stall mit einer Tennenbrücke. Weinzirl und Evi folgten etwas überrumpelt. Weinzirl musste auf ihren wogenden Po blicken, was ihm von Evi einen strafenden Blick einbrachte. Aber sie ging nun mal vor ihm, und natürlich durfte man als Mann ja nicht mal mehr hinsehen, weil man dann schon ein potenzieller Vergewaltiger war. Die Welt wurde Weinzirl zunehmend unverständlich, er war über fünfzig, und er ertappte sich dabei zu denken: Gottlob bin ich schon so alt.

Nika Mair ging um das Haus, auf der Nordseite gab es Hasenställe, die sich übereinanderstapelten, und im Garten eine Freilaufvoliere mit Häuschen, Büschen und Gras. Darin hoppelten behäbig ein paar wirklich sehr große weiße Kaninchen.

»Das sind meine«, sagte sie, Stolz in der Stimme. »Die in den Buchten gehören dem Schwiegervater.«

»Aber die haben ja gar keinen Platz!«, sagte Evi.

»Eben, das ist die alte Form der Haltung. Leider sind die Zeiten, wo Kaninchen in schrägen Verschlägen in dunklen Kammern sitzen, bei den alten Züchtern noch nicht vorbei. Meine Häsinnen haben mit den Jungen natürlich Freilauf, und mein Rammler, der Rambo, der natürlich auch. Rambi, Rambi!«

Und tatsächlich enthoppelte einem Busch ein wahrhaft riesiger Kerl mit Ohren wie Tüten. Er machte Männchen.

»Was wiegt der?«, fragte Evi überrascht.

»Acht Kilo.«

»Ganz schöner Brocken!«

»Ja, das Riesenkaninchen wurde ursprünglich in Belgien gezüchtet und Ende des 19. Jahrhunderts als ›Belgischer Riese‹ nach Deutschland eingeführt. Nachdem der Mensch jahrelang nur auf Größe und Gewicht hin gezüchtet hatte, denn es ging natürlich um möglichst viel Fleischertrag, reduzierte man später das Gewicht und die Rumpflänge und benannte die Rasse in ›Deutscher Riese‹ um. Der Körper ist jetzt groß und gestreckt, auffällig sind natürlich die Ohren mit einer Mindestlänge von fünfzehn Zentimetern.« Sie hielt Rambo Löwenzahn hin. »Er ist auf der letzten Bundesschau deutscher Meister geworden und auf der Europaschau Vizemeister. So ein tolles Tier!«

Der meisterliche Rambo nahm plötzlich Haltung an.

»Er zeigt sich«, jubelte Frauchen. »Entschuldigen Sie, aber da sehen Sie seine Qualität. So heißt es im Fachjargon, wenn so ein Kaninchen aufrecht und mit gespitzten Ohren dasitzt. Das bewerten die Richter, dazu den Körperbau, die Zähne, die Tasthaare und die Blume.«

»Blume?«

»Die Blume ist beim Rassekaninchen der Schwanz.«

»Okay«, sagte Weinzirl gedehnt. »Und der Rammler vom Schwiegervater ist nicht so gut?«

»Nein, aber er will eben unbedingt immer den Pokal, aber das ist die falsche Motivation. Es geht um die Liebe zum Tier.«

»So wie die da drinhocken, tun mir die eher leid«, sagte Evi.

»Ich lass sie raus, wenn er nicht da ist«, sagte sie lächelnd. »Sie laufen im Garten rum, sie sind ganz brav.«

»So interessant der Ausflug zu den Löfflern ja sein mag, aber hatte er denn in der Szene Feinde?«, fragte Weinzirl. Sein Eindruck, dass er in die Tiefen der Tierhaltung abtauchen müsse, verstärkte sich.

»Nun ja, es gibt Rivalitäten, aber eigentlich respektiert man schon, wenn einer oder eine tolle Tiere ausstellt. Das Schöne ist ja, dass man Menschen quer durch Deutschland und Europa kennenlernt, und es zählt nicht, ob einer Jurist ist oder Gehirnchirurg oder Bauer. Es zählt nur das Hobby.«

»Niemand in Hasenkreisen, der oder die mit ihm so richtig im Clinch lag?«

»Nein, eigentlich nicht, aber na ja …«

»Na ja was?«

»Er hatte die Meeri-Fraktion auf dem Kieker. Da gab es auch mal Zoff und böse Worte.«

»Sorry, ich kann Ihnen grad schwer folgen. Wer ist die Meeri-Fraktion?«, fragte Weinzirl.

»Meerschweinchen.« Sie lächelte. »Bei uns im Kleintierzuchtverein gibt es verschiedene Tiere und eine Meerschweinchen-Züchterin, die kann gar nicht mit dem Schwiegervater.«

»Warum?«

»Na ja, die bayerischen Haserer sind mehrheitlich gestandene Mannsbilder in gestandenem Alter, bei den Meeris dominieren die Damen. Ein ziemlicher Weiberhaufen, das nervt die Haserer schon per se«, sagte sie. »Aber dann ist Leandra auch noch Pferdeosteopathin, das allein findet Sebi …«, sie stutzte, »… fand Sebi unnötig. ›Rübe runter und ab zum Metzger‹, war sein Kommentar. Wenn der Gaul nicht läuft, taugt er nix. Na ja, sie ist so eine Art rotes Tuch für ihn. Ist vor einigen Jahren zugezogen, Preißn mag er eben auch nicht. Sie ist aber Fränkin. Na ja.« Sie zuckte mit den Schultern.

Evi sah verwirrt aus, Weinzirl fiel auch nichts Passendes ein.

»Sie holt zudem Hunde aus dem Ausland und vermittelt sie weiter. Sie kommt hier öfter vorbeigelaufen, die Hunde hören nicht so gut. Einer war mal beim Schwiegervater im Haus. Er hat ihn eingesperrt, sie hat einen Tag lang nach ihm gesucht, hat ihn dann bellen hören. Das gab einen ziemlichen Ärger, na ja, und dann hat sie ihn als Retourkutsche beim Veterinäramt angezeigt, weil er seine Kaninchen nicht richtig hält. Dann hat jemand ihre Meerschweinchen in der Nacht rausgelassen, bis auf zwei hat sie der Fuchs geholt. Sie ist überzeugt, dass er das war. Sie verstehen? Ein ziemlich unnötiger Kleinkrieg.«

Die Frage war ja nur: Würde eine Tierschutz-beseelte Frau zu solchen Mitteln greifen? Aber Menschen tickten eben immer schneller aus, man sah ihnen nur vor die Stirn.

»Wie heißt sie, und wo wohnt die Dame denn?«, fragte Evi.

»Leandra Melles-Grote.« Frau Mair nannte eine Adresse.

Weinzirl zuckte innerlich zusammen. Eine zugroaste Leandra mit einem Doppelnamen hatte sicher schon per se schlechte Karten bei einem wie Sebi.

»Frau Mair, dürften wir ins Haus Ihres Schwiegervaters sehen?«

»Keine Ahnung, ist das so Usus?«

»Sie können das ablehnen, aber uns würde es womöglich helfen«, sagte Evi sanft.

»Ja dann, ich sehe mal nach meinem Mann, ja?«

»Natürlich.«

Sie ging wortlos davon.

Weinzirl drückte die Klinke hinunter, die Tür war unversperrt. Sie betraten den kühlen Gang eines alten Bauernhauses, wo die Wände vollgepflastert waren mit präparierten Tieren. Ein Fuchs, ein Eichelhäher, ein Marder, eine Ente. Es gab mehrere Schützenscheiben und ein paar gerahmte Fotos der Blaskapelle an diesen Wänden, die ihn als Dirigenten in jüngeren Jahren zeigten. Er war in jedem Fall mal ein stattlicher und attraktiver Mann gewesen.

Eine Tür, verziert mit in die Jahre gekommener Bauernmalerei, führte rechts in die Stube. Dort stand ein grüner Kachelofen, über der Eckbank hingen Jagdtrophäen, ein Rehbock, ein Hirsch, aber auch ein Elch, ein Gnu und eine Antilope, deren genauen biologischen Namen Weinzirl nicht kannte.

»Puh!«, kam es von Evi. »Was ist das denn?«

»Ich nehme an, der war auch anderswo jagen. Jagdreisen nach Afrika sind ja ein weit verbreitetes Ding.«

»Ekelhaft!«, sagte Evi.

Weinzirl nickte und blickte düster. Die Küche war auch abgewohnt, aber sauber. Auf der anderen Seite des Ganges befanden sich ein Schlafzimmer und ein Bad, das renoviert worden war. Es besaß weiße Kacheln, einen hübschen Waschtisch und eine bodentiefe Dusche. Weinzirl hätte eher mit Fliesen und Keramik in Rosa oder Kackbraun gerechnet. Im Obergeschoss gab es vier weitere Zimmer, die aber nicht genutzt wurden. Nur in einem stand ein großer Schrank, der Winterklamotten verwahrte, und daneben prangte auch ein Waffenschrank, der aber ordnungsgemäß verschlossen war. An einer Wand lehnten ein paar Köfferchen, in denen Weinzirl Musikinstrumente vermutete.

Sie gingen wieder hinunter und durch eine Tür in den ehemaligen Stall. Was einst die Milchkammer gewesen war, war jetzt mit Jacken und Stiefeln belegt. Der alte Kuhstall war eine Werkstatt geworden, und da regierte ein Allerlei an Werkzeugen, es lagen diverse teils martialische Messer herum. Und da war auch so ein komisch aussehendes Messer, das dem ähnelte, das sie neben dem Toten gefunden hatten.

»Noch so ein Ding!«, rief Evi.

»Hmm.«

Sie gingen zurück in die Küche.

Nika und Hansi Mair waren hereingekommen. Der Mann sah fahl aus.

»Unser Beileid«, sagte Evi.

Er nickte nur.

»Wo wurde er denn, also wo, ich meine …?«, stammelte Nika.

»In einem Feld. In der Frühe waren Kitzretter unterwegs, die haben ihn gefunden«, sagte Weinzirl.

»In einem Feld?«

»Ja, das Feld gehört Ihnen, Sie haben es einem Herrn Socher verpachtet. Stimmt das?«

»Ja, dem Franz. Der Vater war da nicht so zufrieden, dass der Franz den Boden hat.«

»Warum?«

»Das ist an sich völlig albern. Über den Boden verläuft ein

alter Winterweg. Der wurde aber Jahrzehnte nicht mehr genutzt. Da ist ein kleines Waldstück dazwischen. Der Weg ist in ganz alten Karten aber noch eingezeichnet, und der Vater hat ihn wohl als Bub genutzt. Der Socher Franz hat den Weg aber weiter zuwachsen lassen, das hat dem Vater nicht gepasst«, sagte Hansi Mair, der eine sehr angenehme Stimme besaß und kaum Dialekt sprach.

»Aha. Nun ja, der Herr Socher wollte jedenfalls mähen und …«

»Ach, mäht der erst heute?«, unterbrach sie Hansi.

»Ja, und er hat diese Kitzretter fliegen lassen. Die Drohne hat Ihren Vater gefunden.«

Nika schlug sich die Hand auf den Mund.

»Ich lass auch fliegen. Der Vater fand das unnötig. Ich möchte nicht wissen, wie viele Kitze der in seinem Leben vermäht hat«, sagte Hansi und wirkte komplett abwesend.

Vermäht: Da war es wieder, dieses Wort, das so viel Leid beinhaltete. Geboren werden, um schon als Baby zu sterben.

»Sie waren sich da auch uneins?«, fragte Evi.

»In vielem. Oder in manchem.«

Weinzirl hatte das Gefühl, Hansi Mair habe die Tatsache, dass sein Vater tot war, gar nicht realisiert.

»Was könnte er in dem Feld denn gewollt haben?«

»Für ihn war der Weg noch existent. Er ist da immer durchgegangen. Als Provokation. Hat dem Franz natürlich was platt getreten.«

»Dieser Franz Socher sprach davon, dass Ihr Vater ihn schon mal sabotiert hätte?«

»Ja, hat er. Hat er sogar zugegeben. Er hatte seine eigene Realität.« Er hatte eine Tasse in die Hand genommen. »Ja, das ist es: eine eigene Realität.«

Weinzirls Blick war auf ein Foto gefallen, das eine schmale Frau in einem Festtagsdirndl zeigte, die dem Fotografen kein Lächeln geschenkt hatte. Sie sah angestrengt aus.

»Ihre Mutter?«

»Ja, sie ist gestorben, als ich achtzehn war. Als hätte sie gewartet. Ich muss jetzt aber wirklich kreiseln«, sagte er und ließ sie schon wieder alle einfach stehen.

Nika sah betroffen aus.

»Was hat er gemeint?«, fragte Evi.

»Seine Mutter hatte Krebs. Sie hat so lange gekämpft, bis der Junge achtzehn war. Damit er volljährig ist. Damit er selber entscheiden kann. Sie hat auch durchgesetzt, dass er Abitur machen kann. Er hat Agrarwissenschaften studiert. Was Sebi auch unnötig fand. Landwirt hat man im Blut, Kackademiker mochte er nicht, das war von allen Feindbildern das ärgste.«

Hatte der irgendwen gemocht?, fragte sich Weinzirl.

»Wie war denn das Verhältnis zwischen Vater und Sohn?«, fragte Evi.

»Sebi war immer ziemlich hart zu seinem Sohn. Hans hat aber immer versucht, fair zu sein – und hart war der Sebi auch sonst. Zu sich selbst, zu anderen Menschen. Bei Sebi kam das so in Wellen. Es gab Phasen, da ging es eigentlich. Man konnte ganz gut mit ihm zusammenarbeiten. Er konnte auch ganz umgänglich sein und packte an. Es ist ja immer was zu tun auf so einem Hof. Wir haben auch zusammen musiziert. Und dann gab es plötzlich eine Kleinigkeit, die ihn hochexplosiv gemacht hat. Ein Feuer, das dann wieder ein paar Tage loderte. Verstehen Sie?«

»Was ich verstehe, ist, dass es sehr anstrengend gewesen sein muss. Für seinen Sohn. Für Sie auch?«, sagte Evi zögerlich.

»Na ja, aber ich habe ihn deshalb nicht ermordet. Ich kam ganz gut mit ihm aus. Im Leben ist immer mal was anstrengend«, sagte Nika mit Nachdruck.

»Das haben wir auch nicht behauptet.«

»Ja, aber gleich fragen Sie nach einem Alibi. Das ist im Fernsehen auch so. Man wiegt die Familie in Sicherheit.«

»Wenn Sie das sagen«, meinte Evi ein klein wenig bissig.

»Ich war jedenfalls im Bett. Hansi auch. Wir brauchen unseren Schlaf.«

»Frau Mair, es geht nicht um Alibis, wir wollten Ihnen wirklich nur diese sehr traurige Nachricht überbringen«, sagte Weinzirl. »Wir brauchen Ihre Mithilfe. Und wir würden gerne nochmals mit Ihrem Mann sprechen, später, er scheint das Ganze gerade einfach wegzudrücken.«

»Kein Wunder. Das ist ein Schock. Brauchen Sie mich noch? Ich müsste auch aufs Feld, zum Reinrechen.«

»Ja natürlich. Nur noch eins. Könnten Sie grad nochmals mitkommen?«

Sie schaute unwirsch, folgte ihnen aber in die Werkstatt. Weinzirl zeigte auf das gebogene Messer. »Hatte der Schwiegervater mehr davon?«

»Ich glaube, er hat eine ganze Reihe von Messern. Vor allem Jagdmesser. Das da ist, soweit ich das weiß, für Sattelarbeiten. Zum Lederschneiden. Ich müsste jetzt aber wirklich.«

»Bitte! Wir melden uns sicher nochmals.«

Sie nickte und stutzte. »Und der Sebi?«

»Wir halten Sie auf dem Laufenden.«

»Was schreibe ich denn in die Todesanzeige?«, fragte sie plötzlich.

Was antwortete man darauf? Waren diese Anzeigen nicht immer alles von Beschönigung bis Lüge?

Sie blieben eine Antwort schuldig, sahen ihr nach.

»Puh«, sagte Evi, als sie im Auto saßen. »Da wohnen die so schön, und da ist doch so viel Streit und Zorn in der Familie.«

»Du warst auch ganz schön pampig«, sagte Weinzirl.

»Ja hör mal, da kommt die mit ihrem Fernsehwissen. So ein Unsinn.«

»Bad cop and good cop. Das lernt man auch im TV. Ich war der good cop.«

»Bist du doch immer, wenn man auf Ärsche glotzen kann und eine Frau gut aussieht.«

»Evi, du tust mir unrecht.« Er grinste. »Ich sehe auf die inneren Werte.«

»Klar!«

»Können wir mal wieder auf den Toten zurückkommen?«

»Ja natürlich.«

»Was haben wir erfahren? Dass er ein Choleriker war und der Sohn nicht immer seiner Meinung war. Aber es ist doch oft so, dass der Altbauer die Wege des Nachfolgers nicht versteht.«

»Aber dieser Mahrer-Mair scheint ja schon ein spezielles Kaliber gewesen zu sein«, sagte Evi und gab sich einen versöhnlicheren Ton.

»Hmm, an Feinden scheint es echt nicht zu mangeln. Lass uns morgen mal hören, was wir an Fingerabdrücken und Spuren haben und was die Rechtsmedizin dazu sagt.«

»Wir machen Schluss für heute?«

»Ja, für heute schon, wir besuchen morgen ganz in der Frühe diese Meeri-Tante, dafür muss ich ausgeschlafen sein.« Weinzirl verzog das Gesicht.

»Wenn die auch einen netten Arsch hat?«, fragte Evi.

»Wolltest du dich nicht bessern?«

Evi grinste nur, und sie redeten über Banalitäten, bis sie in Weilheim waren. Im Büro informierte Weinzirl die Staatsanwaltschaft und den Pressesprecher. Weinzirl wollte Infos so vage wie möglich halten. Auch wenn ihm klar war, dass allein diese Kitzretter-Damen trotz seiner Bitte an Jo die Info flugs in die Welt hinaustragen würden.

Er war um neun zu Hause, der Kühlschrank war eine Ödnis. Eine Aufbackpizza war noch da, und diese Leere. Seppi fehlte so sehr! Seppi, mit vollem Namen Sir Sebastian, dieser unabhängige Wolfshund, der so souverän gewesen war, so telepathisch und elegant, war vor gut drei Monaten gegangen. Er war uralt gewesen für diese Rasse. Weinzirl hatte ihn zweimal im Jahr der Tierärztin vorgestellt, die ihn geimpft und entwurmt und ihm mal ein bisschen was für die Gelenke gegeben hatte. Sie hatte immer auch ihrer Verwunderung Ausdruck verliehen und ihrer Bewunderung, dass der alte Kerl so gesund war.

Es war Ende Februar gewesen, als Weinzirl in einer Sonntagnacht aufgewacht war, einen stechenden Schmerz in der Herzgegend. Und hatte es gewusst. Er war zu der Matte gegangen, auf der Seppi immer lag. Hatte seine Hand vor seine Schnauze gehalten. Da war kein Hauch mehr gewesen. Er hatte sich auf den eiskalten Boden gelegt und all die Tränen geweint, die er sich in seinem über fünfzigjährigen Leben verboten hatte. Der Morgen hatte gedämmert, als er mit einer Schaufel in den Wald gegangen war. Er hatte ein großes Loch gegraben für den großartigsten Hund im Universum. Er hatte ihn in seine Lieblingsdecke eingeschlagen und zum Grab getragen. Er hatte sich gewundert, wie leicht der Hund doch war. Hatte ihn abgelegt und es fast nicht geschafft, die Erde wieder anzuhäufen. Er hatte immer schon gefunden, dass dieser Moment auf jeder Beerdigung der schlimmste war. Mit der Erde war es endgültig.

Er hatte aus zwei Birkenstängeln ein Kreuz gebastelt, in der Mitte mit einem Bindfaden fixiert. Dann war er zurückgegangen, hatte seine Tourenski in den Bus geworfen und war gefahren. Immer nur gefahren. Bis ins Kühtai, wo er auf den Sulzkogel gestiegen war. Schneller als je zuvor, als wäre er auf der Flucht. Als er abends wieder zu Hause gewesen war, hatte seine Vermieterin natürlich mitbekommen, dass Seppi fehlte. Zwei der zahlreichen Enkel hatten das Grab gefunden und aus Kiefernzapfen ein Herz gelegt. Sie hatten ihn sonst nicht behelligt. Sie kannten ihn.

ZWEI

Dienstag

Die beiden Ermittler trafen sich in der Frühe in Weilheim und waren um kurz nach acht am Haus von Leandra Melles-Grote. Es lag auch in einem Weiler, nicht allzu weit weg von Mair, wahrscheinlich für etwas längere Hundespaziergänge ideal. Das Haus war eines der Marke »quadratisch, praktisch, gut«. Es war zweistöckig und besaß einen Windfang. Es war komplett eingezäunt, im Garten gab es ein Gartenhaus mit einer Voliere, da lebten bestimmt diese Meersauen.

Sie drückten die Klingel außen am Gartentor, wenig später öffnete sich die Tür im Windfang. Man sollte keine Vorurteile haben, wäre Weinzirl Schriftsteller oder Filmregisseur, würde man ihm Klischeehaftigkeit vorwerfen, aber Frau Melles-Grote sah aus wie aus dem »Ich bin betroffen und zeige das auch«-Bilderbuch. Sie war irgendwo zwischen fünfzig und sechzig, nahm Weinzirl mal an. Sie trug das schulterlange Haar lockig und demonstrativ grau, was sie älter machte.

Weinzirl verstand die Attitüde dahinter nicht: Warum wollte man unbedingt alt aussehen, wenn es doch schöne Produkte zum Färben gab? Er kannte die Argumente, dass man sich nicht vom gängigen Schönheitsideal unterjochen lassen wolle. Aber das mit den inneren Werten war in seiner Jugend schon eine Lüge gewesen, und wenn man älter wurde und es eh schon an allen Ecken und Enden ausließ, musste man sich doch nicht absichtlich hässlicher machen. Die Hose, die sie trug, war eine Pumphose in Türkis, das Oberteil geringelt, beides schien aus Leinen oder Hanf oder sonst was Nachhaltigem zu sein. Und die Latschen, in denen sie schlappte, hatten Pünktchen. Hinter ihr kamen zwei hochbeinige dürre Hunde heraus, die mächtig bellten.

»Frau Melles-Grote?«, brüllte Weinzirl gegen das Gebell an.

Sie nickte.

»Weinzirl und Straßgütl von der Polizei, dürften wir kurz?«

»In welcher Sache?«, brüllte sie zurück. »Still jetzt, ihr zwei!«

»In einer Mordermittlung«, rief Evi.

Sie hatte die Stirn gerunzelt, öffnete das Gartentor, was die beiden spitznasigen Hunde verstummen ließ, aber auch sofort veranlasste, das Weite zu suchen. Sie stieß in eine schrille Hundepfeife, dass Evi zusammenzuckte und Weinzirl hoffte, er hätte keinen Hörsturz erlitten. Sie brüllte nun auch.

»Pedro, Alonso!«

Aber weder Pedro noch Alonso kamen zurück.

»Na, die hören aber gut«, sagte Weinzirl.

»Sie sind erst kurz da. Aus einer spanischen Tötungsstation, die beiden Schätzchen. Sie müssen noch lernen.«

»In der Zeit, in der die aus Ihrem Einflussbereich weg sind, kann sonst was passieren. Nicht gut«, sagte Weinzirl, dem so etwas früher gar nicht aufgefallen war.

Aber in der Zeit, in der er Hundebesitzer gewesen war, hatte er bemerkt, dass die wenigsten Einfluss auf ihre »Schätzchen« nehmen konnten. Immer wieder waren bei ihm im Salzgraben Hunde frei gelaufen und hatten das Gebrüll von Frauchen und Herrchen überhört. Sie hatten Katzen gejagt, Rehe aus dem Wald gesprengt. Seppi hatte solche Kandidaten mehrfach gestellt und ihnen die Meinung gesagt. Kurz und knapp ohne Bellen. Ein Knurren hatte gereicht. Ein Hund von Seppis Größe hatte nicht bellen müssen. Weinzirl schluckte.

»Wir üben das. Ohne Übung geht das eben nicht«, sagte Frau Melles-Grote bissig, pfiff erneut, und einer der beiden Hunde kam zurück, wenig später der zweite.

Es gab ein Leckerli. Weinzirl verkniff sich jeden weiteren Kommentar, dass sie nun diese Burschen auch noch fürs Abhauen belohnte. Ohne eingeladen worden zu sein, setzte er sich auf einen der fünf Blechstühle, die unordentlich verteilt auf der Rasenfläche standen. Es gab sie in fünf Farben; er nahm den roten, das passte zu seiner aggressiven Stimmung. Evi und die Frau blieben stehen. Pedro und Alonso strichen vorbei, mit eingeklemmten Ruten.

»Die haben Angst vor Ihnen, Angst vor Männern generell.«

Das war auch so ein Satz, den Weinzirl hasste. »Und Sie, Sie hatten Angst vor Mair?«, stieß er aus.

»Was?«

»Sebastian Mair ist Ihnen bekannt?«

»Sicher, Sebi Mair. Der Mahrer. Wir sind in demselben Kleintierzüchterverein. Hat er mir jetzt die Polizei auf den Hals geschickt?«

»So wie Sie ihm das Veterinaramt?«

»Es ist haltlos, Kaninchen so einzupferchen. Das verstößt gegen das Tierschutzgesetz! Er hat Auflagen bekommen, das ist gut so. Und er hat dann einen Rachefeldzug gegen meine Meeris geführt. Von acht Stück konnte ich nur zwei wiederfinden. Lothar vom Lohenberg ist dem Massaker entgangen, er war mehrfach Rassesieger und auch ›Best in Show‹. Lapilula hat ebenfalls überlebt, Tiere wie aus dem Bilderbuch in Slate Blue-Gold-Weiß, absolut das Beste, was man zu sehen bekommt. Wie ein kleines Brot von oben«, sagte sie.

Weinzirl hatte geahnt, dass der Tag kein guter werden würde, aber das toppte jede Negativerwartung. Meersäue wie Brote von einer Frau, die ihm jetzt schon so was von auf den Sack ging.

»Dieser Mair ist gemeingefährlich, er hat mir gedroht, er würde meine Hunde abschießen!«, rief sie.

»Wozu er als Jäger das Recht hätte, wenn er auf wildernde Hunde trifft«, sagte Weinzirl.

»Ach! Deswegen hat er Sie jetzt zu mir geschickt?«

»Der Mann schickt keinen mehr irgendwohin, er ist tot«, sagte Weinzirl.

»Tot?« Sie überlegte. »Er war natürlich auch alt. Und hatte bestimmt einen hohen Blutdruck. Hat ihn der Schlag getroffen?«

»Nein, eher ein Schlächter. Wir reden von Mord.«

Nun sank sie doch auf einen Stuhl. Den in Pink, was Weinzirl unpassend fand. Eine Barbie war sie keine.

»Mord? Warum Mord? Und was habe ich, habe ich …? Sie wollen jetzt aber nicht …?« Sie war nun doch aus dem Konzept.

»Frau Melles-Grote, wir befinden uns am Beginn der Ermittlung, und Sie sind eine der Ersten, die wir befragen. Sie hatten Streit mit ihm, seit Längerem und immer wieder.«

»Streit kann man das nicht nennen. Mit dem Mann findet man doch keine Kommunikationsebene wie mit zivilisierten Menschen. Und ich töte doch niemanden!« Würde sie nun sagen: »Ich bin Pazifistin«? Sie tat es und trieb mit ihrem Gesichtsausdruck Weinzirl noch weiter auf die Palme.

»Wann haben Sie Herrn Mair denn zuletzt gesehen?«, fragte Evi.

»Keine Ahnung, vor zwei, drei Tagen. Er fuhr ein Wasserfass zur Jungviehweide, ich musste fast in den Stacheldraht springen.«

»In den frühen Morgenstunden des gestrigen Montages, wo waren Sie da?«

»Im Bett.«

»Zeugen?« Außer Pedro und Alonso und den Meersäuen, dachte Weinzirl.

»Nein, also, was soll das? Was wollen Sie eigentlich von mir?«

»Wissen, ob Sie Herrn Mair ermordet haben? Er ging Ihnen mächtig auf den Zeiger. Er hat Ihre lieben kleinen Felldeppen rausgelassen. Da wird man wütend. Gab es einen Anlass, der das Fässlein zum Überlaufen brachte, das Töpflein zum Überkochen?«

Sowohl Evis Blick als auch der von der Doppelbenamten waren vernichtend.

»Soweit ich weiß, muss ich nicht antworten. Sie müssen mich vorladen. Es war reiner Goodwill, dass ich Ihnen Auskunft gebe. Das ist ja ungeheuerlich. Und in die Erziehung meiner Hunde haben Sie sich auch nicht einzumischen!«

Sie reagierte mit Angriff, um ihre Unsicherheit zu kaschieren, und da blitzte auch ganz schön viel Aggression durch. Mair mochte ein Kotzbrocken gewesen sein, aber Weinzirl ahnte, dass die beiden sich nichts geschenkt hatten. Dieser Frau traute er so einiges zu!

Sie wetterte weiter: »Ich bin vor ein paar Jahren hierhergezogen. Aus dem Altmühltal. Weil ich die Berge liebe. Weil ich auch dachte, so auf dem Land, da leben klare Menschen. Aber das ist ja ein reines Inzuchtvolk hier! Brotneidisch, fies – und wenn Sie schon von Feinden reden, gehen Sie mal zu Stone Hunt!«

»Wohin?«

»Stone Hunt ist eine Jagdschule. Die Inhaberin heißt Ellen Steinbeck. Die mochte ihn auch nicht, den Mahrer!«

»Und das wissen Sie warum?«

»Weil ich bei Ellen mit dem Jagdschein angefangen habe, ich musste dann aber abbrechen, weil ... das tut ja nichts zur Sache.«

»Und was hat Mair mit der Schule zu tun?«

»Das fragen Sie mal Ellen! Ich stehe für Auskünfte nicht mehr zur Verfügung.«

Sie klang wie »Bei Risiken und Nebenwirkungen fragen Sie Ihre Ärztin oder Ihren Arzt oder in der Apotheke und kontaktieren Sie Ihren Anwalt«. Weinzirl beließ es dabei.

»Na dann, wir kommen eventuell nochmals auf Sie zurück«, knurrte er. »Und dann cave.« Du dumme Schnepfe!, ergänzte er innerlich. Er nickte Evi zu, und sie verließen das Grundstück. Diesmal hielt die Dame die Spanier von der Flucht ab.

»In den frühen Morgenstunden des gestrigen Montages? Cave? Geht's noch bei dir, Weinzirl? Seit wann redest du so geschwollen daher?«, fragte Evi.

»Ich passe meine Worte dem zu Befragenden an«, sagte er. »Was für eine Schrapnelle!«

»Du darfst den Leuten deine Antipathie nicht so deutlich zeigen«, rügte Evi.

»Du solltest mich erleben, wenn ich ihr meine wahren Gefühle zeige!«, knurrte er. »Ich ruf mal Jo an, womöglich kennt sie diese flote Grote oder flotte Grotte.«

Evi schüttelte nur noch den Kopf.

»Du fährst, ich telefoniere«, sagte Weinzirl, stellte auf laut und hatte Jo auch gleich dran.

»Morgen, wisst ihr schon was? Wir sind gestern noch alle zusammengesessen, das war ja echt ein Schock.«

»Ja, damit rechnet man ja nicht. Habt ihr noch Kitze gefunden?«, fragte Evi.

»Ja, noch vier. Insgesamt also sechs. Heute früh war ich auch schon unterwegs, nochmals drei Stück. Ihr wisst also noch nichts?«

»Weißt du was?«

»Nein. Und ich hab gesagt, dass das nicht an die große Glocke gehört. Ansonsten weiß ich auch nur, was sich gestern angedeutet hat. Der Mann war wohl wirklich ein ziemlicher Querulant. Eine aus der Gruppe kennt ihn von der Musik. Er muss da auch ein sehr strenger Dirigent gewesen sein. Und wenn er wen nicht mochte, hat er es auch gezeigt. Also genau wie Betti gesagt hat.«

»Jo, was anderes: Du bist doch in Pferdekreisen unterwegs. Kennst du eine Leandra?«

»Ähm, warte, der Name sagt mir was.«

»Sie ist eine Pferdeosteopathin und Tölenvermittlerin.«

Man hörte Jo lachen. »Ja, okay. Kennen wäre zu viel gesagt, aber ich weiß, wen du meinst.«

»Und?«

»Ich weiß nicht, wie gut sie ist. Ich habe eine andere Osteopathin. Aber was man hört, soll sie ihren Job wohl können. Eine Bekannte hat einen Hund von ihr genommen. Ratatouille, weil der aussieht wie eine Riesenratte. Netter Kerl eigentlich. Das Problem ist nur, dass er jede Mülltonne umwirft und reinschaut, ob was Essbares drin ist. Und sein Jagdtrieb ist gewaltig. Die Leute schnallen einfach nicht, dass in diesen Spaniern überall Galgo- und Podenco-Blut drin ist. Das sind

Hardcore-Jagdhunde, pfeilschnell und darauf gezüchtet, dass sie allein und schnell entscheiden. Wenn dann noch Herrchen und Frauchen keine Ahnung haben – oft ist es der erste Hund, der arme Wuffi aus der Tötung –, dann wird so einer zur Gefahr.«

»Weil er beißt?«, fragte Evi.

»Nein, aber zur Gefahr für Wildtiere. Jetzt ist gerade Setz- und Aufzuchtzeit, aber das interessiert die Hundeleute nicht. Letztes Jahr fanden wir ein Kitz, das in der prallen Sonne lag und ein Problem mit den Augen hatte. Eine nähere Untersuchung ergab, dass sein Gesicht komplett zugeschwollen war, weil es von einem Hund gebissen worden war. Betti nahm es in ihre Obhut, sie hat wirklich alles getan, um es zu retten. Ein Hund muss gar nicht lange aus dem Sichtfeld der Besitzer weg sein. Halter sehen nicht, was der Hund in einer kurzen Zeit der Abwesenheit tut. Anschnuppern genügt, dass die Geiß das Kitz im Stich lässt. Oder es gibt einen Biss, das Kitz verendet dann über Tage elend. Es hatte vielleicht eine Mutter, die es verteidigt hat. Die womöglich vom Hund oder auch von mehreren Hunden getötet worden ist.«

»Und euer Kitz? Das bei Betti?«, fragte Evi.

»Dieses Kitz musste eingeschläfert werden, weil durch die bösen Bisswunden sich bereits Maden im Augenhintergrund eingenistet hatten. So was ist furchtbar, und eine wie diese Hundevermittlerin Leandra trägt eben auch Schuld. Sie bereitet die Leute nicht richtig vor, sie sieht nicht, dass der Hund nicht zu den Leuten passt. Man kann Hundeanfängern keine solchen Hunde geben. Die sind traumatisiert, meist null sozialisiert, die gehören nur in erfahrene Hände. Aber was ist mit der eigentlich?«

»Sie lag auch mit dem ermordeten Mair im Clinch«, sagte Weinzirl.

»Okay«, meinte Jo gedehnt. »Wegen ihrer Hunde?«

»Auch, und wegen Lapilula.«

»Hä?«

»Eine Meersau, eine Winnerin aller Klassen. Führt jetzt zu weit. Danke, Jo!«

»Na toll, ihr erzählt mir aber, wenn ihr was wisst!«

»Jo, wie lange kennen wir uns? Ich darf dir nur das erzählen, was auch in der Zeitung stehen würde. Und ich schwöre: Wir stehen auf dem Schlauch.«

»Typisch für dich! Ich hab übrigens am Samstag zufällig Kathi an einer Tankstelle getroffen. Sie …«

»Danke, Jo, danke für die Auskunft!« Weinzirl legte auf.

»Du möchtest nicht über eine deiner ruhmlosen Exen reden?«, fragte Evi süffisant.

Er ließ das unkommentiert und starrte zum Fenster hinaus. Ja, seine Beziehungen waren alle ruhmlos gewesen. Im Falle der Garmischer Kollegin Kathi war es so gewesen, dass die am Ende mehr an Gefühlen investiert hatte. Dabei war sie so taff und cool. Und es tat ihm unendlich leid. Kathi war ein tolles Mädchen, aber er ließ wohl einfach keine Gefühle zu oder zu wenig oder die falschen …

In Weilheim schließlich gab es in der Tat Infos zu Sebastian Mair. Das Messer, das neben ihm gelegen hatte, war tatsächlich ein Sattlermesser, das aber blütenrein gewesen war. Keinerlei Fingerabdrücke drauf, es war fabrikneu. In der Umgebung hatte die Spurensicherung durchaus Spuren gefunden, zertretenes Gras, wohl von den Kitzretterinnen. Sie nahmen auch an, dass jemand ein Fahrrad geschoben hatte, die Spur verlor sich dann aber auf einer Teerstraße. Alles in allem ziemlich unergiebig.

Auch die Rechtsmedizin hatte zackig gearbeitet, der Mediziner war per Teams am Telefon. Er verkündete, dass sie am Mann keinerlei fremde DNA gefunden hatten.

»Der Mann war nicht gesund, genau genommen sehr krank. Prostatakrebs, der in die Knochen gestreut hat.«

»Wusste er davon?«, fragte Weinzirl überrascht.

»Wenn ja, hat er das ignoriert.«

»Seine Familie schien jedenfalls nichts zu wissen. Da war nicht die Rede davon.«

»Tja«, sagte er nur. »Es gab keine OP, es deutet auch nichts darauf hin, dass er sich irgendwelcher Behandlungen unterzogen hätte. Wir haben lediglich an den Händen akzidentielle Verletzungen gefunden, was auf Abwehrbewegungen hinweist.«

»Das heißt, der Täter hat ihn überrascht?«, fragte Evi.

»Ich weiß nicht. Der Täter muss sehr nahe gewesen sein. Ich konnte diese Schnitte auch sonst sehr schlecht einordnen, dolchartig geradezu.«

»Ja, das fiel uns auch auf.«

»Das Schnittbild ist merkwürdig, ganz merkwürdig.«

Er schwieg eine Weile. Er schien wohl auf Trommelwirbel zu setzen. Weinzirl zügelte seine Ungeduld.

»Ich bin dann doch draufgekommen!«

Ja, du Honk, und was war es?, dachte Weinzirl und erlegte sich doch Schweigen auf.

»Es war ein Saufänger.«

»Bitte was?«

»Dieses Messer ist fünfundzwanzig Zentimeter lang und breiter als ein übliches Jagdmesser. Saufänger sind zu beiden Seiten symmetrisch geschliffen, die Spitze der Klinge sitzt somit in der Mitte. Solche Messer eignen sich aufgrund der Beschaffenheit der Klinge nicht zum Schneiden, sondern eher zum Stechen.«

»Und so was hat den Mann getötet?«, vergewisserte sich Weinzirl.

»Ja, das Messer dürfte auch eine Schweißrinne gehabt haben.«

»Was?«

»Eine Schweißrinne, also Blutrinne. Es gab zwei Stiche ins Herz. Die Stichkanäle sind in der Tat so, dass der Angreifer sehr nahe gewesen sein muss.«

»Kann ich Ihnen noch was zeigen?«, fragte Weinzirl und hielt das Messer in die Kamera. »Das soll ein Sattlerwerkzeug sein. Es lag neben dem Toten.«

»Das war sicher nicht die Tatwaffe. Solch tiefe Wunden hätten Sie damit nicht zufügen können, das ist ja auch nur ein Viertelmond!«

»Wer? Ich kenne den türkischen Halbmond. Was ist ein Viertelmond?«

»Der Halbmond ist auch das typische Werkzeug eines Sattlers, mit dem er den halben Hecht, ein Lederstück, schneidet.«

»Aha, suchen wir jetzt einen Sattler?«

»Das obliegt nun Ihnen. Den Viertelmond benutzen Sattler, aber auch Bodenleger. Sie könnten sich auch unter den Bodenlegern umtun!«

Weinzirl stöhnte. Ein Bodenleger, der mit einem Jagdmesser gemordet und ein anderes Werkzeug verloren hatte? Das keinerlei Fingerabdrücke trug? Was war das denn für eine krude Geschichte. Das fing nicht gut an!

»Und Sie haben wirklich keine Fremd-DNA an dem Mann gefunden?«

»Nein, nichts.«

»Aber, aber ...«

»Ein Profi, Herr Weinzirl? Handschuhe? Schutzanzug?«

Klar, da rannte einer im Schutzanzug durch eine patschnasse Wiese und erstach den Mahrer. Bestimmt ein Profikiller. Weinzirl zweifelte kurz an seiner Berufswahl.

»Ich kann ansonsten nur mit einigen Haaren dienen«, sagte der Rechtsmediziner.

»Na, sehen Sie! Warum sagen Sie das nicht gleich!«

»Diese waren tierischen Ursprungs.«

»Wie?«

»Nun, es gab Haare von Canis lupus familiaris, von Cuniculus und Castor fiber.«

»Hä?«

»Hund, Karnickel und Biber.«

»Biber? Sie reden von Biberhaaren?«

»Ja, womöglich hatte er eine Biberfellmütze. Wie Fähnlein Fieselschweif.«

»Meines Wissens waren deren Mützen aus Waschbär«, stöhnte Weinzirl.

»Nun denn, wie auch immer, mehr kann ich nicht beitragen. Auf Wiederhören!«

Plopp, der Bildschirm zeigte nur noch Weinzirls staunendes Gesicht.

Evi starrte Weinzirl an. »Was für ein Fähnlein mit Waschbär-Mützen?«

»Evilein, Donald Ducks Neffen Tick, Trick und Track, wenn sie als Pfadfinder beim Fähnlein Fieselschweif aktiv waren. Das weiß man doch!«

Evi war sprachlos, schüttelte dann den Kopf und straffte die Schultern.

»Boah, Weinzirl, du und dein sinnloses Wissen. Überleg mal was anderes: Bei Mair lag ja auch so ein Viertelmond rum«, sagte Evi.

»Stimmt, aber früher haben Landwirte ihre Sattelarbeiten selber gemacht, wahrscheinlich auch Mair. Die Frage ist doch: Hat er das Ding selbst verloren, oder hat es der Täter verloren? Die Tatwaffe hat er dann ja wohl mitgenommen, oder? Einen Saufänger! Ich glaub es ja nicht«, grummelte Weinzirl. »Und krank war er auch.«

»Ewig hätte er mit oder ohne Krebs auch nicht gelebt. Aber so abzutreten, ist schade«, sagte Evi.

Schade? Weinzirl hätte dieses Wort wohl nicht verwendet. Er wusste, dass ein Onkel von Evi kürzlich an »einer Prostatasache« verstorben war. Ein Onkel, der ihr nahegestanden hatte. Er ließ ihr Zeit.

»Was machen wir also jetzt? Wir haben diese Ellen mit der Jagdschule als Tipp bekommen. Sollten wir sie nicht mal aufsuchen?«

»Ja, aber vorher fahren wir zu Baier. Lassen uns briefen. Der Mann ist selber Jäger. Er kennt die Szene. Er kennt sicher auch Mair. Kotzt mich das jetzt schon an!«

Als sie bei Baier in Peiting vorfuhren, stand der gerade auf der Straße und plauderte mit einer Nachbarin.

»Ja, Weinzirl, Frau Straßgütl! Meine Verehrung. Kommen Sie rein!«

Hatte Baier Drogen genommen? Gewöhnlich brummte er wie ein Braunbär, der gerade aus dem Winterschlaf kam.

»Frau Schuster, Sie sehen es. Schönen Abend«, sagte er in Richtung der Dame.

Die als Frau Schuster Betitelte wollte noch was sagen, aber Baier stapfte davon. Die Kommissare hinterher. Direkt auf die Terrasse.

»Danke!«, sagte Baier mit Inbrunst. »Man kriegt die Schusterin nicht mehr los. Ich weiß alles über die Hämorrhoiden ihres Mannes, ihre offenen Füße und über sämtliche Diagnosen des verhaltensauffälligen Enkels. Sonst hält meine Frau sie in Schach.«

Die wahrscheinlich mal wieder irgendwo war. Yoga, Nepalhilfe, Engagement bei der Tafel, Frau Baier hatte eine Art Senioren-ADHS, sie war immer auf der Roas.

»Was darf's sein?«, fragte Baier. »Weißbier und Wasser?«

»Ich nehme ein alkoholfreies«, sagte Weinzirl.

»Sind Sie krank?«

»Nein, aber ich muss auf meine Linie und die Elektrolyte achten.«

Baier verzog das Gesicht. Und war schnell retour.

»Was führt Sie her?«

»Wir wollten Sie vor der Schusterin retten!«, sagte Weinzirl grinsend.

»Weinzirl, Sie haben doch keine hellseherischen Fähigkeiten. Sie nicht.«

»Baier, unterschätzen Sie mich nicht. In dem Fall aber wollten wir wissen, ob Sie Sebastian Mair kennen.«

»Den Mahrer?«

»Genau den.«

»Der muss um die achtzig sein, oder?«

»Kurz davor. Die Party fällt aus.« Weinzirl berichtete vom Toten, der unschönen Todesart und schloss: »Verkrebst war er wohl auch. Die Familie wusste nichts. Zumindest nehme ich das an.«

»Unschön«, sagte Baier. »Dann würde ich auch nichts mehr davon erzählen. Der Mann ist tot. Womöglich machen die sich sonst noch Vorwürfe.«

Evi warf Baier einen warmen Blick zu.

»Mit einem Saufänger ermordet. Den haben doch Jäger«, versuchte Weinzirl wieder aufs Thema zu kommen.

»Ja, aber die sind frei verkäuflich. Dem Bowiemesser ähnlich. Zweischneidig. Eine Blankwaffe, früher hat man die auch in Treibjagden verwendet, zum Abfangen der Sau.«

»Da kommt so ein riesiges Tier auf mich zu, und es läuft mir ins Messer?«, fragte Evi. »Das ist ja irre.«

»Jagd ist nichts für Zögerer«, lächelte Baier. »Es kann sich ja auch ergeben, dass das Tier verletzt ist – zum Beispiel durch einen Verkehrsunfall oder einen schlechten Schuss – und deshalb schnell von seinen Leiden erlöst werden muss. Die Situation kann aber auch so sein, dass die Anwendung einer Schusswaffe nicht erlaubt ist oder nicht möglich.«

»Gruselig«, meinte Evi.

Baier schien Spaß an seinen Ausführungen zu haben. »Dem Saufänger verwandt ist der Hirschfänger. Warten Sie mal!«

Wenig später kam er mit drei Messern zurück. »Das sind Saufänger. Mit der Blutrinne«, sagte er. »Die Klingenlänge von Abfangmessern sollte zwischen zwanzig und vierzig Zentimetern betragen. Eine zu kurze Klingenlänge kann bei besonders starkem Wild dazu führen, dass die lebenswichtigen Organe nicht richtig erreicht werden. Dieser Umstand würde das Leiden nur verlängern, sodass ein Abfangmesser mit langer, großer Klinge stets die bessere Wahl darstellt.«

»Jedenfalls steckte so was im Mahrer«, sagte Weinzirl nach einer Weile. »Ziemlich martialisch und brutal, finde ich. Da war viel Hass dabei. Baier, wer war der Mahrer? Er war unbeliebt, das haben wir gehört. So unbeliebt, dass man ihm so ein Ding reinrammt? Sie kannten ihn doch, Baier?«

»Nun, er war schon schwierig, aber er hat sich wirklich sehr um die Blasmusik verdient gemacht, großartige Konzerte in Zelten und auf Umzügen gegeben. Mit ihm als Dirigent hatte das alles Wumms.«

»Wie beim Kanzler?«

»Hat Deutschland einen Kanzler? Wäre mir gar nicht aufgefallen«, sagte Baier.

Evi lachte kurz auf. »Mair galt aber jenseits seiner Musikleidenschaft als eher unwirsch und aggressiv. War er ein Mann mit echtem Wumms?«

»Wie gesagt, Verdienste um die Musik, bisserl cholerisch auch.« Baier lächelte.

»Und als Jäger? Er mochte keine Rehe, haben wir gehört. Er mochte auch keine Drohnenpiloten, die Kitze retten.«

»Ja, nun, das ist ein bisschen kurz gesprungen. Er ist auch früher seine Wiesen abgegangen, ich glaube nicht, dass er scharf drauf war, ein Tierkind zu verstümmeln oder zu töten. Er mag einfach keine Neuerungen, er mag vor allem keine Fremden auf seinem Gelände. Drohnen sind für ihn ein Teufelszeug, und mit der Meinung ist er sicher nicht allein.«

So war das Ermittlerleben, dachte Weinzirl. Es hing so stark davon ab, wen man fragte. Alle urteilten von ihren ganz eigenen Fundamenten aus. Die einen waren bodennah, die anderen standen auf hohen Sockeln.

»Es hörte sich in jedem Fall so an, als wäre er ganz schön oft angeeckt. Wir hatten eine unerfreuliche Begegnung mit einer Brotzüchterin, die auch noch darin versagt, ihre Spanier zu erziehen.«

»Hä? Wollen Sie nicht lieber doch ein richtiges Weißbier trinken?«

Nun war es an Evi, Licht ins Dunkel von Weinzirls kruden Formulierungen zu bringen. Sie schloss: »Und von dieser Meerschweinchen-Züchterin wurde uns eine Ellen Steinbeck genannt. Die soll den Mahrer auch nicht gemocht haben. Und vice versa. Wissen Sie da was drüber? Kennen Sie die Frau zufällig?«

Baier überlegte kurz. »Ja, ich kenne sie, und das ist halt so a Sach. Ellen Steinbeck ist eine junge Frau. Attraktiv und stimmgewaltig. Sie hat als Jagd-Influencerin begonnen.«

»Als was?«

»Jagd-Influencerin, Weinzirl, Sie sind so was von hinterm Berg«, sagte Baier.

Evi grinste.

»Muss ich Ihnen nun als Urgestein erklären, was Influencer sind? Es gibt sie in allen Bereichen, auch in der Jagd. Sie hat damit begonnen, die Grünen zu attackieren. Deren unsinnige Verbote für die Landwirtschaft, die Natur und die Jäger. Ihre Follower lieben sie dafür. Die jungen Frauen sowieso, und einige Männer holt sie damit auch ab. Junge hübsche Frauen sind für die Jagdbranche interessant, sie testen und bewerben Jagdequipment namhafter Hersteller. Viele mittelständische Unternehmen für Ausrüstung oder Jägermode sind auf dem Feld Social Media noch nicht unterwegs.«

»Das heißt statt Schmink-Tutorials und Rezepten gegen Cellulite Tarnhosen und Waffen?«

»Weinzirl, echt!«, rief Evi.

»Im Prinzip ja, dahinter steht, dass die Attraktivität der Jagd steigt, immer mehr Interessierte wollen in Bayern Jägerin oder Jäger werden. Ich glaube, 2021 haben in Bayern rund fünfundsiebzigtausend Jägerinnen und Jäger einen Jahresjagdschein gelöst. Der Frauenanteil lag da bei rund zwölf Prozent, aber die Tendenz ist steigend.«

»Ja, Frauen an die Waffe«, ätzte Weinzirl.

»Du bist so ein Pfosten!«, sagte Evi. »Die Freude am Schießen ist doch nachrangig oder gar der unangenehme Teil, die Motivation, den Jagdschein zu machen, ist es doch, von, mit und in der Natur zu leben. Es geht um das Wissen über Naturzusammenhänge, darum, wie hoch spezialisiert Tiere sind.«

»Machst du auch einen Jagdschein?«

»Nein, aber eine Freundin von mir, und das heißt nicht umsonst das grüne Abitur. Das ist voll schwer und umfangreich, hat sie mir erzählt.«

»Richtig, Frau Straßgütl. Gut erkannt! Zumindest in Bayern ist es wirklich eine Art Abitur! Vor der Prüfung ist eine Ausbildung bei einer anerkannten Ausbildungsinstitution mit mindestens je sechzig Stunden Theorie und sechzig Stunden Praxis abzuleisten. Zusätzlich müssen Schießleistungen nachgewiesen werden. Und das alles ist nicht ohne.«

»Und die Institution ist die Schule? Wie die von Ellen Steinbeck?«, fragte Evi.

»Jawoll, und eine gute Schule bereitet die Kandidaten optimal vor. Ellen Steinbeck ist noch recht neu im Geschäft, es gibt eben die alten Platzhirsch-Schulen, und die beäugen eine junge Frau kritisch. Sie hat aber Zulauf, vor allem von Frauen, aber auch von Männern, weil sie sehr modern und digital arbeitet, flexible Zeiten anbietet, und am Ende zählt halt, ob der Prüfling besteht.«

»Fällt man leicht durch?«

»Absolut«, sagte Baier, »die Prüfung hat einen schriftlichen, einen mündlichen und einen praktischen Teil, und es ist obligatorisch, sie in dieser Reihenfolge abzulegen. Der Zeitraum der Gesamtprüfung ist etwa vier Wochen. Im schriftlichen Teil hat man hundert Fragen in hundert Minuten zu beantworten. Das ist machbar, wenn man gut gelernt hat. Die Prüfung ist bestanden, wenn du mindestens fünfundsiebzig Prozent der Fragen richtig beantwortet hast. Die mündliche Prüfung wird in sechs Fächern von unabhängigen Prüfern abgenommen, immer zwölf Minuten pro Sachgebiet. Im dritten Prüfungsteil wird die sichere Handhabung der gängigen Lang- und Kurzwaffen geprüft. Und in allen Teilen wird oft durchgefallen. Und dann kommt es halt auch auf die Chemie zwischen Prüfer und Prüfling an.« Baier zögerte. »Der Mair war auch Prüfer.«

»Ach! Und wir reden jetzt auch davon, dass Mair Prüflinge

aus der Schule von Ellen Steinbeck öfter mal durchfallen ließ?«, fragte Weinzirl.

»Nun, sagen wir mal so: Bei der Schriftlichen hat er ja keinen Einfluss. Bei der Mündlichen kann man schon so oder anders fragen. Gewogener und weniger gewogen.«

»Und Mair hat weniger gewogen gefragt?«

»Man hört so was läuten. Und natürlich ist der Erfolg einer Schule immer davon abhängig, wie gut die Prüflinge abschließen. Das hat alles viel mit Mundpropaganda zu tun, oft mit Emotionalem. Und einer wie Mair mag diese heutigen Prüflinge nicht. Ihm sind da zu viele Frauen, zu viele Akademiker, zu viele Städter. Für Mair ist die ganze Jagd eben nicht mehr das, was sie mal war. Und ein Stück weit stimme ich ihm da auch zu.«

»Inwieweit?«

»Schauen S', Weinzirl, schauen Sie sich um. Was sehen Sie hier?« Er wies zu seiner Wand.

»Ziemlich viele Reachkrickerl und ein paar ausgestopfte Viecher?«

»Tja, Weinzirl, und da fängt es an. Ich gehöre zu den uralten, traditionellen Jägern, und was die Jungjäger heute so liefern, schaudert mich. Der Jagdschein boomt, die Motivationen sind unterschiedlich. Einige wollten das immer schon machen, andere füllen ein Sabbatjahr mit Inhalt, für noch andere ist es einfach Renommee, Jäger zu sein. So wie Golfer. Die wollen oft in ihrem Haus gar keine Trophäen mehr aufhängen. Da blutet uns langjährigen Jägern das Herz. Jeder Bock hat das Recht darauf, dass man ihm Ehre erweist. Ein Rehbock ist das Highlight, wie elegant und grazil sind diese Tiere und doch gleichzeitig so kraftvoll. Ihn zu ehren ist waidgerecht. Und deshalb hat man dann eben viele Krickerln, jedes steht aber für ein Leben und einen Jagdtag.«

Weinzirl und Evi sahen Baier fast verwundert an. Er war brummig und klug und hatte unglaublich viele Bekannte und Verbindungen quer durch den Landkreis. Er war ihr wandelndes Lexikon, aber mit so viel Passion hatten sie ihn selten reden hören. Höchstens noch, wenn es um seine Römer ging.

»Der da«, er wies auf einen Rehbock, »war mein erster. Der ist gar nicht so besonders imposant, aber für mich unvergessen. Deinen ersten Bock, den vergisst du nie. Und bei dem da war meine Tochter zum ersten Mal dabei. Und, Weinzirl …«

»Ja?«

»Tiere stopft man nicht aus. Vielmehr wird die Hülle aus Haut und Fell oder Federn über einen maßgetreu nachgeformten Körper gezogen. Das ist höchste Präzision und höchste Handwerkskunst. Da gibt es auch Stümper und Künstler.«

»Okay«, sagte Weinzirl. »Die Jagd hat sich also verändert?«

»Weinzirl, die Welt hat sich verändert, die Jagd ist nur ein Symptom!«

Sie warteten. Es war, als nähme Baier Anlauf zu einer längeren Rede.

»Ich habe meinen ersten Bock mit einem klapprigen 98er von meinem Opa geschossen. Ich trug einen abgewetzten Lodenmantel, der mir zu klein war, und einen Hut, der mir zu groß war, weil mein Kinderhütchen beim besten Willen nicht auf den Schädel eines Sechzehnjährigen passte. Heute kommen Jagdschüler zur ersten Stunde in einem Outfit der Jagdnobelmarken, behängt mit ein paar tausend Euro. Ihre erste Waffe ist eher Artillerie, ihr Wissen ist das aus dem Internet. Da steht auch Gutes drin, aber die Influencer bekommen halt mehr Klicks, wenn sie mit Bildern der eigenen Großartigkeit hinter toten Tieren hocken. Wildtier- oder Biotopwissen ist nicht sexy oder fotogen. Schick und technisch muss es sein, und da komme ich zum Anfang zurück: Als ich jung war, konnten Hauptschüler in der vierten Klasse sicher schreiben und formulieren und jede denkbare Lehre beginnen. Gymnasiasten hatten so was wie ein kleines Studium generale. Heute haben wir doppelt so viele Abiturienten wie in den achtziger Jahren und jede Menge Einserschnitte. Weil die alle so schlau sind? Nein, meine Lieben, weil wir das Niveau permanent nach unten korrigieren. Und das passiert auch bei der Jagd. Jungjäger wollen es schnell, leicht und freizeitoptimiert. Ohne Ethik, ohne Wissen um die Natur. Und das alles hat Mair wütend gemacht. Mich im Prinzip auch.«

Wieder waren Evi und Weinzirl platt, und Weinzirl musste sich regelrecht aufraffen, eine Frage zu stellen. Denn eigentlich hätte er nun am liebsten zwei bis drei Weißbiere und hätte sich die Welt etwas milder und schwammiger getrunken. Baier hatte es so prägnant auf den Punkt gebracht!

»Also eben doch Kritik an Ellen Steinbeck? Schulen wie die von dieser Steinbeck tragen noch dazu bei?«

»Ich kann gar nichts Negatives über sie sagen. Ellen macht das gut. Sie bemüht sich sehr, auch Jagdethik zu vermitteln. Sie hat mir mal gesagt, dass ihre Influencer-Zeit ihr auch die Augen geöffnet hätte. Jagdpolitische Probleme anzusprechen hat ihre Klickraten sehr geschmälert. Und will man ihr einen Vorwurf machen, dass sie auf einen Zug aufspringt? Auch sie steckt halt in Zwängen.«

»Eben in dem, dass die Leute durchkommen wollen, oder?«

»Ja, auch. Jetzt doch ein richtiges Weißbier, Weinzirl?«

Das »Ja« kam aus tiefem Seelengrund.

Sie plauderten noch eine Weile, bis Evi sagte: »Das heißt aber nun wohl doch, dass wir diese Ellen mal befragen müssten?«

»Ja, stimmt. Mögen Sie uns avisieren?«, ergänzte Weinzirl.

»Der Weinzirl hat heute so einen Tag geschraubter Sprechweise«, sagte Evi.

Baier grinste nur. »Ich bin gleich zurück.« Er verschwand, man hörte ihn reden. Er kam schnell wieder.

»Ellen würde euch bitten, morgen in der Frühe zu kommen. Sie ist jetzt gleich im Online-Unterricht, der geht bis einundzwanzig Uhr dreißig. Danach ist sie zu platt, sagt sie.«

»Machen wir, danke, Baier. Das hat uns geholfen.«

»Diese Welt fährt in den Abgrund. Menschen leben in Städten, haben aber Natursehnsucht. Aber Verständnis für die Natur erlernt man in Jahrzehnten, man sieht ihren Wandel. Weinzirl, ich bin froh, dass ich noch andere Zeiten erleben durfte. Ohne

Social Media. Ich will das gar nicht alles wissen, was draußen in der Welt passiert. So, das war jetzt mein Wort zum Sonntag. Machen Sie draus, was Sie wollen«, lächelte Baier.

»Machen wir«, sagte Weinzirl.

»Baier, danke und einen schönen Abend«, sagte Evi.

Sie fuhren eine Weile schweigend durch die Nacht.

»Komisch, es gibt Facetten der Welt, über die hab ich mir nie groß Gedanken gemacht«, sagte Evi schließlich. »Jagd gehört dazu. Ich dachte, das sind alles schießwütige reiche Säcke. Aber das ist doch wohl anders, zumindest bei Typen wie Baier.«

Weinzirl sagte nichts. So vieles war doch wohl anders. Auch dieser Abend ohne Seppi war anders. Er joggte mit der Hirnbirn durch den Wald, und das brachte doch keine Ruhe in sein Herz.

DREI

Mittwoch

Weinzirls Kaffeemaschine zischte, er sollte sie mal wieder entkalken. Er trank den Kaffee, der irgendwie nicht schmeckte, und hörte in die Stille hinein. Es war zu still, ohne Seppi war kein Leben mehr hier. Nicht das leichte Klacken auf dem Holzboden, nie mehr der wohlwollende Blick aus diesen tiefgründigen Augen. Denn allzu viele wohlwollende Blicke bekam Weinzirl ja generell nicht mehr. Was auch an seinem Job liegen konnte. Er stellte die Tasse in den Ausguss, nahm seine Lederjacke und verließ das Haus.

Traf Evi im Büro, die mit Sicherheit in der Frühe nur Tee getrunken hatte und eine »Hallo, du Tag«-Yoga-Verdrehung absolviert hatte. Drum sah sie morgens auch nur sehr selten verknittert aus. Sie fuhren recht schweigend nach Schongau, Evi wusste, dass man Weinzirl Zeit zum innerlichen und äußerlichen Entknittern geben musste.

Die Jagdschule lag in einem Einfamilienhaus in Schongau-West, wo es die Straßennamen mit den bekannten Bergen gab. Auf ihr Klingeln öffnete eine junge Frau.

Ellen Steinbeck war zweifellos attraktiv. Sie trug eine stretchige Jagdhose, die eng saß, und ein Karohemd, das ebenfalls knapp saß. Ihr Haar baumelte in einem Pferdeschwanz. Ein brauner Labrador und ein kleiner Münsterländer waren ihr gefolgt.

»Hallo, der Baier hat Sie angekündigt. Ellen Steinbeck.«

»Gerhard Weinzirl und Evi Straßgütl. Und diese beiden?« Weinzirl deutete auf die Hunde.

»Dorian von Rabenhorst und Magnus vom Hohenbrunner Feld.« Sie lächelte.

Der Labi freute sich so sehr über die Nennung seines Namens, dass er Weinzirl ansprang.

»Dori! Platz!«

Der Hund schaute schuldbewusst und legte sich ab.

»Furchtbar! Er kommt aus einer jagdlichen Zucht. Ich habe einen wasserfreudigen Apportierhund gesucht, der auch in Nachsuche und Schweißarbeit sehr gut arbeitet. Der hier ist aber wasserscheu und schwer erziehbar.« Sie lachte.

Der Münsterländer hatte den Kopf schräg gelegt, als wartete er auf sein Urteil.

»Ja, Nussi, du bist ein Schatz. Ein Streber! Immer sehr motiviert. Alles, was ein guter Vorstehhund braucht.«

Dori, Nussi und das Frauchen waren zweifelsohne alle sehr fotogen, da konnte man was werden auf dem Influencer-Feld.

»Baier sagte mir, Sie bräuchten Hintergrundinfos und ich müsse mir keinen Anwalt holen. Ich hoffe, das stimmt? Aber kommen Sie doch erst mal rein.«

Sie betraten einen Wohn-Ess-Bereich, der modern möbliert war, bis auf zwei gerahmte Poster einer Jagdmesse war das Ambiente sehr unjagdlich hier.

»Nehmen Sie Platz. Kaffee?«

»Gerne«, sagte Weinzirl.

»Hätten Sie einen Tee?«, fragte Evi.

»Klar.« Sie kam mit drei Tassen zurück, die immerhin Bilder von Birkwild trugen. »So, um was geht es?«

»Sie kennen Sebastian Mair?«

»Gleich in medias res? Ja, ich kenne ihn.«

»Er ist Prüfer bei der mündlichen Prüfung, haben wir gehört?«

»Das ist korrekt.« Sie wirkte abwartend.

»Herr Mair ist tot, wird also keine Prüfungen mehr abnehmen.«

»Tot? Na, das hat Baier ausgespart! Und was wollen Sie dann von mir?«

»Nun, sein Tod war gewaltsam.«

»Jagdunfall?«

»Mord. Ziemlich martialisch und mit einer Jagdwaffe«, sagte Weinzirl.

»Ich frage Sie nochmals: Was habe ich damit zu tun?«

»Nun ja, es wurde uns zugetragen, dass Sie nicht zu seinen Fans gehörten. Weil er die Kandidaten aus Ihrer Jagdschule benachteiligte.«

»Ach je!«

»Ach je? Bisschen wenig für eine Dame, die Einfluss nimmt«, sagte Weinzirl.

Sie hatte die Stirn gerunzelt. »Jagd ist mein Content, ich bin nicht mehr als Influencerin tätig. Jetzt leite ich eine Jagdschule. Aber deswegen muss mir der Mund ja nicht gleich übergehen.«

»Sie müssen doch so viel reden, dass Ihre Schüler die Prüfung schaffen«, sagte Evi und hatte einen Eisblick aufgesetzt.

»Das ›Ach je‹ bezog sich darauf, dass die Gerüchteküche kocht, seit ich diese Schule eröffnet habe. Die arrivierten Schulen fürchten um Anmeldungen, dabei ist genug Platz für uns alle. Das Interesse am Jagdschein ist seit Jahren hoch, wie bei allen Schulen geht es um die Chemie, und manche Leute passen gut zu mir, andere eben nicht.«

»Frau Leandra Melles-Grote hat uns praktisch auf Ihre Fährte gesetzt. Sie war in Ihrer Jagdschule?«

»Puh, ja, da hat die Chemie nun gar nicht gepasst.«

»Warum?«

»Schauen Sie, an irgendeiner Stelle bin ich halt doch die Lehrerin. Auch wenn ich jünger bin. Man muss mir auch mal was glauben. Leandra wusste aber immer alles besser, sie wusste durchaus auch interessante Dinge, die aber für die Prüfung nicht relevant sind. Und darum geht es eben am Ende.«

»Aber hat Mair Ihre Leute denn nun bei der besagten Prüfung benachteiligt?«, fragte Weinzirl.

»Das ist dünnes Eis.«

»Ja oder nein?«

»Ich würde sagen: Ja.«

»Und da konnten Sie nichts tun?«, fragte Evi.

»Nur meine Leute noch besser vorbereiten, als ich es eh schon tue. Aber ein Stück weit kann man eben …«

»… gewogener oder weniger gewogen fragen?«

»So in etwa.«

»Können Sie mal ein Beispiel nennen, oder noch besser: Wie läuft denn so eine Prüfung ab?«, fragte Evi.

»Bei der mündlichen Prüfung sitzen sechs Prüfer in sechs Räumen und befragen je zwölf Minuten zu Themenbereichen wie Waffen, Waffenrecht, Wildtierkunde, Jagdrecht, Tierschutz- und Naturschutzrecht, Jagdliche Praxis, Hege, Wildkrankheiten, Hundewesen. Im Bereich Hundewesen hat Mair zum Beispiel gefragt, wie eine Hundepfeife funktioniert. Der Prüfling sagte in etwa: ›Ich blase rein, es gibt zwei Seiten zum Reinblasen, die erzeugen je zwei Töne, damit ich verschiedene Kommandos geben kann.‹ Was völlig korrekt war. Aber Mair wollte hören, dass die Kugel da drin den Ton erzeugt.«

»Okay, bisschen spitzfindig«, sagte Evi.

»Eben! Bei einem anderen Termin wollte er wissen, ab wann der schwere Hundebock zum Apportieren eingesetzt wird. Der Prüfling sagte, wenn das Gebiss vollständig ausgebildet ist. Das war auch korrekt. Mair wollte aber genau die Woche wissen. Das ist aber höchst umstritten, Tierärzte würden sagen, das ist bei jedem Hund eben auch individuell.«

Evi hatte die Stirn gerunzelt, Weinzirl schwieg. Es klang jetzt schon kompliziert.

»Oder Mair fragte: Was sind die Waffenarten? Der Prüfling nannte Kurz- und Langwaffen und vergaß aber die Blankwaffen. Mair fragte dann nochmals nach: ›Und was ist mit den kalten Waffen?‹ Der Prüfling stand völlig auf dem Schlauch, meinte dann, die gäbe es auch.«

»Was sind kalte Waffen?«, fragte Evi.

»Ein anderer Ausdruck für Blankwaffen, und deswegen lass ich jemand doch nicht durchfallen!«

»Blankwaffen sind Messer? Wie Saufänger?«, fragte Weinzirl.

»Ja genau.«

»Besitzen Sie so ein Messer?«, fragte Weinzirl.

»Einen Saufänger?«

»Hmm.«

»Ja klar, auch eine Saufeder. Die brauche ich auch in der Schule, auch Blankwaffen sind Prüfungsgebiet.«

»Dürften wir die mal sehen?«

Sie runzelte die Stirn. »Wenn es sein muss. Gehen wir in den Keller.«

Der war überraschend groß und beherbergte die Räume der Schule. An einer Wand gab es eine Vitrine, die Ellen Steinbeck nun aufschloss.

»Das wäre eine Saufeder«, sagte sie und zeigte auf ein langes Ding.

»Das sieht aus wie ein Speer«, wunderte sich Evi.

»Der Sau- oder Hirschfänger wird in der Tat an einer Stange geführt, dann spricht man von einer Saufeder. Die Saufeder wird eigentlich nur noch in Ausnahmefällen oder in Notsituationen zum Abfangen verwendet. Manche tragen sie bei Drückjagden beim Durchlaufen des Waldes bei sich.«

»Und die ramme ich dann mal so in eine Sau?«, fragte Evi überrascht.

»Nicht mal so. Es kann sein, dass Hunde, die eine Sau gestellt haben, nicht durch einen Schuss gefährdet werden sollen. Dass ihr Gehör nicht in Mitleidenschaft gezogen wird. Die Saufeder kann ein verwundetes Tier schnell töten, eben so, dass die lebenswichtigen Organe Herz und Lunge verletzt werden und das Tier nicht lange leiden muss.«

Weinzirl stellte sich gerade vor, wie dieses Persönchen vor einem Keiler stand und martialisch und mittelalterlich – wie ihm das vorkam – einen Keiler abfing. Wer so was zustande brachte, konnte doch auch einen Mair abfangen?

Evi schien seine Gedanken zu teilen und das Ganze auch ziemlich bizarr zu finden. »Darf ich Sie fragen, wo Sie in der Nacht zum Montag waren?«

»Dürfen Sie. Ich war in Bad Orb. Von Samstag bis Montagmorgen, wo ich noch gefrühstückt habe. Dort findet demnächst ein Tag des Rotwilds statt. Der BJV veranstaltet ihn zusammen mit dem hessischen Landesjagdverband. Wir sehen eine besorgniserregende Entwicklung, ich bin unter den Referentinnen und habe mich im Vorfeld mit einigen getroffen. Wollen Sie meine Hotelbuchung sehen?«

»Die dürfen Sie uns gerne zukommen lassen.« Evi reichte ihr ein Kärtchen. »Da steht meine E-Mail-Adresse drauf.«

»Ach, kein Fax?« Diesen Seitenhieb auf die bayerischen Behörden konnte sie sich wohl nicht verkneifen.

Weinzirl war in einen Nebenraum gegangen, wo ihn nun jede Menge von Präparaten anstarrten. Evi und Ellen Steinbeck waren hinterhergekommen.

»Die sind auch wichtig. Tiere zu benennen und zu beschreiben, ist ein Teilgebiet. Auf Fotos sind die Größenverhältnisse schwer zu erkennen. Da verwechselt der Anfänger auch mal den Sperber und den Habicht. Wenn man diese Tiere aber vor sich hat, ist die Verwechslung ausgeschlossen. Auch bei Wiesel und Marder hilft der direkte Vergleich, und den hat man nur am Präparat. Ich muss, bevor ich die Präparatorin beauftrage, mir je nach Tierart bei der Oberen Naturschutzbehörde die Präparation genehmigen lassen. Wenn das Tier zum Beispiel dem Artenschutz unterliegt. Solche Tiere sind entweder Verkehrsopfer geworden oder im Rahmen von Abschussplänen geschossen worden.«

»Der auch?«, fragte Weinzirl und deutete auf einen Steinadler.

»Sie als Polizisten wissen das bestimmt. Auch die Gesetzeslage regiert mit. Wenn Sie mit einem toten Spatz, der ans Fenster geflogen ist, zur Präparatorin gehen, darf die den nicht präparieren. Er unterliegt dem Naturschutzrecht wie alle Singvögel. Wenn aber ein Steinadler im Revier eines Jägers zu Tode kommt, ist der Revierinhaber aneignungsberechtigt. Es besteht ein großer Unterschied darin, ob ein Tier dem Jagdrecht unterliegt oder nicht. Könnte übrigens auch eine Prüfungsfrage sein. Und da hätte Mair sicher auch wieder etwas gefunden, Prüflinge aufs Glatteis zu führen.«

Sie ließen noch eine Weile ihre Blicke über die Viecher

schweifen, die teils ganz schön höhnisch schauten, wie Weinzirl fand.

»Um auf die Prüfung zurückzukommen: Gibt's da Noten?«, fragte Evi.

»Ja, es gibt aber eh nur die Noten 4, 5 oder 6. Ausreichend: Du erfüllst mindestens die durchschnittlichen Anforderungen. Mangelhaft: Du erbringst eine nicht mehr brauchbare Leistung. Ungenügend: Du weißt leider wirklich sehr wenig bis gar nichts.«

»Wenig motivierend, oder? Wenn nie eine Eins rausschaut?«, grinste Weinzirl.

»Am Ende zählt es, den Jagdschein in Händen zu halten – oder eben nicht.«

»Wenn ich in einem Bereich schlecht abschneide, dann kann ich doch wiederholen, oder?

»Ja.«

»Wie oft darf ich denn durchfallen?«

»Dreimal im Mündlichen und bei der Waffenhandhabung, und dann müsste man nochmals ganz von vorne beginnen und vor allem wieder bezahlen.«

»Was kostet so ein Schein?«

»Je nach Schule rund zweitausend Euro plus Prüfungsgebühren.«

»Kein Schnäppchen«, meinte Weinzirl. »Und gab es jemanden, der wegen Mair mehrfach durchfiel?«

Sie war eine kluge Frau, es war klar, dass sie abwog, was ihre Antwort anrichten konnte. »Ja, leider, ein Mann namens Dirk Reimann. Mair ließ ihn dreimal durchfallen. Bei den Hunden, im Recht und im Naturschutz.«

»Ach, es prüft nicht immer derselbe dasselbe Teilgebiet?«

»Nein, das variiert. Dirk hat dann sogar den Prüfungsort gewechselt, ist von Herrsching nach Feldkirchen gegangen und auch dort dummerweise wieder auf Mair getroffen.«

»Dieser Dirk war sauer, oder?«

»Ja, aber er tötet deswegen keinen Mair!«

Menschen töteten wegen weniger. Erlebte Ungerechtigkeit, Verletzung des Selbstwertgefühls, das konnte Dolche ins Herz stoßen. Das machte aggressiv, so etwas hatte Weinzirl oft genug erlebt.

»Wo wohnt er denn, der Dirk?«

»In Huglfing. Aber es ist absurd anzunehmen, dass er so etwas tun könnte. Er ist ein ganz Ruhiger, ein Friedlicher.«

»Und dann macht er einen Jagdschein? Und ballert auf Tiere?«, fragte Evi.

»Ach je, diese alte Leier kann ich auch nicht mehr hören. Wir ballern nicht. Wir sind keine schießwütigen Individuen im Blutrausch. Die Pflicht zur Hege meint Verantwortung zu übernehmen für die Natur, bei der Vorsorge von Wildseuchen mitzuhelfen, auch bei der Minimierung von Wildunfällen tragen Jäger bei, indem sie Reflektoren an Straßen mit Wildwechseln anbringen. Wir Jäger und Jägerinnen müssen uns mit den unsinnigen Verbissgutachten und den daraus resultierenden Abschusszahlen plagen.«

Weinzirl ließ das mal so stehen, darauf hatte gestern auch schon Baier abgehoben. Er ließ sie reden und köderte sie zusätzlich.

»Man bekommt ja auch durch die Medien schon den Eindruck, dass Waldschutz extrem wichtig ist und Verbiss durch Rehe dieses Ziel torpediert.«

»Ja genau! Da sind wir wieder bei der Polemik! Ein Grottenscheiß ist das! Nun also mal wieder der Wald, den es zweifelsfrei zu schützen gilt. Die Schuldigen sind schnell gefunden: fresswütige Rehe. Wegen des Rehs stirbt der Wald aber nicht!

»Baier sprach davon, dass Wald vor Wild rein monetäre Gründe hätte?«

»Ja, Wald ist außerhalb von Nationalparks immer Wirtschaftswald. Und neuerdings wird auch noch der Deckmantel des Klimaschutzes darübergebreitet. Ich sag es noch mal: Wegen des verbeißenden Wildes stirbt kein Wald, und genau genommen bindet ein Zwieselbaum, der langsamer wächst, mehr CO_2

als ein schnell wachsender! Und solche Bäume mit zwei Wipfeln entstehen nicht nur durch Verbiss, sondern auch durch Frostschäden oder Schäden durch Rückerarbeiten!«

»Das Reh wird also zum Buhmann?«, fasste Weinzirl zusammen.

»Ja, gut erkannt. Auch das müssen wir als Schulen irgendwie richtig gewichten.« Sie überlegte. »Und wenn Sie Dirk aufsuchen, was Sie ja wohl tun werden, dann müssten Sie noch eine ganze Reihe von Prüflingen abklappern, die alle keine Freunde von Mair waren. Die er hat durchfallen lassen. Und auch die Leiter anderer Schulen waren nicht immer d'accord mit ihm. Aber deswegen mordet man ja nicht gleich.«

Wenn du wüsstest, dachte Weinzirl. »Danke Ihnen, tschüss, Dori und Nussi.« Es tat schon wieder weh. Seppi fehlte ihm so sehr.

Sie gingen zum Auto und fuhren auf die Umgehung. Man hatte sich daran gewöhnt, den Hohenpeißenberg links liegen zu lassen und dahinzurauschen, wo einst Bäume gestanden hatten. Weinzirl bog dann ab, am Kreilhof vorbei und hinein nach Oberhausen, das auch immer weiter wuchs und wuchs.

»Warte mal kurz«, sagte er, stoppte beim Schneider auf dem Parkplatz und eilte hinein.

Wenig später war er mit zwei Tüten zurück. »Zwei Leberkassemmeln für den Papa und eine Butterbreze mit wenig Butter für das Evilein.«

»Dir könnte eine weniger fettlastige Ernährung auch nicht schaden!«, maulte Evi.

»Ich bin ein alter weißer Fleischfresser, das kann ich auf meine alten Tage nicht mehr abstellen. Und du kannst mir keine Adipositas vorwerfen!«

Was stimmte, er war noch gut in Schuss. Ein kleines Weißbierbäuchlein, aber sonst gut erhalten. Er bewegte sich immer noch viel, und sein Rad hatte noch keinen Motor. Sie parkten in Huglfing kurz am Bahnhof, um zu essen.

»Aber ein Mord unter Jägern? Würde da nicht eher geschossen?«, fragte Evi.

»Na, du hast es ja gesehen. Saufänger, Saufeder, die haben sie doch nicht alle! Eiern durch das Gestrüpp wie unsere Vorfahren, die einem Säbelzahntiger Aug in Aug gegenüberstanden.«

»Da hatten Männer wenigstens eine Aufgabe«, sagte Evi.

Weinzirl grunzte.

»Und dann habe ich schon wieder gemerkt, dass ich keine Ahnung habe von Rehen und Abschuss und all dem Kram. Für mich klang das so, als gäbe es da leider viel zu viele Motive.«

Weinzirl nickte. »Gottlob haben wir den allwissenden Baier in unseren Reihen. Regionskenner, Historiker und Jäger. Lass uns mal den Dirk besichtigen, wir können ja anschließend nochmals zu Baier fahren. Mit neuem Input.«

»Hast du die Adresse ins Navi eingegeben?«, fragte Evi, als sie an der Moosmühle vorbeigefahren waren.

»So groß ist Huglfing ja nicht«, sagte er.

Was aber nicht zutraf. Weinzirl verfranzte sich im Zentrum inmitten der behäbigen Tuffsteinhäuser.

Evi gab die Adresse nun doch ein, die eben nicht im Zentrum lag.

Weinzirl grinste. »Evilein, ich wollte dir etwas Sightseeing bieten, der Tuffsteinabbau reicht bis in die Römerzeit zurück. Dieses Kalttuffgestein wurde in zahlreichen Steinbrüchen südlich von Weilheim abgebaut, die heute aber stillgelegt sind. Es gibt nur noch, wie du ja weißt, einen Abbau in Polling. Kalktuff ist ein frostbeständiger Naturstein, der eigentlich am besten dann isoliert, wenn man ihn unverputzt lässt.«

»So schlau, der Weinzirl.«

»Meine Liebe, meine Radtouren bilden mich auch. Und drum weiß ich auch, dass die gesuchte Adresse uns nach Rameck führt, wo einst die Edlen von Rameck im Mittelalter eine Höhenburg besaßen, die ans Kloster Polling ging und in der zweiten Hälfte des 18. Jahrhunderts schlossartig umgebaut wurde. Heute sind es schöne Wohnungen, Rameck war auch mal eine Landwirtschaft mit einem Bauern, der sein Pony Pamela nannte, weil er ein glühender Fan von Baywatch-Nixe Pamela Anderson war.«

»Du doch sicher auch!«

»Ja, ich liebe Ponys!«, grinste Weinzirl.

»Depp!«

Sie stiegen aus, ja, man konnte schlechter wohnen.

An der Glocke stand »Dr. D. Reimann/A. Gestner«.

Sie klingelten. Ein Mann trat in den Türrahmen.

Dirk Reimann war ein eher kleiner Mann Ende vierzig, die Haare messerkurz rasiert. Die Designerbrille war groß und schwarz, er war in Jeanshemd und eine Hose mit Fischgrätmuster gewandet, sicher stylisch, aber nicht so ganz Weinzirls Ding. Reimann war nicht direkt dick, aber doch ein bisschen moppelig.

»Herr Reimann?«

Der Mann nickte.

»Weinzirl, Straßgütl, Kripo Weilheim, dürften wir kurz reinschneien?«

Reimann sah sie etwas zweifelnd an, dann bat er sie hinein. Die Türrahmen waren überbreit, das Wohnzimmer riesig. Nun ja, wenn man moderne Kunst mochte, waren die Bilder an den Wänden sicher gut gewählt. Aber so düster, dass selbst ein Mann mit Fleischerhund-Mentalität wie Weinzirl drohte, in eine Depression zu rutschen. Warum hängte man sich so was an die Wände? Reimann war seinem Blick gefolgt.

»Großartig, oder? Diese Intensität!«

»Wie man's nimmt.«

Da sie weder Platz noch Getränk angeboten bekamen, fragte Weinzirl ohne Small Talk: »Sie kennen Herrn Mair?«

»Welchen Mair?«

»Der Prüfer bei Ihrer Jagdprüfung. Der Sie mehrfach hat durchfallen lassen?«

»Ach so. Ja, kenne ich. Mair ist ein unguter Typ. Das sage nicht nur ich.«

»Herr Reimann, das hören wir in der Tat öfter. Und das mag schon sein, aber der Mann ist tot.«

»Ach was!«

Betroffenheit sah anders aus.

»Er wurde ermordet.«

»Ach was!«

»Mehr fällt Ihnen dazu nicht ein?«

»Was soll mir einfallen? Soll ich jetzt fragen, was Sie hier wollen? Also: Was wollen Sie hier? Und gleich vorweg: Ich war es nicht. Da gäbe es genug andere, die er genervt hat mit seiner bayerischen Besserwisser-Attitüde.«

»Das können wir nicht beurteilen. Was wir aber beurteilen können, ist die Brutalität, mit der vorgegangen wurde. Wenn man sich ungerecht behandelt fühlt, kann das schon zu Wutausbrüchen führen. Sie wurden doch ungerecht behandelt, oder?«

Er lachte auf. »Sie sind ja ein Psychologe, Herr Weinzirl. Wissen Sie, wie oft ich ungerecht behandelt wurde? Und wie oft ich doch keinen getötet habe? Den Benno nicht, der mich im Sportunterricht gemobbt hat. Oder Kylie-Jane mit ihrer Gang, die alle Kinder, die keine Klassen-Alphas waren, terrorisiert hat, ihnen Geld geklaut und sie verprügelt hat. Oder einen meiner Professoren in der Uni, der mich verabscheut hat.«

»Warum wurden Sie denn gemobbt?«, fragte Evi.

Er lachte wieder. »Ach, ist es Ihnen nicht aufgefallen? Ich bin die Scheiß-Schwuchtel. Der perverse Arschficker.«

Das brach mit so einer Wucht aus dem kleinen Mann heraus, dass es Weinzirl wirklich traf. Und auch alarmierte. Der Typ konnte richtig wütend werden.

»Na ja, wir leben 2023, da sollte die sexuelle Orientierung doch eher egal sein. Bewerten Sie das nicht über?«, fragte Evi.

»Sie Träumerin! Ressentiments gegen Schwule sind immer noch omnipräsent, und am Land, wo der Genpool ein Kreis ist, erst recht. Und dann sind da Elfenbeintürme wie die Uni, wo bis heute noch Professoren hocken, bei denen ein Mann gedient haben muss und seinen Mann stehen, indem er Frauen belästigt.«

»Dann ist wahrscheinlich die Jagd auch eher ein konservatives Feld, das …«, begann Weinzirl.

»… ich besser nicht betreten hätte? Wollen Sie das sagen? Ich bin Mathematiker, es hat mich einfach interessiert. Mein Mann hat mich drin bestärkt, und selbst ich als Promovierter muss sagen: So einfach ist das nicht. Das Hundewesen war gar nicht meins. Aber Mair hat mich immer auflaufen lassen. Wissen Sie, was der zu mir am Gang gesagt hat? Schwuchteln haben im Wald nix verloren. Ich beschmutze Dianas Hain.«

»Sie hätten ihn anzeigen können«, sagte Evi.

»Klar, vorher stoppen wir den Klimawandel, bevor das etwas gebracht hätte«, stieß er aus.

»Herr Reimann, ich bedauere das, aber wir müssen einen Mörder oder eine Mörderin finden.«

»Da werden Sie ein buntes Potpourri an Kandidaten entdecken. Ich weiß nicht, wie seine Familie den aushält, aber allein in Jagdkreisen werden Sie da sicher genug Hater finden.«

Weinzirl blickte wieder auf das Bild über der Couch, das aussah, als hätte jemand Organe an einer Wäscheleine aufgehängt. Und er befürchtete, dass es eben das darstellen sollte.

»Gehen Sie mal zu Susanne«, sagte Reimann plötzlich. »Susanne Loth. Mit der lag er auch im Clinch. Sie hat einen Nature Blog und teilt darin völlig andere Ansichten zum Umgang mit der Natur als Mair. Er hätte sie am liebsten bei der Prüfung auch abgeschossen, aber sie ist einfach zu gut. Ihr Wissen ist zu profund.«

»Diese Susanne war auch in der Jagdschule?«

»Ja, und sie hat die Schriftliche leicht gemeistert, die Mündliche bravourös erwischt, sie ist allerdings einmal in der Waffenhandhabung durchgefallen. Sie hat falsch eingestochen. Beim zweiten Mal war aber alles tippitoppi.«

Weinzirls Laune sank zunehmend. Er hatte auch das Gefühl, er müsse mal falsch einstechen. Warum hatte er nicht was

Gscheits gelernt? Oder arbeitete Schicht in der Industrie? Achtunddreißig Stunden, jede Überstunde vergütet. Da waren sie doch eh alle hingegangen, die es nun im Krankenhaus, in der Altenpflege und in der Gastronomie nicht mehr gab. Es war zum Erbrechen. Und warum wurden sie hier von jedem der Befragten eigentlich immer nur weitergeschickt?

»Wo waren Sie denn in der Nacht von Sonntag auf Montag?«

»Sie fragen mich nach einem Alibi?«

»Ja, so eine Marotte von mir.«

»Zu Hause, im Bett. Mein Mann kann das bezeugen.«

»Wie schön!«, rief Weinzirl.

»Und diese Frau Loth? Wo fänden wir die?«, fragte Evi.

»Richtung Seeshaupt. So ein Gehöft in einem Weiler bei Söchering. Sie hält auch Ponys. Die Susanne müssten Sie googeln. Ich war da nie vor Ort.«

»Gut, und Ihr Herr Gatte, was macht der so?«, ließ Weinzirl nicht locker.

»Der ermordet auch keinen, wenn Sie darauf abzielen. Und da ist das winzige Detail, dass er wegen seiner MS meist im Rollstuhl sitzt.«

»Tut uns leid«, sagte Evi.

»Muss es nicht. Ich weiß ja nicht, wie Herr Mair das Zeitliche gesegnet hat, aber mein Mann ist ein bisschen eingeschränkt in der Beweglichkeit.«

Es war maximal unwahrscheinlich, dass er ins Feld gerollert war. Und eingestochen hatte. Oder so.

Sie verabschiedeten sich. Als sie draußen standen, hatte Weinzirl das Gefühl, er brauche ein Mehr an Luft.

»Können wir ein paar Schritte gehen?«

»Gerne.«

Sie parkten an einem römischen Meilenstein, der von einer Kastanie überragt wurde, ein Bankerl drunter, ein gutes, kontemplatives Platzerl mit Bergblick. Sie überquerten die Straße und bogen in einen Feldweg ein, der an einer Sonnenuhr endete.

»Mach es wie die Sonnenuhr, zähl die heitren Stunden nur«, sagte Evi.

»Evi, du bist zu jung für solche Sprüche.«

»Danke. Stimmt aber nicht.«

Evi war auch schon Mitte vierzig, nur eben so schmal und zart und wenig gefaltet, dass man sie immer weit jünger schätzte. Neben der Bodenplatte der Uhr, die etwa sechs auf acht Meter groß war, und dem Schattenwerfer, der mehr als zwei Meter hochragte, nahm sie sich noch filigraner aus.

»Immerhin zeigt die Uhr die MEZ an, die Winterzeit, die einzig richtige Zeit. Dieses Zeitumgestelle geht mir auch so was von auf den Zeiger.«

Evi grinste. Sie gingen zurück, und Weinzirl fühlte sich etwas besser. Es half ja nicht, er musste sich wieder in den Fall vertiefen.

»So harmlos ist der Reimann aber nicht. Der kocht auch schnell hoch. Und der Gatte als Alibi ist auch nicht so überzeugend«, sagte er.

»Richtig, aber ich traue dem nicht zu, dass der mit einem Saufänger in einen Widersacher stößt. Du magst den einfach nicht«, meinte Evi.

»Evi, ich mag im Prinzip niemanden. Außer dir natürlich.«

»Du bist ein Misanthrop. Und je älter du wirst, desto schlimmer wird das!«

»Ja, mit dem Alter akzentuieren sich die schlechten Seiten. Die guten aber auch«, grinste Weinzirl.

»Ich such noch nach den zweiteren«, schob Evi nach.

Weinzirl ließ ihr den Sieg und schwieg. Das war bei Frauen eh besser.

»Lass uns zu dieser Susanne fahren. Von einem zur anderen. Ich komm mir vor wie bei der Reise nach Jerusalem. Die ziehen immer mehr Stühle weg.«

»Eher wie beim Domino. Man tippt an, und alle Steine fallen um«, meinte Evi.

»Wenn am Ende ein Stuhl oder ein Stein stehen bliebe«, sagte Weinzirl grimmig.

Das waren schon wieder Welten – Jäger, Karnickelzüchter, Hundeweiber –, die ihm gar nicht lagen. Er hatte definitiv gar keinen Bock, jetzt auch noch eine Ponyfrau kennenzulernen. Er hatte Jo in seinem Umfeld, die war ihm Pferdefreundin genug.

Evi hatte diese Susanne gegoogelt, ihren Blog und ihre Instagram-Seite und so auch die Adresse gefunden.

Weinzirl querte die Olympiastraße, der Kiessteinbruch zur Rechten war gewaltig, die Lkws und die Förderbänder wirkten winzig. Sie durchfuhren einen Wald, der mit einem stetigen leichten Anstieg aufwartete, rechts im Wald floss ganz idyllisch der Ramseer Bach. Und sie erreichten schließlich einen bäuerlichen Weiler, oben auf dem Gupf. Hier lebte also diese Susanne.

Als sie am Hof vorfuhren, fühlte er sich allmählich wie in einem Klischee-TV-Format. Alle wohnten schön, in urigen Häusern mit Gärten. Lage, Lage, Lage! Wie kam man an so eine Immobilie? Wer zum Neid neigte, könnte selbigem erliegen. Aber neidisch war Weinzirl definitiv nicht.

Sie stiegen aus, es lag ein Geruch von frischem Heu in der Luft. Im Garten werkelte eine Frau an einem Beet, wandte sich um und wartete, bis sie näher gekommen waren.

»Hallo«, sagte sie.

»Hallo«, erwiderte Weinzirl. Die Frau vor ihm war das, was man in Bayern als »a bisserl feschter« bezeichnete, und er fand, das stand ihr gut. Auch so etwas, was er sein ganzes Leben nicht begriffen hatte: Frauen registrierten jede hundert Gramm, die sie zu- oder abnahmen. Jo kannte er, seit sie beide achtzehn gewesen waren, in sehr schlank, in etwas moppelig, dann wieder als schmale Ausgabe ihrer selbst, eine Zeit, als er sie schon fragen wollte, ob sie Krebs hätte. Sie hatte gottlob wieder zugenommen, war wahrscheinlich für das landläufige Ideal ein paar Kilo zu schwer. Aber warum machten Frauen da so ein Gewese? Eine hatte einen zu fetten Arsch? Ja was? Hauptsache, sie hatte überhaupt einen, aber das durfte man als alter weißer Mann sicher nicht denken.

Susanne Loth trug eine braune Engelbert-Hose und ein olivgrünes Sweatshirt. Ihre Haare waren rotblond, ihr Gesicht sah so aus, als hätte sie sich die Falten darin erlacht.

»Hübsch haben Sie es hier. Schöne Aussicht.«

»Danke. Wir sind hier in einer Moor- und Drumlin-Landschaft. Drumlins sind längliche Hügel, die von einem sich aktiv bewegenden Gletscher geformt wurden.«

»Aha«, sagte Evi, übernahm die Vorstellung und meinte am Ende: »Es war Dirk Reimann, der uns quasi auf Sie gehetzt hat.«

»Gehetzt hoffentlich nicht. Mögen Sie ein Bier? Ein Wasser?«

Gutes Mädchen, dachte Weinzirl.

»Wenn meine Kollegin fährt, würde ich das Bier gerne annehmen.«

»Kommen Sie.«

Sie wurden in ein kleines Garten-Salettl gebeten, das aus Holz gebaut und auf drei Seiten geschlossen war. Nach Süden blickte es in die Felder, die nun mehrheitlich abgemäht waren.

Sie kam mit einem Wasser für Evi und zwei Flaschen Schäffler Bräu zurück.

»Sie trinken Schäffler? Gute Wahl!«

»Schäffler und Meckatzer im Wechsel, als Westallgäuerin muss ich das doch.«

»Ach, eine Landsmännin?«, fragte Weinzirl.

»Ich bin aus Weiler-Simmerberg, und Sie?«

»Bergstätte. Eckarts«, sagte Weinzirl.

»Schön! Ich hab mich kürzlich mit einer Freundin im Lustigen Hirsch getroffen.«

Weinzirl wollte grad etwas sagen, da grätschte Evi rein.

»Sie kennen Dirk Reimann?«

»Ja, wir waren zusammen in der Jagdschule. Warum?«

»Und Sie haben zusammen die Prüfung abgelegt?«, fragte Evi weiter.

»Ja.« Sie war freundlich abwartend.

»Sie kamen durch?«

»Ja, bei zwei Teilen beim ersten Mal. Das ist allerdings auch dem Umstand geschuldet, dass ich Biologin bin, manches fiel mir etwas leichter.« Sie lächelte. »Allerdings hatte ich bei den Enten auch Bedenken.«

»Was für Enten?«, fragte Weinzirl.

»Es sind jede Menge Enten im Jagdrecht, und um sich die alle zu merken, gibt es lustige Eselsbrücken und Reime. Also generell retten den Prüfling diese Eselsbrücken, wie: ›Der Fuchs, der ranzt im Januar, der Jäger ranzt das ganze Jahr.‹ Oder für die Hundekrankheiten: ›Schöner Hund leider plötzlich tot – also Staupe, Hepatitis, Leptospirose, Parvovirose, Tollwut.‹«

»Und was war mit den Enten?«, fragte Weinzirl.

»Die Enten sind wirklich ein heikles Pflaster. ›Der Spieß mit Krickstock pfeift die schnatternden Rekruten zum Löffelgericht mit Knäkwurst und Brandwein.‹ Man hat damit die jagdbaren Schwimmenten: Spießente, Krickente, Stockente, Pfeifente, Schnatterente, Löffelente, Knäkente, Brandente.«

»Ich dachte, da fehlt die Rekrutenente«, sagte Weinzirl.

Evi schaute angewidert.

Susanne lachte. »So was könnte einem bei der Prüfung auch passieren. Das ist echt taff. Ich hatte in der Waffenhandhabung eine Konzentrationsschwäche. Musste auch ein zweites Mal antreten.«

»Dirk Reimann fiel dreimal durch, und das wegen einem Herrn Mair«, sagte Evi, die wohl keine Lust mehr auf jagdliche Exkurse hatte.

»Ja, leider. Mair hatte ihn echt auf dem Kieker. Aber was ist denn nun mit Dirk?«

»Mit dem nichts, aber mit Mair. Der ist tot und wurde ermordet«, sagte Evi.

»Ermordet?«

»Ja.«

»Erschossen?«

Sie ignorierten die Frage.

»Wir suchen nach Motiven und durften feststellen, dass die

Liste seiner Feinde weit länger ist als die seiner Freunde«, sagte Weinzirl.

»Ach, und auf der ersten Liste stehe ich auch?«

»Tun Sie?«

»Freund, Feind, Schwarz, Weiß. Warum versinkt dieses Land eigentlich in X-Polemik? Es gibt wirklich nur noch Schwarz und Weiß, und am besten immer ohne Wissen, ohne Wissenschaft und ohne belastbare Begründungen! Mair ist – oder war – auch so einer. Er mag keine Rehe, eigentlich mag er alle Tiere im Wald nicht. Alle Pflanzenfresser, die ihm angeblich was wegfressen. Ob er Räuber mag, weiß ich gar nicht. Vielleicht mag er Füchse.« Sie sah Weinzirl direkt in die Augen. »Ich hab ihn besser kennengelernt, als ich nach Spuren des Goldschakals gesucht habe. Im Auftrag des WWF. Dazu hätte ich Wildkameras auf einer seiner Flächen aufhängen müssen, und er ist ausgetickt.«

»Stopp, wen wollten Sie suchen?«, fragte Evi.

»Den Goldschakal. Sie wissen es ja bestimmt: Sehr kontrovers, oft auch marktschreierisch, diskutieren die unterschiedlichsten Gruppen über Biber und Wolf. Beide waren schon mal da, waren ausgerottet und erobern nun wieder Terrain. Ein kleiner Verwandter des Wolfes hingegen kam klammheimlich. Der Goldschakal ist im Nahen Osten, in Indien und in weiteren Regionen Asiens besonders häufig. Später siedelten Goldschakale in Europa – vor allem im südöstlichen Balkan. In Ungarn, Slowenien, Rumänien, Bulgarien und Serbien gibt es sie schon in bemerkenswerter Zahl. Aber sie beginnen, sich auch Mitteleuropa als einen neuen Lebensraum zu erschließen.«

»Und der ist auch hier?«, fragte Evi.

»Ja, ich habe einige Nachweise. Und es gibt Hochrechnungen der Large Carnivore Initiative for Europe, die von mittlerweile bis zu hundertzwanzigtausend Goldschakalen in Europa ausgeht. Wirklich ganz heimlich, still und leise.«

»Wie sieht der aus, so ein Goldschakal?«, fragte Evi.

»Bisschen wie eine Mischung aus Fuchs, Wolf und Hyäne.«

»Und was frisst der so?« Evi war nun wirklich fasziniert.

»Der Goldschakal kann sich sehr gut an verschiedene Lebensräume anpassen, er kommt auch mit Kulturlandschaften zurecht und frisst eigentlich alles – von Kleinsäugern, Amphibien und Fischen bis hin zu Insekten, Aas und pflanzlicher Nahrung wie Früchten und Beeren«

»Und den suchten Sie bei Mair?«

»In einem größeren Bereich am Alpenrand, grob zwischen Kochelsee und Forggensee. Und bei Mairs Flächen hatte ich so eine Vermutung. Bei mir gilt auch strengster Informantenschutz. Die ticken ja alle gleich aus, wenn ein Tier auftaucht, das keine arme Hochleistungskuh ist.«

»Mair hat doch übergeben? Sein Sohn ist Demeter-Bauer. War der nicht kooperativ für so ein Vorhaben?«, fragte Weinzirl.

»Der schon, aber der Alte war die Hölle. Hansi ist eine arme Sau. Der Alte redete ihm immer rein. Die beiden waren auch häufig konträrer Meinung, was die Jagd betrifft.«

»Wir haben einen ehemaligen Kollegen, der das auch sehr kritisch sieht. Baier aus Peiting.«

»Der Herr Baier! Kenn ich! Ein pfiffiger Mann. War auch mal Kommissar?«

»War er und ist Jäger, was wir bis dato gar nicht so auf dem Schirm hatten. Er hat uns auch an die Jagdschule von Ellen Steinbeck verwiesen, und da haben wir gehört, dass der gesellschaftliche Tenor quasi der ist, dass Rehe den Wald töten und dass die Jäger das Wild mästen, um möglichst viele Trophäen zu ergattern. Beides stimmt aber nicht, oder?«

»Nein! Zur biologischen Vielfalt gehört auch das Reh! Die Ausrottung des Rehs wird uns nicht retten!«

»Das hat Ellen Steinbeck auch gesagt.«

»Ja, sie sieht das gottlob auch differenziert. Wir brauchen andere Bäume, einen Waldumbau, der alle mitnimmt. Aber es ist leichter, auf das Reh einzuprügeln. Es hat einfach keine Lobby. Und dass es Jägern nur um Trophäen geht, ist auch Blödsinn. Es gibt natürlich Jagden, da werden reiche Spezln geladen, und die sollen dann was Herzeigbares schießen. Aber das ist auch nicht das Gros der Jäger. Viele sind vernünftige Typen. Und dabei erlegt der besonnene Jäger quer durch alle Altersstufen. Es braucht die alten Hirsche und Böcke, dass sie sich vererben, dass sie einen Lebenszyklus durchlaufen haben.«

»Also geht es wirklich nicht nur um die Trophäe?«, fragte Evi, die Weinzirl trotz des Interesses am Goldschakal irgendwie unfreundlich vorkam.

»Nein! Jagd ist Liebe zur Natur. Draußen sein. Stille. Was glauben Sie? Man sitzt Hunderte von Stunden erfolglos da, wenn man den Schuss als Erfolg sieht. Aber ich sehe die Tiere und freue mich, dass es sie überhaupt noch gibt. Deutschland ist ein maximal besiedeltes, völlig übernutztes Land. Ich freue mich an Wildtieren. Vor allem auch an solchen, die älter geworden sind. Ich war lange in Schottland, ich habe mit dem schottischen Berufsjäger Niall Rowantree in den Highlands zusammengearbeitet. Da gibt es Hirsche. Er hat herausgefunden, dass das weibliche Wild zwischen dem vierten und neunten Lebensjahr die besten Hirschkälber hervorbringt. Jüngere Tiere haben häufig noch keine ausreichend hohe Sozialkompetenz, um ihrem Kalb genügend an Nahrung und Wissen mit auf den Weg zu geben. Egal, wie stark der Hirsch auch war. Die etwas ältere Mama macht's.« Sie lächelte.

Evi fand das anscheinend gut, sie war ja so eine kleine Frauenrechtlerin. Sie wurde etwas zugänglicher, und auch wenn Evi ein wenig die Zicke gab, auch ihr schien es nicht entgangen zu sein, dass man die leidenschaftliche Biologin raushörte, die eine ungeheure Präsenz hatte, die sie sehr anziehend machte. Dennoch war es Weinzirl, der wieder aufs Thema kommen wollte.

»War Mair denn ein Einzelfall? Alle anderen sind die guten Jäger?«, fragte Weinzirl.

»Nein, natürlich nicht. Mair hat sich auf ein paar Tiergruppen eingeschossen. Im wahrsten Sinne des Wortes. Er mochte keine Rehe, beim Rotwild war er komischerweise differenzierter. Und solche wie Mair sind überall. Aber was die alle nicht sehen: Wir haben eine Biodiversitätskrise durch den Klimawandel. Wir haben weit größere Probleme als ein paar Rehe, die verbeißen!«

Weinzirl hörte ihr wirklich gerne zu. Und sie hörten ihre Argumente auch nicht zum ersten Mal. Es schien in der Tat ein Krieg zu toben im stillen Tann, der gar nicht so still war. Freizeithobbyisten trafen auf Jäger. Tierfreunde sahen in Jägern Mörder. Altjäger kritisierten Jungjäger. Gott, war das kompliziert.

»Das ist zweifelsfrei alles sehr interessant, führt aber ein bisschen weit«, sagte Evi deshalb auch. »Sie und Mair hatten also absolut unterschiedliche Ansichten, Sie …«

»Meine sind aber wissenschaftlich fundiert, seine sind auf Stammtischniveau! Aber klar, Sie interessiert der Zustand von Reh, Rotwild und Gams natürlich nicht.«

»Leider muss uns in der Tat der tote Mair interessieren, Frau Loth«, sagte Evi mit einer gewissen Schärfe in der Stimme.

»Ja sicher. Entschuldigen Sie, aber das ist eben mein Thema. Und solche wie Mair nerven mich zunehmend.«

So sehr, dass sie ihn entfernt hatte?, fragte sich Weinzirl. »Er hat Sie beim Jagdschein geprüft? Er kannte Sie ja schon … ha.«

»Er war überrascht, auf mich zu treffen. Und er war mein Prüfer in Wildbiologie. Gut für mich, schlecht für ihn. Er fragte ziemlich deppert, aber er konnte mich in keine Falle locken. Und nach meiner bestandenen mündlichen Prüfung hat sich der Alte wohl mal über mich schlaugemacht, wer ich überhaupt bin. Einmal stand er hier im Garten, um mir zu sagen, was ich für einen Soach schreibe. Er hatte seine Waffen offen im Auto rumliegen. Das sollte mich wohl beeindrucken.«

»Der liest Ihren Blog im Internet?«, fragte Weinzirl.

»Ja, tut er. Durch seine Aktivitäten für den Jagdverband musste er wohl auch mit der Zeit gehen.« Sie lächelte. »Als er mir dann bei der Waffenhandhabung wieder als Prüfer gegenübersaß, war ich etwas überrascht. Und er hat so gefeixt, dass ich durchfiel. Beim zweiten Mal hat es ja dann geklappt.«

»Er hat Sie also hier am Hof bedroht? Mit Waffen?«, fragte Evi nach.

»Nein, er hatte sie, wie gesagt, nur demonstrativ dabei. Waffen sprechen lassen, so ein Dämlack!«

»Sie haben auch Waffen?«, fragte Evi.

»Seit ich den Jagdschein habe, ja. Eine Langwaffe, eine Flinte, eine Pistole. Alles legal und in Ordnung. Waffenbesitzkarte, alles da. Wollen Sie meinen Waffenschrank sehen?«

»Nein«, sagte Weinzirl.

»Ja«, sagte Evi.

Susanne verzog leicht das Gesicht und ging zum Haus. Sie folgten ihr. Das Haus besaß einen Anbau mit einem Nebeneingang. Da gingen sie hinein, ein kleiner Flur tat sich auf, dahinter gab es eine Mischung aus Küche, Labor und Werkstatt. Soweit Weinzirl das beurteilen konnte, war sie recht gut ausgestattet.

»Meine Vorgänger hatten einen Reitbetrieb, das war vormals das Reiterstübchen mit einer kleinen Küche für die Einsteller«, sagte sie und ging weiter.

Hinter dem Raum gab es noch eine kleine Kammer, darin stand der Schrank.

»Aufsperren?«

»Nein«, sagte Weinzirl, und Evi schaute sehr krätzig.

Sie war durch den Raum geschlendert und an einem Tisch stehen geblieben. Dort gab es Ahlen, gekrümmte Messer und noch etwas! Weinzirl war Evi gefolgt, und auch sein Blick entgleiste kurz. Da lagen zwei Viertelmonde. Leider aber kein blutiger Saufänger. Es wäre schön gewesen, mal einen schnellen Erfolg erzielen zu können. Aber so einfach war das Leben leider nicht.

»Was machen Sie damit?«, fragte er beherrscht.

»Ich habe vier Ponys, ich fahre auch Kutsche, und irgendwas bricht immer. Ich hab mir angewöhnt, die meisten Reparaturen selber zu machen. Geht schneller und schont den Geldbeutel.«

»Frau Loth, und haben Sie noch mehr davon?«

Sie starrte Evi an, dann begann sie zu lachen. »War ein Viertelmond die Mordwaffe? Und dann leg ich die Mordwaffe hier auf den Tisch? Sie sind ja lustig!«

»Nein, ich bin nicht lustig, und ich würde Sie bitten, das

Ganze ernst zu nehmen. Wo waren Sie in der Nacht von Sonntag auf Montag?«

»Zu Hause, im Bett. Ich stehe aber früh auf, um sieben füttere ich meine Ponys.«

»Zeugen?«

»Nein, mein Mann ist vor sieben Monaten ausgezogen, seither mangelt es mir an Zeugen, die meinen Schlaf überwachen.«

Etwas in Weinzirl atmete auf.

»Und Sie sind sich sicher, keine weiteren dieser Monde zu besitzen?«, insistierte Evi.

»Ja, ich bin sicher. Meine stammen von einer Bekannten, einer Sattlerin vom Ammersee. Sie hat sie ausgemustert. Sie können sie fragen.«

»Danke!«, sagte Weinzirl mit Nachdruck. »Sagen Sie, Sie kennen ja die Flächen von Herrn Mair. Kennen Sie auch die von Herrn Socher?«

»Ja, der Franz. Einer der vernünftigen Bauern. Mit Hirn und Herz. Bei ihm durfte ich Kameras aufstellen. Er und der Mair allerdings …« Sie zögerte.

»Was?«

»Er hat mir erzählt, dass Mair Eisenstangen in sein Feld gerammt hat. Er hat, na ja, Rache geschworen.«

Das war interessant und schloss den Kreis wieder. Auf Sochers Fläche war Mair zu Tode gekommen. War es so einfach? Socher hatte Mair mal wieder erwischt und hatte ihn getötet? Hatte man mal so eben einen Saufänger und einen Viertelmond dabei? Und mordete ein Socher im eigenen Feld? Und verlor dann im Eifer des Gefechts den Viertelmond? Das klang unlogisch. Aber wäre das eine Option, dann hätten sie diese ganze Rundreise ja mehr oder minder umsonst gemacht. Oder auch nicht, denn diese Susanne war wirklich ein Lichtblick, wie Weinzirl fand.

»Ich will damit aber nicht sagen, dass Socher ein Mörder ist!«, beeilte sie sich zu sagen. »Er ist ein sehr netter Kerl. Eher behäbig. Seine Frau hat mehr Pfeffer. Die kommt aus Wuppertal, glaub ich. Sie hat mir mal erzählt, dass sie Anfang der Siebziger in Bayern Urlaub gemacht hat. Sie ist aus dem Bus ausgestiegen, über ihren Koffer gefallen und einem Mann vors Fahrrad. Das war der Franz. Süß, oder?«

Eher Telenovela, dachte Weinzirl. Aber gut. Sie mussten zu den Sochers.

»Danke, Frau Loth, kann sein, dass wir noch Fragen haben.«

»Nur zu«, sie lächelte Weinzirl an.

»Na dann«, sagte Evi kühl.

»Das war aber ein leicht zu durchschauendes Manöver«, schimpfte Evi, als sie im Auto saßen. »Unseren Blick auf Socher zu lenken! Sie hat doch diese Viertelmonde!«

»Aber Evi, dass sie solche Werkzeuge hat, reicht ja nicht. Die haben viele!«

»Klar, dass sie es nicht gewesen sein darf! Du hast mit der ja geflirtet, dass es fast peinlich war!«

»Quatsch. Und du warst eklig zu ihr. Aber wir müssen doch realistisch bleiben.«

»Und wir müssen Socher noch mal auf den Zahn fühlen. Sein Feind, sein Feld.«

Das klang wirklich zu einfach, viel zu einfach für Weinzirl.

»Ja, was jetzt?«, fragte Evi.

»Evi, es ist nach sieben. Ich würde sagen, wir machen Schluss für heute und holen uns bei Baier einen Absacker. Der kann uns eventuell aus seinem berufenen Munde noch mehr über Jäger und Abschuss und all den Kram erklären. Womöglich retten wir ihn auch wieder vor der Nachbarin.«

»Von mir aus.«

Eine gute halbe Stunde später waren sie bei Baier. Diesmal gab es kein Nachbarschaftsmeeting.

»Je später der Abend«, sagte er nur. »Kommen Sie jetzt täglich? Gut, setzen. Echtes Weißbier für den Weinzirl? Kleiner Aperol Spritz, Frau Straßgütl? Mit viel Wasser?«

Evi nickte. Sie setzten sich auf Baiers Terrasse, er kam mit den Getränken zurück, und sie stießen an.

»Und?«, fragte Baier.

»Baier, wir haben eine Tour de Force hinter uns! Wir waren bei Ihrer schicken und versierten Ellen Steinbeck, die Mair natürlich nicht ermordet hat. Dann bei einem dreimal durchgefallenen Reimann mit blutigen Organbildern an den Wänden, der es trotz seines Kunstgeschmacks nicht gewesen sein will. Er hat uns Susanne Loth genannt, die sogar Sattlerwerkzeuge hat. Außer Steinbeck, die ein Alibi für die Tatnacht haben will, haben die anderen beiden nur geschlafen. Es war wie bei der Kinderlandverschickung. Oder an Halloween. Von Haus zu Haus, und überall, wo wir auftauchten, waren wir nicht willkommen.«

Baier, der Evi zuzwinkerte, meinte: »Weder Süßes noch Saures, Weinzirl? Was ich in Ihrem Fall verstehen kann, Weinzirl. Sie Büffel, Sie!«

»Och, das stimmt auch gar nicht. Zu Susanne Loth war der Weinzirl très charmant«, sagte Evi.

»Aha, die Susanne! Die kenne ich. Die ist auch ein Mordsweib. Klug dazu«, sagte Baier.

Ob das Wort Mordsweib so gut gewählt war? Das schien auch Baier zu merken. »Haben Sie Susanne in Verdacht?«

Evi erzählte.

»Hmm, Susanne ist ein kluges Mädchen. Sie kann sicher taktieren und manipulieren.«

»Was Weinzirl aber nicht sieht! Er war ja sooo verzaubert von der Susanne«, maulte Evi.

»Ihre Kragenweite, Weinzirl?«, fragte Baier, und sein Blick besagte, dass Susanne Loth durchaus auch seine wäre, wäre er jünger und nicht seit Unzeiten zufrieden verheiratet. »Aber im Ernst, Frau Straßgütl. Man kann nichts ausschließen, doch dass die Susanne einen Mann mit einem Messer durchsticht, kann ich mir nicht vorstellen. Generell nicht, dass sie mordet. Sie versucht, mit Wissen zu überzeugen.«

»Baier, wir haben gestern von Ihnen und heute auch von den anderen so viel gehört! Aspekte der Jagd. Wer wen nicht mag. Die einen mögen Bäume und töten daher Rehe. Die anderen wollen viele Rehe, damit sie die abknallen können. Baier, Sie sind schon so lange Jäger. Was stimmt denn nun tatsächlich?«, fragte Evi. »Ich krieg das nicht zusammen, auch wenn diese Susanne es versucht hat zu erklären.«

»Liebe Frau Straßgütl, wenn die Welt so einfach wäre! Keines von beidem stimmt. Schauen Sie, da geht es ziemlich heiß her. Es gibt regelrechte Rehhasser, der Mair war einer davon. Er wäre gerne bei einer Reihe von Bauern dabei gewesen, die ihre Flächen zu einer Eigenjagd erklärt haben. Sie waren vorher in der Jagdgenossenschaft, die von einem Pächter bejagt wurde. Der hat aber angeblich zu wenig geschossen. Nun haben sie eine Eigenjagd, also mehr als vierundachtzig Hektar, und entscheiden selber. Sie fordern einen Totalabschuss. Sie suchen sogar per Annoncen in der Zeitung und locken damit, dass die Jäger keine Pacht zahlen müssen, wenn sie nur schießen!«

»Und da wollte Mair dabei sein?«

»Ja, aber da der Hof offiziell dem Sohn überschrieben ist, entscheidet der. Und der war dagegen. Nun grenzt aber die Fläche von Familie Mair an die der anderen an – und die, ganz provokativ, haben alle Jagdkanzeln genau auf die Grenze gesetzt. Und alles, was übertritt, schießen sie.«

»Das ist aber fies!«, rief Evi.

»Ja, und es gibt böses Blut«, sagte Baier.

Auch darin lagen Motive, dachte Weinzirl. Immerhin war Mair ja auch mit einem Jagdmesser getötet worden.

»Und die haben echt über die Zeitung Jäger angeheuert?«

»Ja, in der Tat. Und da waren sich auch einige aus der Region nicht zu schade.«

»Ach? Ich dachte eigentlich, Jagdpächter sind immer welche mit Geld? Aus München, aus Augsburg, aus Starnberg oder so?«, fragte Evi. »Ihre Ausführungen zu den Jungjägern gingen ja auch in diese Richtung.«

»Ja, die gibt es leider auch. Und die Öffentlichkeit hat sowieso immer das Bild des geldigen Münchner Jagdpächters vor Augen, Klamotten nur von Blaser, die teuersten Gewehre, aber am Ende sind das gar nicht so viele.«

»Das hat Susanne Loth auch gesagt«, meinte Weinzirl.

»Ja, es gibt eben auch die Alten wie mich. Wir erleben etwas ganz anderes. Ich beobachte seit Jahrzehnten und hege und verzweifle, wie Arten schwächeln und schwinden. Wir verlieren Tiere, wir verlieren ganze Ökosysteme. Jedes Tier hat seine Aufgabe, nur der Mensch nicht«, sagte Baier ungewohnt düster.

»Aber Baier, man kann doch gar nicht einfach alles schießen. Wir hören dauernd von den Abschusszahlen. Sie haben die auch erwähnt! Die legt doch wer fest.«

»Da müsste ich nun aber etwas ausholen« sagte Baier. »Noch ein Bier, Weinzirl?«

Der nickte. Baier war schnell zurück.

»Also, beim Jagdgesetz steht leider die Forstökonomie im Vordergrund. Das Pflanzen der Fichte war über zweihundert Jahre die Lehrmeinung der Forstwirtschaft und damals auch richtig. Die Fichte aber ist befallen vom Borkenkäfer, bei Sturmereignissen als Flachwurzler stürzt sie leicht um. Aber auch Eschen und Ulmen werden von Krankheiten befallen, wir sind echt am Ende der Weisheit, und da wäre eher so was wie Demut gefragt. Mit dem Tod der Rehe löse ich den Klimawandel nicht! Auch wenn oft schlecht recherchierte Artikel dem Laien weismachen wollen, dass Reh, Hirsch und Gams einem Waldumbau zu einem klimastabilen Wald im Wege stünden. Das ist Quatsch! Ich sehe ja jetzt schon fast keine Rehe mehr.«

»Wegen dieser Abschusspläne? Wer macht die? Förster?«, fragte Evi.

»Abschusspläne resultieren aus Vegetationsgutachten, die alle drei Jahre erstellt werden, vom Amt für Ernährung, Landwirtschaft und Forsten. Dabei sind Aufnehmer der Forstverwaltung, Vertreter des Waldbesitzes und Vertreter der Jägerschaft. Über Bayern ist quasi ein Raster gelegt, viele Quadrate entstehen.

Wenn man nun in einem Kästchen ein Kreuz zieht, ergibt sich ein Mittelpunkt, und genau dort findet die Aufnahme statt.«

»Die stehen dann da mit dem Klemmbrett?«, fragte Weinzirl.

»Ja, auch. Männer und Frauen, die auf Bäumchen starren. Im Fokus stehen vor allem Bäume von zwanzig Zentimetern bis ein Meter dreißig«, erklärte Baier.

»Aber das klingt ja irgendwie fair«, sagte Evi.

Weinzirl war recht froh, dass sich Evi so ins Thema verbissen hatte. Er war froh, nur Zuhörer zu sein. Seine Gedanken kreisten um Susanne Loth. Natürlich hatte Evi recht. Diese Frau wollte er nicht zu den Verdächtigen zählen.

»Nun ja«, sagte Baier gerade, »die Rasterung ist objektiv, der Blick der Gutachter wie alles Menschliche subjektiv, und es gibt Kritik am Aufnahmezeitpunkt. Man macht das am Anfang der Vegetationsperiode. Es ist durchaus möglich, dass Triebe, die im März, April als Verbiss notiert wurden, im August nachgewachsen wären. Es macht auch einen eklatanten Unterschied, ob ein Seitentrieb verbissen ist oder der Leittrieb.«

»Aber es gibt ja eindeutig Verbiss, oder? Den seh ich doch«, wunderte sich Evi.

»Nun ja, nicht alles, was dem Reh zugeschrieben wird, ist auch vom Reh verursacht. Denn es rammen auch ganz andere ihre scharfen Beißerchen in Triebe!«

»Wie das?«

»Ich mag das Wort Verbiss schon mal nicht, weil es negativ belegt ist, Tiere nutzen das Nahrungsangebot. Das beginnt bei Schnecken und Kleintieren, geht bei Mäusen weiter, betrifft Hasen und Eichhörnchen. Es gibt Leute, die das molekularbiologisch beweisen können – anhand von Restspeichel. Klar ist, dass das nur in einer begrenzten Zeit geht und eine gewaltige Kostenfrage ist.«

»Guck mal, wer da beißt?«, mischte sich Weinzirl nun doch ein.

»So in etwa. Die Bestimmung rein mit dem Auge ist wirklich extrem schwierig. Angeblich sieht man den Rehbiss, weil es reißt und zupft. Aber auch andere Tiere können mit den Backenzähnen abbeißen, und das ähnelt dann dem Rehbiss, das ist am Ende Kaffeesatzleserei. Und auch die Theorie, dass Verbiss über dreißig Zentimeter ja nur das Reh sein kann, stimmt nicht. Die Rötelmaus klettert auch mehrere Meter hoch und knabbert dort. Und im steten Pingpong-Spiel der Argumente folgt: Aber da ist Rehlosung, es muss das Reh gewesen sein. Nur weil ich in einem Kaufhaus aufs Klo gehe, heißt es noch nicht, dass ich dort einkaufe.«

Evi lachte. »Müsste der Gradmesser dann nicht eher sein: Wie hoch ist der Schaden wirklich?«

»Sehr richtig! Das Reh ist kein Schädling. Der Wald ist keine Plantage, er ist ein Lebensraum. Aber durch intensive Land- und Forstwirtschaft, mehr noch durch die Beunruhigung durch intensive Freizeitnutzung, steht das Wild unter Dauerstress und bleibt notgedrungen in den Einständen. Das Reh mag vieles lieber als Fichtenwipfel. Zum Beispiel Himbeerranken, Brombeer, Krautflora, Gras. Früher, als Menschen noch hart körperlich gearbeitet haben, wurden sie abends nicht zu hektischen Freizeitaktivisten. Heute ist jeder unterwegs, natürlich ziehen sich Wildtiere in den Wald zurück. Und leider hat es noch ein Problem, für das es gar nichts kann. Es hat von den Wildwiederkäuern den kleinsten Pansen, was bedeutet, dass es zwingend circa alle zweieinhalb Stunden fressen muss, dann wiederkäuen. Wenn es aber nicht rauskann, dann muss es auch mal in die Verjüngung beißen.«

»Aber warum berücksichtigt man das denn nicht?«, fragte Evi.

»Liebe Frau Straßgütl! Viel Unwissen kursiert da, viel Halbwissen. Und diese Baumromantiker wie der Wohlleben tun ein Übriges. Diese Emotionalisierung von Wald gefällt dem Städter, der im dritten Stock am Mittleren Ring sitzt. Der findet ja auch, dass der Biber ein possierliches Tierchen ist. Aber eine Armada an Bibern säbelt ungehindert wertvolle Laubbäume um, legt Buchen, Weiden, Haseln und Eschen um, die alle sicher schon zehn bis zwanzig Jahre alt sind. So wird der Waldumbau nicht gelingen!«

Evi wirkte ein wenig ausgeknockt, und auch Weinzirl hatte sich das alles so genau noch nie überlegt. Er war kein Jäger, stammte aber aus bäuerlichem Umfeld und fand viele Schattierungen der modernen Landwirtschaft fragwürdig. Und was er auch war: ein Radlfahrer, und er ärgerte sich auch über jene Typen, die kreuz und quer im Bergwald herumfuhren, die Downhill-Rennen machten, den Boden erodierten und Tiere aufscheuchten. Es gab wahrlich genug Wege, und allein für ihn, der er viel unterwegs war, würde sein Leben nicht ausreichen, diese alle zu erbiken.

»Weinzirl, hast du uns eigentlich zugehört?«, rügte ihn Evi.

»Sicher. Wie man es auch betrachtet, es läuft am Ende immer auf eines hinaus: Forst ist ein reiner Wirtschaftswald. Wald hingegen ist komplexe Natur mit Artenvielfalt. Keiner traut es sich zu sagen: Was wir momentan betreiben, ist kein Waldumbau, sondern ein Forstumbau. Nun reden alle vom Insektensterben, vom Verlust der Artenvielfalt. Wir wissen um die Fehler, die wir mit der modernen Landwirtschaft gemacht haben. Was wir im Feld versaut haben, das versauen wir jetzt auch noch im Wald!«

Damit hatte er Evi nun wirklich sprachlos gemacht, und Baier nickte anerkennend.

»Gutes Fazit, Weinzirl. Aber was nutzt Ihnen das für den Fall?«

»Genau, das ist die Frage. Ich vermute den Mörder irgendwie in Jagdkreisen. Wenn es da wirklich so heiß hergegangen ist, wenn da solche Glaubenskriege getobt haben, dann war Mair als Rehhasser bei einigen sicher sehr beliebt, bei anderen aber ein knallrotes Tuch.«

Baier sah Weinzirl an. »Mir erscheint das zu einfach. Bloß wegen des Saufängers auf einen Jäger zu schließen. Mair war Rehhasser, okay. Er war auch ein nicht ganz fairer Prüfer. Er war stur, etwas aus der Zeit gefallen, aber auch nicht rundum schlecht. Ich frage mich eher: Warum lag der mitten in dieser

Wiese? Was hat er da gemacht? Gejagt? Das müssen Sie sich doch fragen«, meinte Baier.

»Tun wir ja auch. Hat er die Wiese irgendwie sabotieren wollen? Das hat er ja schon einmal versucht, als er Eisenstangen ins Feld gesetzt hatte. Deshalb wollen wir morgen zu Franz Socher, um dem nochmals auf den Zahn zu fühlen. Susanne Loth ließ durchblicken, dass Socher eine Rachedrohung in Mairs Richtung ausgestoßen hat.«

»Hmm«, machte Baier.

»Mordmotive liegen ja gerne sehr nahe. Und es kann ja kein Zufall sein, dass er genau dort lag. Zumal der Ort, wo er gefunden wurde, auch der seiner Ermordung war«, ergänzte Evi.

»Da war jedenfalls viel Wut drin«, meinte Baier. »Sehr viel Wut.«

»Eben«, sagte Weinzirl. In seinen Augen entlastete das Susanne.

Schließlich brachen sie auf, Evi setzte ihn am Büro ab, wo sein Rad stand.

»Morgen wann?«

»Acht Uhr hier. Socher wird gegen halb neun, neun ja seine Stallzeit beendet haben. Der sitzt dann bestimmt beim Frühstück.«

»Okay.« Evi hob die Hand zum Gruß und verschwand um die Hausecke.

Und was würde er tun? Er hatte keine Lust auf weitere Gespräche. Evi hatte auch darin recht, dass er ein Misanthrop war. Neu war allerdings, dass ihm in letzter Zeit sein ewiges Singledasein zu denken gab. Seit Seppi sein Leben verlassen hatte, war er einsam. Zum ersten Mal nahm er das als Schwingung wahr. Es könnte womöglich schön sein, die letzten Jahre mit jemandem gemeinsam misanthropisch zu sein. Oder würde diese Person ihn etwas mildern?

VIER

Donnerstag

Weinzirl begann seinen Tag damit, eine Waschmaschine anzustellen, wieder die Langsamkeit der Kaffeemaschine zu verfluchen und dann ins Büro zu fahren. Wo Evi aussah, als strotzte sie vor Tatendrang.

Sie fuhren wieder südwestwärts, durch Steingaden und bogen dann am Schild mit den vielen Namen ab. Auch dieses Eck der Welt vor den Bergen war ihm bekannt. Es war damals schon um Tierschutzhunde gegangen.

Sie passierten eine kleine Kirche, Weinzirl wusste, dass auch die eine Sonnenuhr besaß.

Sochers Hof lag am Rande des nächsten Weilers. Ein großer Laufstall war zu sehen, augenscheinlich war das aber ein älterer Laufstall, nicht einer der allerneuesten Generation, der die nächsten drei Generationen verschuldete. Das Wohnhaus war auch kein altes Bauernhaus mehr, sondern ein Bau, der wohl aus den sechziger Jahren stammte, zweistöckig, praktisch, gesichtslos. Im ersten Stock schienen sich zwei Ferienwohnungen zu befinden, denn es gab zwei Parkplätze mit der Beschilderung »Wohnung Säuling« und »Wohnung Hochplatte«.

Wie Weinzirl richtig vermutet hatte, war die Stallzeit um, und Socher kam auf ihr Klingeln aus dem Haus. Er war in Birkenstocks, eine große Zehe hatte vorwitzig die Wollsocke durchbohrt.

»Ja?«

»Herr Socher, dürfen wir kurz stören? Es ginge nochmals um den Herrn Mair. Den Mahrer.«

»Warum?«

»Nun ja, er lag nun mal in Ihrem Feld.«

»Genau genommen hab ich das gepachtet. Und der Mahrer hat was gegen mich im Schilde gführt. Ist doch klar«, sagte Socher.

»Dürfen wir?«

Er winkte unwirsch. Sie gelangten in eine Küche, wo eine Frau gerade buk. Sie wischte sich die Hände ab und stemmte selbige in die Hüften.

»Die Kripo. Wegen dem Mahrer«, sagte Socher.

»Noch im Tod eine Nervensäge«, sagte sie. »Wollen Sie einen Kaffee?«

»Gerne.«

»Welchen?«

»Ähm …«

»Cappuccino, Latte, Espresso?«

Oha! Man erwartete hier Filterkaffee, aber das klang nach italienischer Bar.

»Ich gerne einen Espresso«, sagte Evi.

»Ich einen ganz normalen schwarzen Kaffee.«

Die Frau trat an einen Vollautomaten und hantierte. Wenig später waren die Getränke da, der Kaffee war von exzellenter Qualität.

»Wer schlechten Kaffee trinkt, verschwend sei Leben«, sagte Frau Socher.

Überraschend und irgendwie witzig war ihr Hochdeutsch, das von wenigen bayerischen Wörtern durchzogen war. Auch der Franz versuchte angesichts des hohen Besuchs, Hochdeutsch zu sprechen, anders als er gesprochen hatte, als sie ihn am Feld getroffen hatten. Bei ihm war aber der Originalton Süd immer noch klar hörbar.

»Herr und Frau Socher, leider müssen wir Sie das fragen. Wo waren Sie Sonntagnacht?«

»Im Bett«, sagte er. »Ich hab diese Kitzretter angerufen, dann no ein paar Maschinen abgschmiert, mir haben ›Tatort‹ gschaut. Wiederholung natürlich. A Schmarrn dazu. Mit so einer Hippie-Kommune. Dafür zahl ich Gebühren.«

»Mir gefällt es immer, wenn Münster kommt«, sagte sie. »Sie hören das ja. I bi nit von hier.«

Weinzirl lachte in sich hinein. Der Sprachmix war putzig.

»Sollen mir den Mahrer jetzt getötet haben?«, fragte Frau Socher.

»Sollen, wollen, müssen es getan haben?«, sagte Weinzirl kryptisch. »Es ist doch ein wenig merkwürdig, dass er in Ihrer Wiese lag. Das ist ja nicht direkt der Stachus. Oder Frankfurt Hauptbahnhof.«

Socher musste wohl erst mal nachdenken, seine Kinnlade sank hinab.

Sie war schneller. »So ungewöhnlich nit.«

»Aha?«

»Abkürzung über den Bichl zu seinem Hof«, sagte sie. »Er war ja der Meinung, das wär sei Weg noch immer.«

»Wenn man was abkürzt, woher kommt man dann? Wohin will man?«, fragte Weinzirl.

»Von seinem Hof zu seiner Hütte. Da steht so ein Hütterl im Wald. Und er war auch immer mal von Biberschwöll an der B 17 über Schleichwege unterwegs. Oder er kam aus dem Filz von ein paar der Bacherl.«

»Mit Verlaub, was für Bacherl? Das hört sich alles nicht nach einer geraden Linie an!«, sagte Weinzirl.

»Der Mahrer hat so seine Touren gemacht, und das mit dem Radl«, sagte sie.

»Edelgard, das kannsch du jetzt nicht …«, mischte sich ihr Mann ein.

»Was? Was kann i nit?« Sie wandte sich an Weinzirl. »Es ist ein offenes Geheimnis, dass der Mahrer Bibern nachstellt. Er schießt, oder er legt Fallen. Fragen Sie den Hansi, der weiß, wo er die verscharrt hat. Die drei S halt: schießen, schaufeln, schweigen.«

»Sebastian Mair hat ein streng geschütztes Tier geschossen?«, fragte Evi ungläubig.

»Ja, hat er.«

»Und dazu war er mit dem Rad unterwegs?«, fragte Weinzirl. Sie hatten kein Radl gefunden, sie hatten allerdings auch nach keinem gesucht. Die Spurensicherer hatten aber von Reifenspuren gesprochen.

»Ja, dem sein Jeep kennt man ja. Radl ohne Licht is unauffällig. Der is auch oft durch den Sauwald.«

Evi konnte definitiv nicht mehr folgen.

»Ein Truppenübungsplatz. Ich glaube, der kleinste Standort in Deutschland. Da kann man aber durchradeln«, sagte Weinzirl zur Erklärung. »Wir haben da nebenan auch die Kitze gesucht. Mit Jo.«

»Genau. Durch den Sauwald zu fahren, ist ein ziemlich direkter Weg, aber nicht so unauffällig. Weil da spielens ja öfter Krieg. Wenn die mich verteidigen sollen, die da am Weg sind, dann Prost Mahlzeit! Des glauben Sie ja nit! Die machen öfter Orientierungsmärsche. Man trifft die Burschen dann auch. Sie fragen dann ganz verzweifelt, wo sie sind. Na, das fragen Sie mal in Afghanistan«, sagte Frau Socher.

Weinzirl grinste. »Frau Socher …«

»Sagen S' Edelgard, das sagen alle.«

»Edelgard, Sie behaupten also, er erlegte illegal Biber?«

»Ja, machte er. Ich hab ihn auch schon gesehen mit so einem Viech im Rucksack. Der platte Schwanz schaute raus. Ich bin öfter sehr früh unterwegs zum Kräutersammeln. Oder Schwammerl. Ich bin Köchin, wissen S'.«

»Frau, ähm, Edelgard, Sie sagen, da wissen mehr Leute Bescheid?«

»Sicher!«

»Und keiner sagt was?«, wunderte sich Evi.

»Viel zu viele von den blöden Viechern haben wir. Da fehlt der eine oder andere nit«, sagte sie.

»Es gibt hier ja sicher einen Biberberater. Dem entgeht, dass hier Tiere illegal getötet werden?«, insistierte Evi.

»Nein, der weiß des sicher. Aber der ist selber alt. Und der kann nix beweisen.«

»Und sonst interessiert das auch niemanden?«, fragte Evi zweifelnd.

»Des muss jeder selber wissen.«

Gott erhalte uns das dörfliche Schweigen, dachte Weinzirl. Man mochte sich nicht, aber man gab auch nichts preis. Selbstjustiz schwieg man tot. Am Ende kamen die größten Gefahren immer von draußen. Man wollte vor allem keine Konfrontation und auf keinen Fall irgendwo reingezogen werden.

»Dann wären aber Freunde der Biber automatisch Feinde von Herrn Mair?«, fragte Evi. »Kann es sein, dass er in der Nacht auf Biberjagd war? Und über den alten Weg am Heimweg war?«

»Kann sei. Aber bei eis hat der Biber keine Freunde«, sagte Herr Socher.

»Nein, in der Bauernschaft mag den keiner. Und die Kasperl von der Unteren Naturschutzbehörde haben doch keine Ahnung nit«, ergänzte sie.

Innerlich war Weinzirl bereits wieder auf hundertachtzig. Der Kreis der Verdächtigen wurde größer und größer. Jetzt ging es auch noch um einen plattschwänzigen Burgherrn. Er versuchte es dennoch nochmals, die Zahl der Verdächtigen zu reduzieren.

»Gab es denn irgendwen im Speziellen, dem oder der dieses Tun missfallen hat?«

»Was reden Sie jetzt so gestelzt?«, fragte sie. »Im Speziellen sind das immer Leit aus der Stadt, die den Biber süß finden. Süß, ich bitte Sie! Ein schiaches Viech mit hässliche gelbe Zähn. Nur Zuagroaste hier finden den süß.«

»Ein Name? Ich meine von Zuagroasten?«, fragte Weinzirl.

»Diese Leandra.«

»Frau Melles-Grote? Warum glauben Sie denn, dass sie pro Biber ist?«

»Sie war mal da. Wir haben zwei Ponys für die Feriengäscht. Eines ging krumm. Kam vom Rücken. Hat sie gut gemacht. Wir kamen ins Gespräch. Die hat im Fränkischen gelebt und war da mal Biberberaterin. Kannte so Pappenheimer wie Mair.« Sie stutzte. »Ich glaub, sie war sogar in Pappenheim. Witzig.«

Ob das witzig war, ließ Weinzirl dahingestellt. Und den Sochers traute er auch nicht so ganz über den Weg. Es war vertrackt, sie steckten fest. Es gab Motive allüberall, aber nichts Konkretes.

»Nun gut, kann sein, dass wir Sie erneut kontaktieren müssen«, sagte Weinzirl.

»Das können Sie sich sparen. Bei uns is nix zum Holen«, sagte sie.

»Wie fanden Sie den Herrn Mair denn so? So als Mensch?«, legte Evi nach.

»Mei.«

»Geht's ein bisschen genauer?«

»Wie alle Leut hatte er in manchem recht, in anderem nit«, sagte sie. »Und er war der beschte Dirigent, den die Kapelle je gehabt hat. Gell, Franz?«

Der nickte.

Tja, Frau Socher war eine Philosophin und sicher nicht bereit, noch irgendwas rauszulassen. Sie konnten gehen, hier war wirklich nichts zu holen.

»Puh«, sagte Evi. »Ein neuer Tag, ein neues Hassobjekt. Nun der Biber.«

»Warum hat uns diese unangenehme Leandra denn nicht erzählt, dass sie mal Biberberaterin war? Das ist doch verdächtig!«

»Ich weiß nicht, Weinzirl! Es ging um ihre Meersäue, du hast ihre Hundehaltung kritisiert, da haut die doch nicht raus, dass sie mal irgendwo Biberberaterin war. Da ist deine Susanne weit verdächtiger. Die ist Biologin, auf Seiten der Tiere. Die hat das Biberthema auch ausgespart! Warum wohl? Sie ist selber Jägerin, hat bestimmt auch so einen Saufänger«, insistierte Evi. »Den hat sie verschwinden lassen. Das trau ich der zu.«

Weinzirl sagte nichts darauf und war stolz auf sich. Eine gewisse Weisheit des Alters machte sich auch bei ihm breit. Und die besagte, dass man Frauen besser nicht widersprach, wenn sie sich irgendwo verrannt hatten. Und ein kleines Teufelchen säte eben doch auch Zweifel. Natürlich war Susanne verdächtig. Aber das musste er gegenüber Evi ja nicht zugeben.

»Evi, bevor wir diese Leandra nochmals besuchen, lass uns zum Mair-Hof fahren. Ich möchte gerne mal verifizieren, ob das mit dem Biber-Verräumen überhaupt stimmt. Könnte ja einfach auch üble Nachrede sein.«

Evi sagte nichts, was er als Zustimmung wertete. Weinzirl gab vor, eine Abkürzung zu kennen, Evi verzog das Gesicht. Das Sträßchen führte steil bergab, wie durch ein natürliches Wiesenamphitheater. Es ging wieder steil bergauf, und anstatt auf die B 17 aufzufahren, blieb Weinzirl auf einem Feldweg. Sie landeten an einer Koppel, wo viele Stuten mit Fohlen grasten. Ein Großteil der Fohlen hatte eine sehr breite weiße Blesse. Die man Laterne nannte. Das wusste Weinzirl von Jo, er wollte Evi aber nicht wieder mit sinnlosem Wissen nerven. Er querte die Hauptstraße, und treffsicher kamen sie wieder an der Wiese vorbei, an der alles am Montag in unchristlicher Frühe begonnen hatte.

Wieder fuhren sie am Hof vor, ein paar Hühner scharrten, Nika Mair trat aus dem Haus und blieb abwartend stehen.

»Hallo, Frau Mair, wir müssen nochmals stören. Wie geht es Ihnen?«, fragte Evi.

»Ich weiß gar nicht. Es ist unwirklich. Und an meinen Mann komm ich gar nicht ran.«

Der Hund mit dem lockigen Haar war auch wieder gekommen und sah Weinzirl an, nachdenklich, wie er fand.

»Und dann noch Poldi! Ich bin eigentlich auf Hunde allergisch. Ich nehme Allergietabletten. Das geht zwar, ist aber keine Dauerlösung. Wir müssen ein gutes Zuhause für ihn finden, aber das passt ja grad nicht so. Wollen Sie sich setzen?«

Evi nickte, sie nahmen wieder auf der Terrassen-Sitzgruppe Platz.

»Mein Mann hat wirklich total zugemacht. Da kann ich jetzt nicht wegen dem Hund fragen. War ja auch der Hund vom Schwiegervater. Hansi geht das doch sehr nahe. War eben sein Vater.«

»Wo ist Ihr Mann denn?«, fragte Evi.

»Er ist zum Landmaschinenmechaniker in die Wildsteig. Einer unserer Bulldogs macht Probleme.«

»Haben Sie das Heu denn dann noch gut reingebracht?«, fragte Weinzirl.

»Ja, gottlob. Es waren doch zehn Hektar.«

»Frau Mair, wir haben gehört, dass der Schwiegervater nebst Rehen auch keine Biber mochte. Stimmt das?«

»Machen Sie jetzt noch ein Fass auf?«, fragte sie.

»Frau Mair, wir müssen nach Verdächtigen suchen. Und Motiven. Die finden sich in den Fässern, die wir öffnen«, sagte Evi.

Sie stöhnte. »Ja, auch das ist wahr. Aber Biber mögen wir alle nicht.«

»Warum?«

»Warum? Wo wohnen Sie?«

»In Weilheim, in einer Wohnung«, sagte Evi.

»Klar, dann fragt man so! Aber hier werden diese Viecher echt zu einer Plage. Wir haben eine Streuwiese, eine Naturschutzfläche, die wir mähen. Aber das geht kaum mehr, weil der Biber alles flutet. An den Fischweihern der Umgebung hat er Dämme zerstört, wertvolle Fische waren auf dem Trockenen. Tierschutz ist schon gut, aber er sollte dann auch die Tiere unter Wasser betreffen.«

Auch Baier hatte auf eine Überpopulation abgehoben, auf den Schaden an wertvollen Bäumen.

»Aber es ist dennoch nicht erlaubt, Selbstjustiz zu üben«, sagte Evi. »Ihr Schwiegervater hat das aber getan?«

»Ja, hat er. Und in so etwas war er nicht aufzuhalten.«

Und den eigenen Schwiegervater zeigte man auch nicht an.

»Wir haben einen Antrag auf Entnahme bei der Unteren

Naturschutzbehörde gestellt. Der Sachverhalt wurde geprüft, der Biberberater war auch da. Der war auf unserer Seite. Wir warteten darauf, dass dem Antrag stattgegeben würde. Aber der Antrag wurde abgelehnt. Moment mal!« Sie stand auf und ging ins Haus. Kam mit einem Schreiben wieder. »Da, lesen Sie mal.«

Es war ein ziemliches Bürokratendeutsch, enthielt auch offen drohend den Hinweis, dass Biber und seine Bauten streng geschützt wären, dass man mit empfindlichen Strafen zu rechnen habe, und endete mit den Worten: »Aufgrund dieses Sachverhaltes ist eine artenschutzrechtliche Genehmigung zur Entnahme des Bibers nicht angezeigt und kann zum gegenwärtigen Zeitpunkt nicht erteilt werden.«

»Die haben uns null ernst genommen. Und es wird immer nasser.«

»Sagten Sie nicht, die Wiesen gehörten Ihnen?«

»Der Bach mit den Dämmen und der Uferstreifen gehören den Forsten, die angrenzenden Wiesen uns. Wasser läuft nun mal abwärts und in die Fläche. Aber in Weilheim läuft es bergauf! Ich war enttäuscht, wie wenig wir, die wir diese Landschaft pflegen, gesehen werden. Und der Schwiegervater war sehr wütend.«

»Und Entnahme hätte geheißen, man schießt den Biber?«, fragte Evi.

»Ja, der Revierinhaber wird informiert, entweder er entnimmt den Biber selber, oder aber er will keine Biber schießen, dann muss das Landratsamt mit einem bestellten Jäger kommen. Das hätte der Schwiegervater als Jäger gut machen können. Wir hätten den Antrag zurücknehmen sollen oder Einspruch einlegen. Beides Quatsch.«

»Und da wurde der Schwiegervater selber tätig?«

Sie zuckte mit den Schultern.

»Es soll sogar ein Bibergrab im Wald geben.«

»Das glaube ich nicht! Er hat diese Biber irgendwo hingelegt. Wo sie der Fuchs holen kann. Er hat sie der Natur zurückgegeben.«

»Das ist aber ein Straftatbestand!«, rief Evi.

»Jetzt wohl ziemlich egal.« Nika schluckte schwer. »Sie machen den Mann nur schlecht.«

»Das liegt nicht in unserer Absicht, aber wir reden von einem Tötungsdelikt. Wir müssen davon ausgehen, dass irgendwer Ihren Schwiegervater aus irgendwelchen Gründen sehr verabscheut hat«, sagte Evi.

»Er hatte trotzdem auch gute Seiten. Seine Musik – und er war immer sehr lieb zu seinen Enkeln«, beharrte Nika Mair.

»Wo sind Ihre Kinder denn?«, fragte Weinzirl dazwischen.

»Beide studieren. In München«, sagte sie nicht ohne Stolz.

»Wird denn jemand den Hof weitermachen?«, fragte Weinzirl.

»Womöglich der Hannes. Er ist an der Hochschule Weihenstephan-Triesdorf. Er hat das im Blut. Die Annalena wird Gymnasiallehrerin.«

»Schön!«

»Sie müssen nicht höflich sein, suchen Sie lieber seinen Mörder«, sagte sie ziemlich harsch.

»Wir bemühen uns, sind aber wirklich auf Ihre Mithilfe angewiesen«, sagte Weinzirl so beherrscht wie möglich.

»Ja, ich weiß, es ist alles grad etwas viel. Und bei den Bibern ist es wirklich so, dass die Landratsämter kaum zu einem Kompromiss bereit sind.«

Sollten sie nach Leandra Melles-Grote fragen? Sie unterließen das in stiller Übereinkunft.

»Ihr Schwiegervater fuhr bei, ähm, so was mit dem Fahrrad?«, fragte Evi stattdessen. »Wo ist das denn?«

Die Frau wirkte kurz verwirrt. »Das steht vor seinem Haus?«

»Wo denn?«

»Kommen Sie!«

Sie folgten ihr, und es gab kein Fahrrad am angestammten Platz, auch nicht hinter dem Haus oder sonst wo am Hof. Es sprach also viel dafür, dass er es bei seiner Ermordung dabeigehabt hatte. Sie mussten es suchen.

»Frau Mair, war denn die letzten Tage etwas anders? War Ihr Schwiegervater anders? Ist etwas Besonderes vorgefallen?«

»Nein, eigentlich nicht, er war wie immer. Er geht Sonntag an den Stammtisch. Er fährt freitags einkaufen. Also, er hat das so gemacht. Ich hab mich noch nicht daran gewöhnt, dass er tot ist. Das Leben hat ja seinen Rhythmus.«

Das klang ein wenig melancholisch. Es spitzte eine gewisse Müdigkeit durch. Eine Landwirtschaft gab sicher Struktur, auch klare Zielvorgaben. Aber die Bürokratie und der Klimawandel machten es auch Landwirten immer schwerer, auch hier griff die Kostenexplosion. Nika Mair war eine kluge Frau, wahrscheinlich keine Landwirtin seit Generationen. Eine eingeheiratete Slowenin, die sicher in diesem Kosmos auch hatte viel zurückstecken müssen.

»Das Einzige, was anders war, war ein Runder Tisch. Also, das wurde so bezeichnet. Wir waren mit rund dreißig anderen bei einem Treffen zum geplanten FFH-Gebiet im Filz. Sie wollen das Moor renaturieren und weiter vernässen. Das passte natürlich auch wie die Faust aufs Auge zu unserer Biberthematik, der hat ja eh schon überall Wasserflächen geschaffen, aber die wollen es ja alles noch nasser haben. Das Ganze war eine merkwürdige Veranstaltung, es ging dann auch hoch her. Der Schwiegervater war unter denen, die ziemlich gewettert haben. Wir alle hatten nicht den Eindruck, dass es auch nur ansatzweise interessiert hätte, was die Sorgen der Anwohner angeht.«

»Worum ging es denn?«

»Nun ja, wer Flächen im FFH-Gebiet hat, wer Besitzer oder auch nur Bewirtschafter ist, sollte irgendwie mit ins Boot geholt werden. Aber im Prinzip war das eine Alibiveranstaltung und hat uns nicht überzeugt. Uns kommt das vor wie Aktionismus, und ich habe mich anschließend ein bisschen eingelesen: Deutschland hat mit der Umsetzung der EU-Richtlinie Probleme, da ist meine Heimat Slowenien viel weiter.«

»Frau Mair, wir sind nicht so drin in der Thematik, was heißt das alles?«

»Die Fauna-Flora-Habitat-Richtlinie der EU ist schon seit dem 5. Juni 1992 in Kraft. Sie verpflichtet alle Mitgliedstaaten der EU zur Erhaltung der natürlichen Lebensräume sowie der wildlebenden Tiere und Pflanzen. Na ja, Deutschland hatte immer wieder mit der Umsetzung der Richtlinie Probleme. Unter anderem drohte die EU-Kommission schon 2005 Deutschland deshalb mit einer Klage. Auch für Bayern, und drum, aber das ist jetzt nur mein Eindruck, muss man jetzt auch die Managementpläne auf Biegen und Brechen durchdrücken, es drohen sonst Strafzahlungen!«

»Okay, FFH heißt also Flora-Fauna-Habitat?«, fragte Evi.

»Ja, FFH-Gebiete sind spezielle europäische Schutzgebiete, die nach der Fauna-Flora-Habitat-Richtlinie ausgewiesen wurden. Sie dienen dem Schutz von Pflanzen, also Flora, Tieren, also Fauna, und Lebensraumtypen, und die nennt man Habitate. Es soll einheimische Natur bewahren, und je nach Gebiet geht es um einen Lebensraumtyp. Na ja, hier geht's eben um das Moor, und wir hatten den Eindruck, dass niemand das große Ganze sieht! Man will ein paar Zielarten erhalten, weil die EU das so will. Andere Arten und auch die Bauern bleiben auf der Strecke. Der Schwiegervater jedenfalls war fuchsteufelswild, heißt das so?«, fragte sie.

Weinzirl nickte.

Sie lächelte. »Ja, manche deutschen Ausdrücke kommen mir immer noch komisch vor. Jedenfalls hat er alles und jeden beschimpft, die Kackademiker mal wieder, die Sesselpupser, die Fettärsche vom Amt, die Säcke aus Weilheim drunten.«

»Sie sind sehr gut informiert. Kommen Sie denn auch aus einer Landwirtschaft?«, fragte Weinzirl, weil es ihn nun doch interessierte.

»Nein, aus einer Musikerfamilie aus Maribor. Mein Vater war Jazzmusiker, meine Mutter Musiklehrerin. Weswegen ich ganz gut Klavier spiele. Ich habe Lehramt studiert. Musik und Kunst. Ich bin, um Geld zu verdienen, nach Deutschland, Gastronomie. Habe Hans kennengelernt.«

Eine kunstsinnige Frau auf einem Hof mit einem cholerischen Schwiegervater. Wie ging das zusammen?, fragte sich Weinzirl.

»Wissen Sie, ich habe das Studium nicht beendet. Ich habe hier dann Erzieherin gelernt, was mir bis heute noch große Freude macht. Ich bin gerade krankgeschrieben, wegen einer Magensache. Die jetzt nicht grad besser wird – mit dem allen.« Sie schluckte. »Drum bin ich grad daheim. Und ich gebe ein bisschen Klavierunterricht.«

»Und Sie sind eine Seiteneinstiegsbäuerin«, sagte Weinzirl mit einem Lächeln.

»Ja, und das auch gerne. Ich habe mich reingefuchst. Ich hätte das allerdings nicht mitgetragen, wenn Hans weitergemacht hätte wie der Schwiegervater. Silo füttern, Bullenkälber, die zur Mast bis in die Türkei gehen, ganz schlimm für die Natur und die Tiere. Hans hat auf Bio umgestellt. Zu dem Weg kann ich stehen. So ein Bio-Milchviehbetrieb funktioniert in einer Kreislaufwirtschaft: Es werden nicht mehr als eine, maximal zwei Kühe pro Hektar meist nach den strengen Verbandsrichtlinien gehalten. Das Futter für die Tiere stammt überwiegend von den eigenen artenreichen Flächen. Die Tiere dürfen auf die Weide, sind dadurch gesünder. Und sie haben Hörner. Ich finde das wichtig für die Würde einer Kuh«, sagte sie und sah Evi an.

Die nickte.

»Am Ende bedeutet das alles mehr Tierwohl, weniger Ressourcenverbrauch, es geht auch darum, dass wir einen Beitrag zum Grundwasser- und Klimaschutz leisten.«

Es war interessant, wie eindringlich sie sprach und dass sie Hans sagte, nicht Hansi. Und der Mann hatte großes Glück, dass er so eine Frau gefunden hatte, dachte Weinzirl.

»Aber das dürfte Ihrem Schwiegervater ja auch nicht gefallen haben, oder?«

»Doch, eigentlich schon. Er war selber nie glücklich damit, dass man die Kälber verramscht hat. Dass sie nichts wert waren, dass die Händler fast nichts bezahlt haben. Da zieht man also seine Kälber mit Liebe auf und steht vor der Frage: Wohin mit den Kälbern, Bullenkälbern und Färsen? Mit Glück landen die nur in Norddeutschland, mit weniger Glück stehen strapaziöse Transporte bis Spanien oder weiter unter inakzeptablen Bedingungen in Drittländer an. Gemästet wird da, wo es am billigsten ist, gerne auch in Hafennähe, wo Futtermittel ankommen. Gemästet wird mit billigstem Milchaustauscher, wo Palmöl drin ist, geschlachtet dann in Großschlachtereien. Das ist der Weg des Rindfleisches! Und am schlimmsten ist es ja, dass es im Großen auch keine Bio-Mastbetriebe gibt, die Biokälber weitermästen. Die Kälber verlassen also den Biokreislauf und werden konventionell weitergemästet. Wir lösen das, indem wir unsere Kälber einem Mäster in der Region verkaufen, der sie dann langsam auf Weiden groß werden lässt und regional schlachtet. Und ein paar Tiere lassen wir direkt schlachten und vermarkten sie am Hof. Damit kann ich gut leben, und der Schwiegervater fand das gar nicht so dumm.«

»Frau Mair, aber wird es nun nicht doch irgendwie leichter, wenn der Schwiegervater weg ist?«, fragte Evi.

»Was wollen Sie damit sagen? Er war ein alter Mann, auch nicht gesund, er wäre ja keine hundert geworden! Das hätten wir noch abwarten können. Aber wir hatten es eilig? Denken Sie so was in der Art?«

»Nein«, sagte Evi. »Aber – auch wenn ich mich wiederhole: Wir müssen einen Mörder oder eine Mörderin finden und uns ein Bild machen. Und wir stolpern nur über Menschen, die ihn nicht mochten.«

»Zu denen wir nicht gehören. Er war eigen, aber ist das nicht jeder?«

Weinzirl hätte das unterstrichen, und ihm war auch klar, dass diese Frau bedingungslos loyal war. Was sie ehrte, was es aber für die Ermittlungen nicht besser machte.

»Das mit den Bibern haben Sie auch von Leandra?«, fragte Nika Mair plötzlich.

»Nein, das haben wir bei Edelgard Socher gehört. Die meinte aber, dass Leandra Melles-Grote einst Biberberaterin im Fränkischen war?«

»Ja, das hat sie mir mal erzählt. Sie konnte das aber nicht auf Dauer ertragen, weil die Leute so verlogen und aggressiv waren, hat sie gesagt.«

»Kennen Sie sich besser?«

»Ja, durch den Kleintierzuchtverband. Leandra ist auch ein bisschen eigen, aber ich mag sie gern.«

»Wieso kam sie denn überhaupt hierher?«

»Warum fragen Sie Leandra nicht selber?«

Nika Mair war verbindlich und abwägend, sie konnte aber doch auch Grenzen aufzeigen. Weinzirls Achtung vor der Frau stieg.

»Das werden wir. Danke Ihnen.«

Sie nickte und wandte sich um. Poldi sah nochmals zwischen Evi und Weinzirl hin und her und folgte dann der Frau, die eigentlich auf ihn allergisch war. Armer Kerl, auch wenn sein Herrchen nicht nett gewesen war, auch er hatte eine Bezugsperson verloren.

Sie fuhren vom Hof. Hingen ihren Gedanken nach.

»Aber ist das dann so ein Ding: Tierschützer gegen Tierhasser? Also doch die Melles-Grote?«, fragte Weinzirl nach einer Weile.

»Oder deine Susanne?«

»Das ist nicht meine Susanne!«

»Dann lass uns nochmals zu dieser Leandra fahren, und du reißt dich zusammen, Weinzirl!«

Weinzirl gab lediglich ein knurrendes Geräusch von sich und nahm sein Handy. Telefonierte.

»Irgendwann hau ich dem Felix den Schädel runter. Weißt du, was er gesagt hat, als ich ihm angeschafft habe, er solle mit Melanie ein Rad suchen?«

»Sag schon!«

»Er würde nicht dafür bezahlt, Dinge zu suchen, wenn überhaupt vermisste Personen. Das wäre eher ein Job für den Alteisenhändler. Dieser Pfosten!«

»Er wollte witzig sein.«

»Haha, ich lach mich scheckig.«

»Bist du eh schon. Blond-grau gescheckt.«

»Wenn du so weitermachst, suchst du das Radl!«

»Gerne. Außerdem ist blond-grau gescheckt eine völlig wertneutrale Beschreibung.« Evi grinste.

Weinzirl dachte an die graue Grote und war schon gar nicht mehr wertneutral eingestellt. Als sie am Haus vorfuhren, waren Alonso und Pedro nicht im Garten. Es war angenehm ruhig. Die Tür ging auf, Melles-Grote stutzte.

»Was wollen Sie? Ich habe gar keine Zeit. Ich muss gleich zu einer Behandlung.« Sie kam den Weg entlang und trat vors Tor.

»Geht ganz schnell. Stichwort Biber?«

»Ja, und?«

»Biber und Mair?«

»Er hat illegal Biber geschossen. Oder vergiftet. Oder sie sonst wie getötet.«

»Und das wussten Sie? Das wurde toleriert?«, fragte Evi überrascht.

»Von vielen gutgeheißen, von anderen toleriert.«

»Und Sie, Sie haben nichts unternommen?«

»Doch, Anzeige erstattet. Versucht, mit ein paar Bauern zu reden. Aber die haben mich alle nur abtropfen lassen.«

»Sie hatten bei unserem letzten Zusammentreffen uns schon an Ihrer Einschätzung zu den Menschen hier teilhaben lassen«, knurrte Weinzirl. Das mit dem Zusammenreißen wollte nicht klappen! »Warum sind Sie dann eigentlich hier?«

»Weil ich hier ein Haus gekauft habe!«

»War es im Altmühltal nicht besser?«

Sie ließ sich von ihm nicht provozieren. »Auf eine Art. Aber als mein Mann gestorben ist, wollte ich weg. Was wollen Sie von mir? Jetzt stehen Sie schon wieder hier ohne eine Vorladung. Ohne etwas Offizielles!«

»Tut mir leid«, sagte Evi. »Das mit Ihrem Mann.«

»Also was jetzt?«

»Sie waren im Altmühltal Biberberaterin, haben wir gehört. Das haben Sie gar nicht erzählt.«

Ihre Antwort hätte Weinzirl auch gewusst, ohne Hellseher zu sein. Sie sagte erwartungsgemäß: »Sie haben nicht danach gefragt. Und es ist Vergangenheit.«

»Aber wenn man Tiere liebt, wenn man da generell engagiert ist, waren da Mairs Aktionen gegen Biber nicht noch schlimmer für Sie?«, versuchte es Evi.

»Damit habe ich abgeschlossen. Egal, ob hier oder an der Altmühl, gegen die Bauernlobby kommt keiner an. Ich war wirklich motiviert, habe die Biberbiologie studiert, sogar ein Kommunikationstraining erhalten. Aber wo es um den Biber geht, entgleist die Sprache komplett. 1867 wurde der letzte Biber in Bayern getötet. Hundert Jahre später wurden rund hundertzwanzig Tiere ausgesetzt, heute gibt es fünfundzwanzigtausend oder mehr. Die Biber schreiben eine Erfolgsgeschichte und sind gekommen, um zu bleiben. Da kann Mair noch so viele töten.«

Sie sah Weinzirl durchdringend an.

»Bringt auch gar nichts. Denn wird ein Revier frei, besetzt es sofort ein neuer Biber. Der Bestand ist dort, wo schon länger Biber leben, seit Jahren stabil. Zuwächse sind nur an den Rändern der bisherigen Verbreitung zu beobachten. Aber das wollte ein Herr Mair nicht hören. Passte nicht in sein Tierhasser-Weltbild.«

»Mair hat regelrechte Kreuzzüge geführt, haben wir gehört. War nachts unterwegs, um Biber zu töten?«

»Das kann sein. Ich schlafe nachts«, sagte sie scharf.

»Haben Sie ihn nie mal bei so einer Aktion gesehen? Sie sind doch auch viel mit Ihren Hunden unterwegs? Wo sind sie denn eigentlich, diese beiden putzigen Spanier?«, ätzte Weinzirl.

»Bei meiner Hundetrainerin.« Melles-Grote wollte sich heute wohl wirklich nicht provozieren lassen. Sie atmete durch. »Wo ich den Mair gesehen habe, war auf den Flächen des geplanten FFH-Gebiets. Was einer wie Mair auch nicht haben will. Weil es dann noch nasser wird im Filz. Und noch mehr Biber kommen. Das denken solche wie der Mair.«

»Was aber eingedenk Ihrer Ausführungen vorher nicht so sein wird«, sagte Weinzirl. »Aber was hätte er denn gegen ein FFH-Gebiet tun können? Warum war er dort?«

»Warum er da war? Um zu glotzen? Nein, das reicht ihm nicht! Um Grenzsteine zu versetzen? Um an den Baggern, die da zum Ausbaggern einiger Gräben stehen, etwas zu sabotieren? Das ist eher sein Stil. Lassen Sie endlich unbescholtene Bürgerinnen wie mich in Ruhe. Wer Mair ermordet hat, der muss wütend gewesen sein. Das sind hier viele. Kochen alle schnell hoch. Mich ermüdet das nur noch. Ich kümmere mich um die Hunde, mach meine Arbeit, und gut ist es. Und wissen Sie was?«

Das war rhetorisch gemeint, sie warteten.

»Ich bin nicht böse, dass er weg ist. Dann kann ich wieder mal bei Nika vorbeigehen. Meine Hunde dürfen dann mit Poldi spielen. Das freut den Poldi, der hatte auch nichts zu lachen. Mair hat der Welt einen Gefallen getan mit seinem Abgang. Tieren und Menschen! So, und ich gehe jetzt. Das war das letzte Mal, dass ich mit Ihnen rede. Das nächste Mal nur noch mit einer amtlichen Vorladung. Hoffentlich nicht auf Wiedersehen.«

Sie ging zu ihrem Auto, stieg ein, fuhr davon und blickte starr geradeaus.

»Wow!«, sagte Evi.

»Hmm, so kann man das auch ausdrücken. Was für eine Frau!«

»Na ja, du bist aber auch wirklich immer ungut zu ihr. Und schon wieder wurde uns eine neue Idee präsentiert. Ein neuer Besuch, ein neues Spiel«, sagte Evi.

»Das scheint der Tenor dieses ganzen Falls zu werden«, meinte Weinzirl.

»Und nun sollen wir also durch ein FFH-Gebiet waten?«, fragte Evi.

»Auch dazu brauchen wir mehr Infos. Wo ist das überhaupt? Stehen da wirklich Bagger? Und ganz ehrlich: Auch die Sabotage eines Baggers bringt ja nichts, die holen einen neuen. Das verzögert doch maximal«, knurrte Weinzirl, dem das alles jeden Tag mehr auf Sack und Zwirn ging.

»Na, rational scheint der Mair ja nicht unbedingt gewesen zu sein. Wenn der ausrastet, dann muss auch mal ein Bagger dran glauben?«

»Ja, das mag sein. Evi, tust du mir einen Gefallen? Machst du dich da mal schlau und würdest zudem Felix und Melanie kontrollieren? Ich töte den sonst! Wenn ihr ein Rad findet, bitte melde dich. Und übergib es sofort der Spurensicherung.«

»Und du?«

»Evi, ich muss ins Büro. Ich muss Rapport abgeben, den Pressesprecher informieren. All so was.«

»Aha.«

»Ich ruf Melanie an, wo die sind.«

Und er bekam eine Ortsbeschreibung. »Ich setz dich an diesem Kaltenbrunner See ab, da sind die gerade. Bitte sei so lieb und mach den beiden Beine.«

»Der See ist aber ganz schön weit weg von Mairs Hof.«

»Schon, aber in der näheren Umgebung haben sie nichts gefunden, die erweitern den Radius.«

»Und ich fahr dann mit denen retour nach Weilheim?«, fragte Evi etwas ungläubig.

»Evi, es braucht da Führungskräfte«, sagte er und wusste, dass Evi das Manöver durchschauen würde.

Sie sagte aber nur: »Ich werde mich melden, wenn wir was finden.«

»Super«, sagte er mit Inbrunst.

Gut, das war gelogen gewesen. Er hatte auch ein latent schlechtes Gewissen, aber nur kurz. Er fuhr nicht ins Büro, sondern nach Hause. Er schwang sich auf sein Rad und trat in die Pedale. Es war kurz nach siebzehn Uhr, als er in Egenried ankam. Susanne Loth war gerade dabei, ihre Ponys in eine Kutsche zu spannen und an den Zugsträngen etwas zu kontrollieren. Er trat näher.

»Hallo!«

Sie richtete sich auf und stutzte. »Oh, hallo, ich hätte Sie grad gar nicht erkannt!«

»Ja, so aus dem Zusammenhang gerissen«, meinte Weinzirl.

»Blöd, ich hab grad angespannt. Aber kommen Sie doch mit.«

Weinzirl beäugte etwas skeptisch das Gefährt. Und die vier PS davor. Es waren eher PS-chen. PS-lein.

»Schaffen die das?«

Sie lachte. »Unterschätzen Sie nicht meine Shettys. Los jetzt!«

Er schob sein Rad hinter einen Zaun und setzte sich zu ihr auf den Bock. Der damit dann auch voll war. Sie schnalzte leicht. Die vier ruckelten an. Und trippelten sofort in munterem Trab dahin. Weinzirl schwieg.

»Pollinger Weiher«, sagte sie, als sie an einem idyllisch gelegenen Teich vorbeiklapperten. Die bepelzten Zwerge fielen in Schritt.

»Wie heißen die denn?«

»Die beiden vorne Schokolina und Brownie, die beiden hinten Ober und Unter.«

»Bitte? Die vorderen sind braun, okay. Aber Ober und Unter?«

»Ich bin ganz gut im Watten«, sagte sie.

Eine Frau, die watten konnte!

»Können Sie watten?«

»Ja, ich bin aber etwas aus der Übung«, grinste Weinzirl.

»Guat, dann spieln mir amol.«

Sie konnte also durchaus Allgäuerisch, was sie bisher verborgen hatte.

Die Ponys waren wieder angetrabt, durch eine anmutige Wald- und Wiesenlandschaft, und dann stieß eine der beiden kleinen Stuten plötzlich ins Horn und wieherte wie verrückt. Von einer Wiese kam Antwort, und ziemlich Langhaxige donnerten an den Zaun.

»Gestüt Hachtsee, die züchten Vollblüter, wer weiß, vielleicht wird eines der Fohlen, das da noch etwas ungeschickt und unproportioniert herumhopst, mal ein Galopper des Jahres. Weiter jetzt, Schoko, konzentrier dich!«

Die Ponys ließen die Artgenossen hinter sich.

»Da kommt gleich Reinthal, oder?«, fragte Weinzirl.

»Ja. Genau. Schönes Hofcafé, die haben heute aber zu. Trinken wir das Bier bei mir? Sie sind ja mit dem Rad da, und die gestrenge Kollegin ist auch nicht dabei.«

»Gerne.«

Nach zwanzig Minuten waren sie zurück, Weinzirl half beim Ausspannen. Schließlich entließen sie die Ponys auf einen Paddock, wo sie sich im Sand wälzten.

»Ich hol das Bier.«

Er setzte sich wieder in das Salettl, sie verschwand und tauchte wenig später mit einem großen Korb, der Bier und eine Brotzeitplatte enthielt, wieder auf. Die Platte war belegt mit Salami, Landjägern und Käse. Wie schön, keine Vegetarierin oder Veganerin.

»Ich wollte grad was essen, reicht für uns beide.«

»Ich wollte dir, ähm, Ihnen jetzt aber nicht das Abendessen wegfressen«, sagte Weinzirl.

»Dir passt schon. Wenn Sie das dürfen? Wegen der beruflichen Komponente.«

»Gerhard«, sagte Weinzirl.

»Susa«, antwortete sie. »Bitte keine Susi.«

Nein, eine Susi war sie nicht. Sie ließen die Flaschen zusammenklingen.

»Versuchst du nun, über ein privates Making-Friends mein Geständnis zu bekommen?«

»Nein, ich war wirklich nur radeln. Und ich wollte dich was fragen.«

»Okay.«

»Du bist doch Biologin, wir haben in Erfahrung gebracht, dass Mair auch Bibern nachgestellt hat. Weißt du davon etwas?«

»Okay«, sagte sie gedehnt. »Nicht explizit, aber das kann leicht sein. Er ist der Typ dafür. Er teilt die Welt in Nutztiere und Unnutztiere. Ich glaube, dass sich seine Empathie für seine Kühe auch im Rahmen gehalten hat. Aber genau genommen kann ich nur spekulieren. Womöglich mochte er seine Kühe, eben auf seine Art. Er hat sie schließlich gebraucht, eine kranke Kuh verursacht Kosten, also behandelt man sie einigermaßen. Viele Landwirte verfolgen da eher so den pragmatischen Ansatz.«

»Wie bei den Kitzen? Die man nur deshalb nicht vermähen will, weil man Botulismus fürchtet?«

Sie nickte. »Ja genau. Aber in Mitteleuropa setzt sich allmählich die Erkenntnis durch, dass Tiere kommunizieren, leiden und trauern wie wir. Es gibt seit einigen Jahren die Trendwende in der Wissenschaft, die Tieren Emotionen zuspricht. Aber das ist ja selbst bei uns noch recht neu, in vielen anderen Ländern ist das noch lange nicht so. Meine Hoffnung liegt auf der Jugend. Im Fall von Mair hat Hansi ja auch schon eine ganz andere Einstellung. Er ist ein Demeter-Hof geworden, und die Mairs suchen sogar ganz demokratisch im Familienrat Namen für die Kühe aus. Nika hat kürzlich für eine Kalbin den Namen Elektra durchgesetzt. Das hat doch was.«

»Nika ist allerdings auch keine Biberfreundin«, sagte Weinzirl.

»Das sind die wenigsten Bauern, und auch ich als Biologin würde sagen, dass es an manchen Stellen wirklich zu viele gibt.«

»Frau Melles-Grote sprach von fünfundzwanzigtausend in Bayern?«

»Ich glaube eher, es sind doppelt so viele. Und es gibt markante Schäden an Fischweihern, an Dämmen, manchen Antrag auf Entnahme verstehe ich schon. Andererseits wird da auch viel beschissen. Ich weiß von einem Golfplatzbetreiber, der ein Wasserreservoir zur Bewässerung des Platzes hatte. Das hat der Biber angebohrt, Wasser lief aus, der Platzbetreiber wollte Entschädigung und schickte einen Kostenvoranschlag für die Reparatur. Der Kostenvoranschlag war so hoch, als sollte man den ganzen Platz kaufen.« Sie lachte. »Des Bibers Wirken ist ein Stück weit immer auch Auslegungssache. Aber wo der anarchische Biber baut, gibt es eben auch neue Feuchtgebiete, also Lebensraum für Frösche, den Eisvogel, den Schwarzstorch. Er schafft Gumpen, wo Amphibien ablaichen können und der Laich nicht von Fischen gefressen wird. Er macht Tümpel, wo Fische ihre Brut aufziehen können. Er gestaltet Unterstände für Jungfische, die sonst vom Kormoran oder Reiher gefressen würden. Alles relativ.«

»Und ich bin relativ genervt«, stieß Weinzirl aus, »weil ich mir hier irgendwie wie in Brehms Tierleben vorkomme. Rehe, Biber, Kühe, spanische Hunde …«

»Shetlandponys«, ergänzte sie und lächelte. »Aber du hattest doch schon mal mit Pferden zu tun, oder? Die Handgriffe saßen.«

»Ich habe eine pferdenärrische Bekannte. Da bleibt es nicht aus, dass man mit diesen Equiden zu tun hat.«

»Bekannte?«

»Ja, sogar eine uralte Bekannte. Jo, noch aus der alten Heimat. Warst du früher mal im Pegasus?«

»Wir im Westallgäu sind eher in diverse Party-Stadl oder mal ins Filou in Lindau auf der Insel gegangen. Aber ich war auch mehrfach im Pega. Schade, dass wir uns da nicht getroffen haben.« Sie grinste. »Wie warst du denn so?«

»Jünger, schöner und partiell zugekifft.«

»Als Polizist?«

»Du siehst, es gibt Wandlungen. Wobei ich mich manchmal

frage, ob ich nicht besser was geworden wäre, wo Kiffen dazupasst. Aber das Künstlerische liegt mir nicht so sehr.« Er schwieg. »Nein, das passt schon, aber dieser Fall Mair ist wirklich speziell. Nur Feinde, nur Renitenz. Der Mann scheint gegen alles gewesen zu sein. In meinem Kopf rotiert es. Wie gesagt: zu viele Problemfelder.«

Sie lachte. »Noch ein Bier gegen die Rotation? So eine Art Gegenbewegung.«

»Gerne.« Er öffnete die Flasche an der Tischkante und lächelte sie an. »Das Problem ist, dass ich vieles nicht einordnen kann. Mein Wissen um die Natur oder auch die Jagd reicht nicht aus. Baier zum Beispiel malt eine Art Endzeitstimmung für die Jagd. Alle Jungjäger wollen jagen wegen der Klamotten und Artillerie-großen Gewehren.«

»Baier ist ein alter Zyniker. Aber ein netter! Wie überall gibt es auch bei den neuen Jägern solche und solche. Was sicher stimmt: dass viele heute von einem ganz anderen Standort aus kommen. Einer wie Baier ist halt mit dem Vater mit und der wieder mit seinem. Jagd war Familiensache, meist wuchs man ländlich auf. Heute kommen viele aus der Stadt, suchen nach einem Gegengewicht. Ich würde das nicht rundum ablehnen. Was man kennt, lernt man lieben und kann es schützen.«

Weinzirl sah sie an, sie faszinierte ihn immer mehr. »Und dann stimmt das mit den Rehen auch nicht? Dass man sie quasi ausrotten will?«

»Da kommen wir vom Hundertsten ins Tausendste. Ja, eine Lehrmeinung ist, dass man dem Reh nun das Sterben der Wälder in die Schuhe schieben will. Das stimmt ein Stück weit. Auch, dass die Rehe immer mehr im Wald bleiben. Das liegt aber nicht nur an der Beunruhigung draußen durch Landwirtschaft und Freizeitnutzung. Mit dem Klimawandel ändert sich die zeitliche und räumliche Lebensraumnutzung der Tiere, auch beim Rehwild. Das Rehwild ist immer schon auf den Wald angewiesen gewesen, es hat einen kleinen Radius, braucht sichere Einstände und den Randbereich ins Grünland für die Äsung. Im dichten

Wald wächst am Boden wenig außer Moosen, aber mit Windwurf und Borkenkäfer, mit Rückegassen, mit jeder Störung im Kronendach kommt mehr Licht auf den Boden, neue Pflanzen wachsen. Rehe profitieren also in einigen Gebieten vom Klimawandel, sie finden auch im Wald etwas zu fressen.«

Weinzirl stöhnte. »Drei Leute, drei Argumentationsketten. Wem soll ich glauben?«

Sie lachte wieder. »Mir natürlich, und wenn du mich fragst, bekommst du in Diskussionen nur Fakten, die ich selber untersucht habe, oder seriöse Studien anderer Forscher.«

»Okay, es geht auch um ein FFH-Gebiet. Ich habe auch schon gelernt, was das ist. Wogegen Mair auch war. Und auch Nika war skeptisch. Hast du da auch etwas mehr für mich? Eine deiner eigenen wasserdichten Studien?«

Sie lachte auf.

»Bitte, rette mich im Dschungel der Natur! Nika sagte, in Deutschland hätte man das alles verschlafen und sie vermisse das große Ganze.«

»Wir haben alles verschleppt: Digitalisierung, Bildung, Brückensanierungen und eben auch EU-Gesetze, die bindend sind. Und da hat Nika sicher recht: Lange passiert gar nichts, und dann kommen schlaue Leute von den Ämtern und überfahren die Landwirte. Genau genommen reden wir von einer jahrhundertealten Kulturlandschaft, nicht einer Naturlandschaft. In den Wäldern wurde Holz gemacht, in den Mooren Torf gestochen. Dazwischen liegen Viehweiden, alles Werden war und ist eben auch vom Wirken des Menschen abhängig. In dem Lebensraum kommen nun neue Akteure vor, Wolf und Biber, und natürlich wirkt es auf die Landwirte bizarr, dass es zwar einen Plan für das FFH-Gebiet gibt, dass aber wieder ein ganz anderer im Wolfsmanagement für den Wolf zuständig ist und noch ein anderer für den Biber. Wie willst du das vermitteln? Ich war auch schon als Referentin bei solchen Veranstaltungen, es ist echt schwer, die Anwesenden mitzunehmen. Es geht eben wirklich um den Erhalt einzelner ganz spezieller Arten.

Das überzeugt all jene nicht, die seit Generationen genau diese Landschaft nutzen und auch pflegen. Das ist auch für mich teils unbefriedigend, und ich frage mich wie Nika: Wo ist das große Ganze?«

»Und einer wie Mair war fuchsteufelswild. Das hat Nika eben auch erwähnt. Er ist bei dieser Veranstaltung wohl zur Hochform aufgelaufen.«

»Da kann ich mir Mair gut vorstellen! Fast alle stehen schweigend da und grummeln in sich rein. Einer oder zwei reißen das Maul auf. Werden dann zugetextet von einem ganzen Heer aus Projektmitarbeitern, Leuten vom Forst und von der Unteren Naturschutzbehörde. Wenn alles vorbei ist, gehen die Bürohengste und Bürostuten zurück an ihre Computer. Unterschiedliche Behörden haben von oben Aufgaben gestellt bekommen und dürfen keinen Millimeter davon abgehen. Das fühlt sich von außen an, als wollte man die Menschen vor Ort verarschen. Die Bauern gehen an ihre Stammtische. Und da wird das Grummeln zu einem Grollen!«

»Einer wie Mair grollte auch danach noch ziemlich laut, nehme ich an.«

»Ja, da kreist dann schnell das Wort Enteignung, und wenn es um die eigene Scholle geht, wird jeder Landwirt sehr, sehr hellhörig.«

»Aber wie willst du denn dann überhaupt einen Fuß in die Bauernhaustür kriegen?«

»Ganz ehrlich? Ich weiß es nicht. Sicher nicht mit allzu akademischem Gelaber. Sicher nicht damit, Eindruck bei besonders vielen Behördenheinis zu schinden.« Sie schüttelte fast wehmütig den Kopf. »Es ist echt nicht leicht.«

»Das hört sich für mich auch frustrierend an, ich meine, dein Job«, sagte Weinzirl.

»Ja, manchmal. Ich ziehe als Erklärbärin durch die Welt. Ich wappne mich mit Wissen und halte einen Schild aus Souveränität vor mich. Aber da bleibt die Einsicht, dass man Typen wie Mair niemals erreicht.«

Weinzirl nahm einen großen Schluck. »Ein bisschen wie bei mir. Wir sollen die Guten schützen und die Bösen finden und stochern doch im Trüben. Du desillusionierst mich: Dein Job ist also auch nix.«

Sie lachte. »Zeig mir mal einen, der rundum toll ist?«

»Boah, keine Ahnung. Bürgergeldempfänger?«

»Nö, auch nicht.«

»Es muss doch etwas geben, was Glück und Freude verbreitet«, überlegte Weinzirl. »Vielleicht Hochzeitsplanerin? Das ist doch eitel Freude in Pink.«

»Nein! Ich hatte eine, die zweimal eine neue Location finden musste. Bei der ersten ist der Inhaber verstorben, die zweite ist abgebrannt. Die dritte war dann ein Turm, der eine gewisse Feuchtigkeit in den Mauern hatte. Ich bin allergisch auf Pilzsporen, das war dann nicht so gut.« Sie lächelte. »Es hätte mir eine Lehre sein müssen, ein Omen. Wenn die Location schon zweimal wegbricht, lass es, Susa!«

»Du hast es aber getan?«

»Ja.«

»Warst also verheiratet? Wie lange?«

»Tatsächlich zehn Jahre, aber wir haben uns davon keine sieben gesehen. Ich war viel unterwegs. In Schottland, hatte ich ja erwähnt, dann länger in Norwegen. Immer beruflich. Ich muss als freiberufliche Biologin auch sehen, woher meine Aufträge kommen. Ich muss dranbleiben, mich selber verkaufen, was ich gar nicht so gerne tue.«

Weinzirl sagte nichts.

»Die letzten drei Jahre war ich hier. Es ist das Haus meiner Eltern.«

»Aber ich denke, du stammst aus dem Westallgäu?«

»Ja, ich war schon im Studium, als meine Eltern hierhergezogen sind. Mein Vater war Revierleiter beim Forst, er wurde versetzt, und er kam nach ein paar Jahren bei einem Unfall mit einem Harvester ums Leben.«

»Das tut mir sehr leid«, sagte Weinzirl.

»Meine Mutter hat das nie ganz verwunden.« Sie sah weg. Brauchte etwas Zeit. »Ja, nun. Jedenfalls habe ich dann mit meinem Ex hier im Haus gewohnt. Und da saßen wir wohl zu dicht aufeinander.«

»Was macht dein Ex?«

»Auch Biologe. Aber fest angestellt in München beim Amt für Landwirtschaft und Forsten.«

»Freigeist gegen Beamter?«

»So ähnlich.« Sie lächelte. »Du bist auch Beamter.«

»An der Stelle sagt man dann immer: aber kein typischer. In meinem Fall stimmt das sogar. Ich bin da so reingerutscht. Hatte Abi, wurde Polizist, wurde Kriminaler, wurde versetzt, bekam die Stelle von meinem Vorgänger.«

»Von Baier?«

»Genau.«

»Baier ist großartig. Er gibt mir Hoffnung, dass man auch geistig rege alt werden kann.«

»Du bist zu jung, um dir solche Gedanken zu machen«, meinte Weinzirl.

»Ich bin neunundvierzig. Die Fünfzig klopft an.«

Er hätte sie jünger geschätzt. »Sieht man nicht.« Flirtete er?

»Danke, wenn man mehr Fleisch auf den Rippen hat, dann drücken die Falten nicht so durch.«

Kokettierte sie nun?

»Ich esse zu gerne. Meine Mama hat gesagt, du kannst entweder dürr sein oder leben«, sagte sie, und Wehmut schwang mit.

»Deine Mama, ist sie auch …?«

»Verstorben. Vor einem Jahr. Sie war dement. Sie war kurz bei uns, aber das ging dann nicht mehr. Zu viele Emotionen. Zu viele Verletzungen. Sie lebte dann noch zwei Jahre in einer Pflegeeinrichtung. Ich hatte jeden Tag ein schlechtes Gewissen, dass ich es nicht geschafft habe, meine Mutter daheim zu pflegen. Ich war aber fast jeden Tag dort, sie hat mir dann immer gesagt, dass es ja schön wäre, dass ich nach Monaten auch mal auftauchen würde. Hat viel Energie gekostet.«

Weinzirl fühlte sich auf einmal schwer. Es war schwer. Er fühlte sich verpflichtet, etwas Tröstliches zu sagen. Sie schien das zu spüren.

»Du musst nichts sagen. Es war eine bittere Zeit, jetzt, wo die Anspannung gewichen ist, merke ich erst, wie sehr sie mir zugesetzt hat. Und ich weiß auch, dass man alles schafft, wenn man muss. Alles ist unmöglich, bis es dann geschafft ist.«

Er sah sie an, sie faszinierte ihn mehr und mehr. »Hattest du keine Hilfe? Geschwister? Dein Ex?«

»Mein Bruder lebt in Australien. Nördlich von Sydney, er betreibt einen Golfplatz. Weiter weg geht kaum. Und Tom, also mein Ex, war der Meinung, ihn beträfe das nicht. Hat alles auch nicht gerade zum Erhalt unserer Ehe beigetragen.«

»Manchmal ist es als Mann aber auch schwer zu verstehen, wann Frauen Hilfe annehmen wollen und wann nicht. Wann sie Nähe suchen und wann sie alles selber können.«

Weinzirl wunderte sich über sich, dass er so privat wurde. Sie sah ihn interessiert an.

»Das kann sein. Das ewige Dilemma zwischen Nähe und langer Laufleine.« Sie lächelte. »Mein Problem war, dass ich zu Beginn meiner Beziehung und auch gegenüber meiner Mutter immer ein schlechtes Gewissen hatte. Ich war wochenlang weg, habe sie allein gelassen. Dann habe ich mich eben dafür entschieden, das Reisen herunterzufahren. Auch weil Tom damals keinen Job hatte. Er hing ziemlich durch, voller Selbstzweifel. Ich habe ihm quasi seinen jetzigen Job besorgt, ich hatte die Kontakte. Er fasste dann schnell Fuß, brach auf zu neuen Taten, wurde wichtig und unabkömmlich. Mein Schmerz wegen Mama war nicht seine Baustelle. Ich war lange beschäftigt, ihn bei Laune zu halten, dann meine Mutter in den Tod zu begleiten, dass ich vergessen hatte, mich selber bei Laune zu halten.«

»Tust du es jetzt?«, fragte Weinzirl.

»Ich arbeite dran. Gehen wir rein? Es wird abends doch ganz schön frisch.«

»Gerne.«

Ihre Holzküche war mehr praktisch denn stylisch, sie holte zwei weitere Biere aus dem Kühlschrank und setzte sich auf die Anrichte. Weinzirl blieb stehen.

»Und du? Ich rede dauernd von mir.«

»Uninteressant! Ich bin nur ein Zyniker. Ein Misanthrop, hat meine Kollegin Evi gesagt. Und ich bin ein Beziehungstrottel. Ich schlage jede Frau in die Flucht.«

»Jede?«

»Mit einer hätte es klappen können. Sie ist gestorben«, sagte er und wunderte sich schon wieder. Er hatte die Geschichte von Miri in ganzer Länge und in epischer Breite nur ein Mal seiner Garmischer Kollegin Irmi erzählt, und das auch nur, weil sie damals in Lebensgefahr geschwebt hatten. Weinzirl hatte Irmi ein gutes Gefühl geben wollen, hatte Optimismus verbreitet, obgleich er sich ziemlich sicher gewesen war, dass sie sterben würden. Was sie gerade noch so hatten abwenden können. Im Normalfall sprach er nie über Miri, und wer im Bekanntenkreis von ihr wusste, vermied das Thema. Seine letzte Beziehung – oder was auch immer das gewesen war mit Kathi – war letztlich auch daran gescheitert, dass er verglichen hatte.

»Das Leben ist selten fair«, sagte sie.

»Aber manchmal eben so, wie es ist«, sagte Weinzirl.

»Das tut mir sehr leid«, sagte Susa, und sie meinte das so. Es kam aus der Tiefe und war keine Floskel. Weil sie ihre Position etwas verändert hatte, schubste sie einen Brotkorb von der Anrichte.

»Lass!«

Weinzirl bückte sich und hob ihn auf. Kam knapp vor ihr zum Stehen. Er konnte ihr in die Augen sehen, die braun waren. Es war ein Déjà-vu. Er war einst in Peiting in einer Küche gestanden, hatte einen Blumentopf aufgehoben. War in Miri versunken. Er musste gehen. Jetzt!

Sie lächelte ihn an. »Danke. Cheers!« Sie stießen nochmals

an. Ihre Flasche fand den Weg auf die Anrichte. Weinzirl stellte seine dazu.

»Susa, ich muss. Danke für das Bier.«

Sie nickte. Es war still. Sie sah ihm in die Augen, legte den Kopf ganz leicht schräg.

»Ja, also. Danke für die Ausfahrt mit den vier Musketieren.«

»Gerne. Gerne wieder, und wir können mal watten.« Sie machte keine Anstalten, aufzustehen und herunterzuhüpfen, sie saß da nur mit herunterbaumelnden Beinen.

Weinzirl machte einen Schritt auf sie zu. Hauchte ihr einen Kuss rechts und links auf die Wangen. »Ciao.«

Sie küsste ihn auch ganz federleicht. Allerdings auf den Mund. Weinzirl wich minimal zurück.

»Keine gute Idee? Sagst du das jetzt?«

»Wenn ich es sage, stimmt es, aber ich will das nicht sagen.«

»Vernunft ist wie tot, nur vorher«, sagte sie.

Weinzirl musste lachen. Lachen nahm die Romantik, aber auch die Schwere aus der Situation.

Sie legte ihre Arme um ihn und küsste ihn noch mal. Nun schon etwas deutlicher. Weinzirl umarmte zurück und fühlte ihre Kraft. Sie war kein schmales Mädchen. Nichts an ihr war schwammig, da war einfach Substanz. Sie rutschte langsam von der Anrichte, sie war auch kein kleines Mädchen, sondern nur ein paar Zentimeter kleiner als er.

»Also jetzt aber wirklich. Ciao, schön, dass du da warst. Du kannst jetzt gehen«, sagte sie lächelnd.

»Glaube ich nicht.«

»Doch!« Sie küsste ihn nochmals, diesmal aber so, dass alles in ihm bebte. Dann schob sie ihn ganz leicht weg. »Ciao, Gerhard Weinzirl. Auf bald, hoffe ich.«

»Unbedingt«, sagte er und kam sich so was von dämlich vor.

»Hast du Licht am Rad?«, fragte sie, als sie draußen standen.

»Ja. Aber drei Bier, ich sollte …«

»Solltest du nicht. Du verträgst drei Bier. Gute Fahrt.« Sie drehte sich um und verschwand.

Er trat in die Pedale, durchflog Eberfing, hielt auf Marnbach zu. Sie hatte ihn gerettet. Sie war die Klügere von ihnen beiden. Seine Frauen waren immer klüger gewesen. Gesichter huschten vorbei. Kassandra, Wilhelmine, Miri, Kathi. Er hörte Jo förmlich sagen: »Weinzirl, du Vollpfosten, du hast mit einer Verdächtigen geschlafen. Dir steht deine Libido echt immer im Weg!« Nein, er hatte nicht, aber fast. Er sank nach siebenundvierzig Minuten in Tankenrain ins Bett. Sein Herz raste. Seppi war nicht da. Würde nie mehr da sein.

FÜNF

Freitag

Er hatte schlecht geschlafen, war mehrfach aufgewacht. Er war ab fünf Uhr im Bett gesessen und hatte überlegt, joggen zu gehen. Oder einfach nur zu laufen, irgendwohin, wo er über einen Rand fallen und einfach weg sein würde. Solche Gedanken hatte er selten, und weil er sie hatte, konnte er noch weniger schlafen. Und als er in der Frühe in den Spiegel sah, war sein linkes Auge halb zugeschwollen. Irgendein Moskito, der schon früh im Jahr aktiv war, hatte ihn gestochen. Das kalte Wasser, das er sich ins Gesicht schöpfte, und ein Eisbeutel erbrachten nur ein sehr mäßiges Ergebnis.

»Du siehst ja scheiße aus«, sagte Evi dann im Büro statt einer Begrüßung.

»Danke!« Er teilte Evis Ansicht durchaus.

»Wir haben das Rad«, sagte Evi.

»Wie?«

»Wir haben das Rad gefunden. Das hätte ich dir auch gerne mitgeteilt, aber dein Handy war nicht willens, mit mir zu kommunizieren.«

Das stimmte. Er hatte auf Offline-Modus gestellt und bis gerade eben völlig vergessen, es wieder anzumachen.

»Ach je, stimmt. Es war auf leise gestellt. Sorry, aber was ist mit dem Rad?«

»Es lag in einem Waldstück an diesem Kaltenbrunner See. Mit einem Rucksack plus verwesendem Inhalt.«

»Bitte?«

»Ein Rad samt Rucksack, in dem ein Biber vor sich hin verweste. Roch nicht mehr so gut. Felix hat natürlich auch noch in einen Busch gereihert.«

»Am Fundort?«

»Bisschen nebenan. Ich geh mal davon aus, dass jemand das Rad da versteckt hat. Und den sich auflösenden Biber.«

»Der Täter?«

»Wahrscheinlich, oder? Der ersticht den Mair, rafft das Rad und den Rucksack zusammen und verschwindet eilig. Versteckt das alles und hat dabei womöglich diesen Viertelmond verloren oder übersehen. Ob der Täter den besaß oder das Ding aus dem Rucksack von Mair gefallen ist, wissen wir damit immer noch nicht. Rad, Sack und Biber werden grad untersucht.«

»Danke! Großartig, du bist die Beste.«

»Im Gegensatz zu dir. Wo warst du?«

»Ich habe auch noch recherchiert, zu FFH-Gebieten und so. Ein solches Gebiet hat den Mair sicher zusätzlich aufgeregt. Er fühlte sich enteignet, übergangen, von den Obrigkeiten überrollt.«

»Ja, aber es wird ihn kaum jemand von der Naturschutzbehörde oder vom Planungsbüro getötet haben«, sagte Evi mürrisch. Sie war verschnupft und das zu Recht.

»Hoffentlich nicht, wir haben so schon genug Verdächtige«, meinte Weinzirl.

»Die da wären? Falls du grad erreichbar bist.« Evi neigte dazu, lange beleidigt zu sein.

»Wir haben einen Toten, der ein Kotzbrocken war. Seine Schwiegertochter ist die Einzige, die das etwas gechillter sieht, auch weil der Alte so nett musiziert hat. Wir haben eine schicke Influencerin, die Leutchen den Weg zur Waffe ebnet. Dann haben wir einen schwulen, teigigen Jägersburschi, der nicht so nett ist, wie man glauben soll. Eine Masseuse für Pferderl, die Spanier und Biber mag und auch mit Vorsicht zu genießen ist. Und eine Biologin, die Evi nicht mag.«

»Weinzirl, du bist echt die Hölle.«

»Evilein, das Ganze nochmals political correct? Wir haben einen Toten, dessen Standing in der ihn umgebenden Gesellschaft nicht immer das beste war. Seine Schwiegertochter ist die Einzige, die ein ambivalenteres Bild zeichnet. Wir haben die

Leiterin einer Jagdschule, die mir als schwer fassbar erscheint. Ein Mitglied der LGBTQ-Gemeinde, das, wiewohl positiv besetzt, doch auch im Fokus sein müsste. Eine Osteopathin für Equiden, deren Engagement für spanische Streunerhunde und den Baumeister Biber diametral gegen die Tierhasser-Attitüde des Opfers läuft. Und eine Biologin, deren Wissen und Arbeit auch mit den Interessen des Opfers kollidiert. Besser?«

Evi war einmal mehr ausgeknockt.

Weinzirl grinste in sich hinein. »Evilein, wie gesagt, ich habe noch ein bisschen über FFH-Gebiete und Biber recherchiert, es ist alles furchtbar kompliziert, es touchiert so viele Interessen von ganz unterschiedlichen Gruppen. Es ist und bleibt uferlos oder ufert weiter aus.«

»Was bist du heute schlau, obwohl du so scheiße aussiehst«, maulte Evi.

»Never judge a book by its cover«, erwiderte Weinzirl.

»If you judge a book by the cover, then you judge the look by the lover«, sagte Evi. »ABC. Kam grad im Radio. Ist das ein Zufall?«

»Ich bin ein Seher«, lächelte Weinzirl. »Und ABC? Das ist doch nicht deine Musik! Synthie-Pop?«

»Nö«, sagte Evi, »aber die Jungs von ABC, Duran Duran oder a-ha sind doch sicher dein Jahrgang.«

»Na, danke!«

Wobei ja nicht allzu viel fehlte. Er war fünfundfünfzig, Morten Harket von a-ha über sechzig und galt als attraktiver denn je. Aber taufrisch war anders.

»Also was jetzt?«, fragte Evi immer noch genervt.

»Wir fahren mal wieder zur Familie Mair und fragen die, was der Alte beim geplanten FFH-Gebiet gewollt haben könnte.«

Sie fuhren, und Evi schwieg verbissen. Sie war aber auch sehr nachtragend, befand Weinzirl. Das gab ihm die Möglichkeit, über den Abend nachzudenken, was – genau genommen – gar nicht so gut war. Er hatte haarscharf die Kurve gekratzt, Jo würde sagen, er sei unprofessionell und notgeil. Drum war er ganz froh, als sie den Hof erreicht hatten. Er brauchte Ablenkung.

Nika Mair hatte das Auto gehört und kam hinter dem alten Bauernhaus hervor. Poldi war bei ihr. Er wedelte zur Begrüßung. Es gab Weinzirl wieder einen Stich. Der Hund hatte so schöne Augen. Wie Seppi, Seppis waren nur gelber gewesen.

»Hallo«, sagte sie. »Haben Sie etwas Neues?«

»Ja und nein. Sie sprachen ja auch vom FFH-Gebiet, und wir haben eine Zeugenaussage, die Ihren Schwiegervater just an diesem Gebiet gesehen hat. Bei den Baggern. Wissen Sie etwas davon, dass er dort auch wieder irgendein schräges Ding gedreht hat?«

»Nein, warum soll ich das wissen? Was wollen Sie nur dauernd?«

»Wissen, ob er am FFH-Gebiet war und da womöglich mal wieder eine kleine Sabotage plante. Zumindest mutmaßt das unsere Zeugin«, meinte Evi.

»Was für eine Zeugin?«, fragte Nika Mair.

»Eine, die ihn zweifelsfrei erkannt hat.«

»Sie reden von Leandra?«

Evi ignorierte die Frage. »Wäre das vorstellbar? Frau Mair? Ist eine Sabotage denkbar? War er dort?«

»Alle gehen da mal hin. Zum Schauen. Was da los ist. Kürzlich waren Freiwillige vom Bergwaldprojekt da. Alles Laien ohne Motorsägenschein. Die haben Fichten gefällt, mit Handsägen. Da hat sich der Schwiegervater gar nicht mehr eingekriegt: ›Lauter Weiber! Mit der Nagelfeile, tagelang hamms gesäbelt. Und fühlen sich, als würdens damit die Welt retten.‹ Das war seine Meinung, ich hab mir das auch mal angesehen. Die Baumstümpfe sehen furchtbar aus, da arbeitet der Biber ja sauberer. Also ja, er war dort. Wie viele andere auch. Leandra war dann ja auch dort, wenn sie ihn gesehen hat.«

Nika Mair hatte die Stirn gerunzelt, man sah ihr an, dass sie schlecht oder gar nicht geschlafen hatte. Ihre Augenringe waren schwarz. Womöglich lag das auch an den Magenschmerzen, wegen derer sie ja auch krankgeschrieben war. Weinzirl hätte nun erwartet, dass sie etwas ergänzen würde wie: »Leandra mochte ihn nicht, sie kann ihm doch sonst was anhängen wollen.« Aber nichts geschah.

»Nika, was wollte er am Filz? Außer mal schauen?«, fragte Weinzirl eindringlich.

Sie sah weg.

»Nika, wenn Sie etwas wissen, müssen Sie uns das sagen. Es geht um einen Mord, einen brutalen dazu! An Ihrem Schwiegervater! Wenn Sie bewusst etwas zurückhalten, machen Sie sich strafbar!«

Man spürte, dass sie mit sich rang. Dass da ein innerer Kampf tobte.

»Ich weiß nichts! Es ist, wie ich gesagt habe. Es ist auch albern, ja ...« Sie brach ab.

»Was ist albern? Wovon reden Sie?«

»Ach! Es gibt ein altes Heft, nur ein altes Heft. Suchen Sie doch endlich seinen Mörder. Mein Mann läuft herum wie ein Gespenst. Wir wollen den Schwiegervater beerdigen. Wir wollen abschließen. Trauern.«

»Nika, das verstehen wir nur zu gut. Aber Sie haben ein Heft ins Spiel gebracht. Was für ein Heft?«

»Ein Tagebuch, glaube ich. Sicher bedeutungslos. Ich hab es auch gar nicht gelesen, nur kurz reingelesen. Es war auch so eine kleine Schrift.«

»Was für ein Heft? Von wem stammt es? Nika, bitte!«

Sie sah Weinzirl an, und ihr Blick war ratlos und ganz anders als sonst, wo sie ihm doch primär souverän vorgekommen war. Sie drehte sich wortlos um und kam mit einem zerfledderten Heft zurück.

»Das hab ich gefunden. Das habe ich bei ihm gefunden, in ein Wachstuch eingeschlagen. Ich habe nach Unterlagen gesucht. Für den Bestatter, man muss ja so viel machen, wenn jemand stirbt. Und Verträge kündigen, all so was. Bleibt ja alles an mir hängen, der Hans kümmert sich nicht. Er ist wie gelähmt.«

»Und dabei haben Sie das da gefunden?«, fragte Evi nach. »Was steht drin?«

»Ich weiß es nicht. Es ist ein Tagebuch. Von einem Mädchen. Ich weiß nicht, warum er das hatte. Vielleicht von einer Verwandten? Es ist sicher bedeutungslos. Ich hätte es Ihnen gar nicht geben sollen, aber Sie sind ja so übergriffig. Sie, Sie verwirren mich.«

Wieder klang ihre Stimme anders als sonst. Es lag Schwärze darin.

»Nika, wir wollen dasselbe wie Sie. Abschließen! Dürfen wir das Heft mitnehmen?«

Sie nickte und reichte es ihm. Es war ein blaues Schulheft. Eines, wie man sie früher gehabt hatte, lange bevor Hefte bunt geworden waren, lange bevor Hefte mit Einhörnern, Lamas und Faultieren verziert waren. Ob die Kinder dann besser lernten?

»Und sonst?«, fragte Evi nochmals.

»Nichts sonst! Ich weiß nichts davon, dass er etwas am FFH-Gebiet geplant hätte. Das hätte er mir sicher auch nicht auf die Nase gebunden!«

»Und Ihrem Mann?«

»Erst recht nicht. Die beiden waren in keiner so guten Kommunikation.«

»Wo ist Ihr Mann heute?«

»Er ist mit einem Tier zum Schlachter gefahren. Er fährt bei jedem Tier mit. Bringt sie immer einzeln. Ist dabei.«

»Danke, Frau Mair, wir wissen, wie schwer das gerade alles ist«, sagte Weinzirl und merkte, dass das lahm klang.

Sie nickte nur.

»Sie war komisch, oder?«, fragte Evi, als sie zum Auto gingen.

»Ja, das kam mir auch so vor. Und warum hat sie uns dieses alte Heft gegeben? Das war fast verzweifelt, als hätte sie sich einen gewaltigen Ruck gegeben.«

»Ja, als wollte sie etwas in Bewegung bringen?«

»Los, dann mal schnell zurück. Wir lesen es. Womöglich ist das ja der Durchbruch.«

Das war ein frommer Wunsch, das spürte Weinzirl gleich, als sie dann, zurück im Büro, das abgegriffene Heft aufschlugen.

Da stand: »Dieses Buch gehört Elvira Lutz.«

Wer war Elvira Lutz? Weinzirl hatte die Befürchtung, dass sie sich auf ein Abstellgleis bewegten. Das Heft konnte ja sonst wie zu Mair gelangt sein. Gefunden, vom Flohmarkt. Eigentlich hatten sie keine Zeit für Lektüre. Evi hatte sich aber bereits hineinvertieft. Sie las und las. Sie hatte ein paar Tränen in den Augen, als sie es Weinzirl gab. Mit den Worten »Ich komm gleich wieder« verließ sie den Raum. Es war eine Flucht.

Sommer 1960
Liebes Tagebuch, die schwerste Zeit ist die Heuarbeit im Juni. Bei uns dauert sie nur 2 Wochen, bei anderen eher 3. Wir haben ja nicht so viele Wiesen. Wir haben auch nur 5 Kühe, 2 Ziegen, 5 Schafe und ein paar Hühner. Mit der Mähmaschine wird gemäht, mit dem Handrechen gerecht und aufgeladen. Ist feuchtes Wetter, machen wir die großen Haufen, die Schocher, oder kleine Häuflein, die Birling. Bruni und ich arbeiten beim Reihenziehen, die Gabel wird immer schwerer. Vater hat einen Bulldog geliehen bekommen, damit können wir die Fuder in die Scheune fahren. Das macht es leichter. Ich bin jeden Abend so müde, dass ich kaum die Hausaufgaben bewältigen kann. Und ich habe Hunger. Aber wir haben es gut einführen können, der Vater ist jetzt nach dem Gottesdienst zum Schafkopfen in die Wirtschaft. Die Buben machen Unsinn, wir Mädchen gehen nach Hause, um Stopf- oder Flickarbeiten zu erledigen.

September 1960
Liebes Tagebuch, ich bin jetzt in der 7. Klasse. Die Fächer sind Religionslehre, Deutsche Sprache und Schrift, Hei-

matkunde und Erdkunde, Geschichte und Sozialkunde, Naturkunde, Rechnen und Raumlehre, Singen, Leibeserziehung, Zeichnen und Werken, Handarbeit und Hauswirtschaft für die Mädchen. Ich freue mich auf Deutsch, da bin ich gut. Erdkunde freut mich auch, auch wenn ich in die Länder, über die wir sprechen, nie komme. Und ich habe auch Angst, dass wir kein Geld für die Hefte haben.

Liebes Tagebuch, heute war der Bier-Luggi da. Er war oben bei Bruni. Der Vater hat gesagt, sie trinkt Bier, das hilft ihr. Aber die Bruni hat geweint, und irgendwas ist umgefallen. Ich habe Bruni gefragt, was los war. Sie war ganz still. Es ist nicht gut, wenn man zu viel Bier trinkt. Frauen trinken sowieso kein Bier, und wenn der Vater zu viel Bier getrunken hat, dann wird er zuerst ganz laut, und dann wird er traurig. Ich habe beim Bittgang nach Steingaden für uns alle gebetet. Ob das hilft?

Liebes Tagebuch, wir waren auf einem Herbst-Schulausflug, das war sehr schön. Wir sind gewandert, hinauf nach Moosreiten. Auf einem Hügel hat man einen schönen Blick nach Lechbruck und bis zum Weichberg. Das Wetter war klar, wir haben auch Kienberg, Reisgang und Tannenberg gesehen. An einem Bildstöcklein der 14 Nothelfer habe ich auch kurz gebetet für die Bruni. Wir waren auf der Gemeinschaftsweide, der Matthäus hat geprahlt, dass das schönste Jungvieh ihm gehört. Und die prachtvollen Pferde auch. Aber der schönste Schumpen mit der gleichmäßigen Blesse ist unsere Zilli. Und das hat auch der Lehrer gesagt. Bald werden wir die Tiere heimholen. Der Matthäus hat sich dann an einem der Viehgatter die Hose aufgerissen, das ist nur gerecht. Ich musste die Berge erklären, das war leicht: Hochplatte, Geiselstein, Tögelberg und Säuling. Zurück im Weiler hat uns eine Bäuerin gewinkt. Sie ist die Cousine der ersten Frau, die bei der Geburt gestorben ist.

Die Bäuerin hat es auch nicht leicht. Sie muss fünf Kinder aufziehen und ist auch im Stall, Haus und auf dem Feld. Beim letzten Kind war sie lebensgefährlich krank und musste doch bald schon wieder arbeiten. Auch auf einem anderen Hof ist die Bäuerin gar nicht alt, aber mit ihren Kräften völlig fertig. Werde ich auch so ein Schicksal haben? Vielleicht will mich keiner, das wäre gar nicht so schlimm.

Oktober 1960
Liebes Tagebuch, der Vater war heute wieder sehr wütend. Nur weil das Feuer im Ofen ausgegangen ist. Aber ich sollte auch Hausaufgaben machen und Kartoffeln schälen. Weil Bruni es wieder nicht gemacht hat. Bruni macht nie, was man ihr anschafft. Bruni kann nichts dafür. Bruni ist ein Kretän, hat der Lehrer gestern gesagt. Was ist ein Kretän? Bruni ist ein armes Hascherl, hat die Bäckerin gesagt. Ich bin auch ein armes Hascherl, weil ich die ganze Arbeit machen muss. Und Hausaufgaben. Heute in Erdkunde ging es um die Meierei Europas. Das ist Dänemark. Dänemark ist die Schleuse zwischen Nord- und Ostsee und die Brücke zwischen Mittel- und Nordeuropa. Das fragt man morgen sicher ab. Es hat 4,23 Millionen Einwohner und 43.000 Quadratkilometer. Ich bring die Zahlen bestimmt durcheinander. Der Merksatz lautet: Die Dänen sind ein fleißiges Bauernvolk von beispielhaftem Gemeinschaftsgeist. Sind wir das auch? Aber das mit dem Gemeinschaftsgeist stimmt nicht. Und in Naturkunde sollten wir erklären, wie Mutters elektrisches Bügeleisen funktioniert. Das konnte ich nicht, wir haben gar keins, wir haben auch keinen Strom, und ich hab auch keine Mutter. Die Lore hat natürlich eins und wusste, dass es eine Heizplatte hat und oben und unten Isolierplatten. Sie bekam ein Fleißbild, mich haben sie ausgelacht. Aber beim Diktat hatte ich nur zwei Fehler. Suomi – das Land der Finnen.

Im Norden lebt das Volk der Lappen mit 35.000 Seelen. Da hab ich bei »Seelen« ein e vergessen. Zum Großteil sind sie noch Nomaden. Die hab ich mit zwei m geschrieben, aber ich wurde gelobt.

Liebes Tagebuch, heute waren sie wieder da. Der Hiasl, die vorwitzige Lore, der Max, die Gudrun und der Matthäus. Sie klopfen ans Fenster, glotzen rein und rennen dann weg. Bruni meint dann immer, die wollen sie abholen. Bruni versteht nicht, dass niemand sie abholen will. Es ist eine Mutprobe, bei uns zu klopfen und wegzurennen. Die Kleinen aus meiner Klasse kommen auch immer. Gestern haben sie dann auch noch mit einem Stock »Hasenhexe« in den Staub geschrieben. Bruni ist keine Hexe. Und kein Hase. Der Vater war wieder sehr wütend, es hat eine Schelln gegeben, weil ich die nicht vertrieben habe. Wie soll ich die alle vertreiben? Heute haben wir über 1918 gesprochen und warum es einen Krieg gab. Der Lehrer hat uns Bilder der Männer gezeigt. Kaiser Wilhelm, er sagte, der wäre ein unvorsichtiger Redner und Säbelrassler gewesen. Der Kaiser von Österreich uralt, der König von England hasst seinen deutschen Vetter. Und der Zar von Russland lässt sich zu stark beeinflussen. Aber wenn das so war, warum haben die Menschen nichts daraus gelernt? Und das sind große, wichtige Männer, wenn die schon nicht klüger sind? Wie soll es im Dorf besser sein? Alle gehen Bündnisse ein, und manche passen doch gar nicht zusammen. Der Max ist eigentlich ein Ruhiger, aber er macht auch mit. Ist das in der Welt draußen auch so?

Liebes Tagebuch, heute war der Bier-Luggi und auch der Sohn vom Bier-Luggi im Haus. Sie waren beide schon besoffen, als sie reinkamen. Der Vater hat mit ihnen getrunken, der Bier-Luggi war ganz rot am Schädel. Der Blitzi ist zur Bruni hoch, es gab komische Geräusche von oben. Als er runterkam, war er blass, dabei ist er doch nie blass, er sieht sonst immer aus, wie wenn er gleich platzt.

November 1960
Die Kinder waren heute auch wieder da, aber heute ist mir etwas gelungen. Ich habe der Lore eine dicke Runkelrübe an den Kopf geworfen. Die hat laut geschrien. Geschieht ihr recht! Wir bauen selber ein paar Kartoffeln an und auch Rüben. Das haben uns auch die Ostflüchtlinge gelehrt, man kann die Kühe damit füttern, das gibt ihnen zusätzliche Milchleistung.

Liebes Tagebuch, der Vater hat jetzt beschlossen, dass Bruni in der Dachkammer wohnen soll. Wegen der Leut. Damit die Kinder nicht mehr zum Fenster kommen. Aber da oben ist es im Sommer heiß und im Winter eiskalt. Wie soll man da wohnen? Er hat gesagt, ich soll ihr das Essen hochbringen, damit sie nicht in der Stube sitzt und man sie durch das Fenster sehen kann. Wir machen das jetzt so, wenn der Vater weg ist, lass ich Bruni runter. Sie hat ja so kalte Hände, ganz eiskalte Hände, ganz blau sind ihre Finger. Wir wohnen in einer Gegend, die hoch liegt, und die Alpen sind in unmittelbarer Nähe. Das Klima ist rau. 9 Monate dauert die kalte Zeit, und nur 3 Monate kann man von Sommerwetter sprechen. Da haben wir ein wenig Glück, wir haben genug Holz zum Heizen, das bekommt der Vater teils als Lohn. Wir müssen keine Wäsen stechen, wie die anderen das tun. Wir haben auch gar keinen Torfstich, was mich freut. Das wäre ja noch mehr Arbeit.

Dezember 1960
Liebes Tagebuch, der Vater hat zugestimmt, dass wir eine Gans schlachten. Unsere Mutter, an die ich mich kaum erinnern kann, hat nämlich gewusst, dass man Gänse halten soll. Die Flüchtlingsfrauen wissen so einiges. Das merkt

man erst allmählich. Auch das Essen von Obst und Früchten haben uns die Flüchtlinge gelehrt, und sie haben auch neue Maschinen mitgebracht.

April 1961
Liebes Tagebuch, ich habe länger nichts geschrieben. Heute war der Schulrat in der Oberklasse zur Visitation. Er war ganz zufrieden mit uns und unseren Lernfortschritten. Er hat gesagt, dass wir fleißig weiterlernen sollen, nur so wird man ein rechtschaffener Mensch. Wir haben gesungen und ihm ein Bild überreicht, das wir von den Weilern hier bei uns gemalt haben.
Heute bin ich einfach etwas spaziert. Auf manchen der Berglehnen wachsen jetzt Frühlingsknotenblumen, es sieht aus, als wär Schnee auf der Wiese. Im Sauwald liegt der Hof des Herrn von Hofmann. Er hat zwei neue landwirtschaftliche Studenten zur Berufspraxis. Es gibt auch landwirtschaftliche Studentinnen, die den Obstgarten und den Gemüsegarten pflegen. Herr von Hofmann ist ein Franke, und er war sogar Farmer in Südafrika. Seine Frau war geprüfte landwirtschaftliche Lehrerin, und sie hat mir kürzlich zwei Hennen geschenkt. Ich wollte das gar nicht annehmen, so schöne Hennen, und sie legen noch fleißig. Sie hat mir heute zugewinkt, als sie mich gesehen hat. In der Käserei in Holz konnte ich ein wenig Käse und Schlagrahm kaufen, Bruni liebt Schlagrahm. Sie isst sowieso alles durcheinander. Die Kinder von den Holzbauern sind sehr wortkarg und scheu. Im ersten Schuljahr haben sie fast gar nicht geredet. Inzwischen sprechen sie und strengen sich an in der Schule, denn sie haben einen wachen Verstand.

Liebes Tagebuch, die Bruni isst wirklich ganz furchtbare Dinge zusammen. Sie macht sich ein Zuckerbrot und tunkt das in Senf. Und nun wird sie immer dicker.

Liebes Tagebuch, heute ist dann auch eine Frau aus einem anderen Dorf gekommen. Die hat viele Kreuze geschlagen und mir gesagt, ich soll den Rosenkranz beten. Am besten gleich viele. Sie hatte eine Ledertasche dabei. Die Bruni hat laut geschrien. Die Frau kam mit Lappen voller Blut zurück. Sie hat mir eine Watschn gegeben, weil ich keinen Rosenkranz gebetet habe. Aber ich habe doch einen gebetet.

Mai 1961
In der Schule haben wir etwas über Demokratie gelernt. Am Beispiel von Amerika. Da gab es die Pilgerväter um 1600 in England, die es mit dem Glauben sehr genau nahmen. Sie wollten sich selbst verwalten, das wollte aber der englische König nicht, da haben sie lieber die Heimat verlassen und sind nach Holland gezogen. Dort waren sie frei, hatten aber nichts zu essen. Da sind sie mit dem Schiff Maiblume nach Amerika und bei Boston gelandet. Da war Wildnis, es gab wilde Tiere und Indianer, aber sie schlugen sich durch, und andere Schiffe kamen nach. Immer mehr Auswanderer gründeten 13 Kolonien im Osten, und weiter im Westen gründeten sich französische Kolonien, die Engländer stießen weiter in den Westen vor, es gab einen Krieg zwischen England und Frankreich in Amerika. Ist das nicht dumm? Man will ein besseres Leben als zu Hause und bekriegt sich in einem fremden Land? Und es kam ja noch schlimmer: Weil der Krieg so teuer gewesen ist, brauchte England Geld und wollte Steuern von den Kolonisten. Aber diese beharrten auf ihren Freiheitsbriefen und weigerten sich, eine Teesteuer zu zahlen. Sie überfielen ein Teeschiff, England sagte, dass die Freiheitsbriefe ungültig waren, die Kolonien sagten sich vom Mutterland los. Sie schrieben eine Unabhängigkeitserklärung, England wollte sie aber nicht ziehen lassen, es gab wieder einen Krieg. Drei Männer traten hervor, Franklin, Jefferson und Washing-

ton. Die beiden letzten waren Farmer, sie waren hartes Leben gewohnt. Sie erklärten auch Menschenrechte, das war neu. Ich habe lange nachgedacht. Ist es in Amerika besser? Haben es Mädchen da wohl leichter? Haben sie da Menschenrechte?

Juli 1961
Liebes Tagebuch, heute konnte ich mal wieder ausbüxen. Ich bin in das Moor spaziert. Es hat für mich einen Zauber, weil die Moorspirken da wachsen. Das ist eine Kiefernart, die eng verwandt ist mit der Latsche und ein Eiszeitrelikt ist. Torfmoos, Moosbeere, Rosmarinheide und Moorbirken machen das Moor so bunt, und das schöne Pfeifengras. Und da ist das Huidingerle. Die Geschichte haben sie uns, als wir klein waren, immer erzählt. Damit wir nicht allein ins Moor gingen. Wer nämlich zum Torfstechen ins Moor ging, durfte sich auf keinen Fall umsehen. Wer das dennoch tat, wurde von einem grausigen Riesen, eben dem Huidingerle, gepackt. Er zog Mann und Wagen, der hoch beladen war, mit sich ins gruselige Moor. Und weil Weibsleute besonders neugierig sind und das eben doch nicht lassen können, sich umzusehen, durften sie nicht mitkommen zur Moorarbeit. Als ob die Frauen nicht sowieso schon genug Arbeit hätten.

August 1961
Liebes Tagebuch, ich kam gestern von der Sennerei in Holz zurück, und Bruni war nicht da. Der Vater hat gesagt, Bruni ist nach Amerika gefahren. Nach Boston. Ich weiß, wo Amerika ist. Da ist ein Meer dazwischen! Der Vater hat gesagt, da sind bessere Ärzte, die der Bruni helfen. Aber mein Brunilein, das geht doch nicht, ohne sich von mir zu verabschieden? Ich kann doch ohne meine liebe Bruni nicht hier leben! Nur mit dem Vater, der ist oft böse oder betrunken. Er macht mir Angst, wenn er so viel trinkt. Die

nächste Klasse ist meine letzte, dann bin ich auch daheim. Auch wenn die Bruni nicht so viel gearbeitet hat, sie war doch eine Hilfe. Ich kann nicht allein hier sein!

Liebes Tagebuch, jetzt sind über zwei Wochen vorbei, und Bruni hat nicht geschrieben. Warum hat sie mich nicht mitgenommen? Ich kann das nicht ertragen. Und gestern war der Bier-Luggi da und hat mich so komisch angesehen. Er hat gefragt, ob mir schon Dutterln wachsen. Er riecht immer so sauer, ich hab Angst vor ihm.

Liebes Tagebuch, die Schule beginnt bald. Ich traue mich da nicht hin. Sie werden alle fragen, wo die Bruni ist. Sie reden im Dorf. Sie reden doch immer über uns. Es geht nicht anders, ich muss auch gehen. Hoffentlich kommt Bruni nicht doch zurück und findet mich dann nicht mehr. Aber der Vater sagt, sie würde in Amerika bleiben. Weil es da besser ist. Und weil sie uns schnell vergessen hat. Ich werde es morgen tun, da ist der Vater wieder am Stammtisch.

Weinzirl ließ das Heft sinken. Es gab noch viele leere Seiten. Etwas in seinem Magen rebellierte. Eine Hitzewelle durchlief ihn. Er sah zur Tür, wo Evi wieder hereinkam.

»Was hat sie getan?« Evis Stimme bebte. »Es gibt keine weiteren Einträge mehr. Hat sie sich umgebracht? O nein!«

»Es klingt so«, sagte Weinzirl leise. Mehr brachte er nicht heraus. Es war, als verweigerte sein Sprachzentrum den Dienst.

Tagebücher komprimierten das Leben. Sie filterten. Meist das Gute und das Schlechte. Was sich in die Erinnerung eingebrannt hatte, was des Aufschreibens wert war. Dazwischen hatten sicher auch viele banale Tage gelegen, Tage wie ein langer, ruhiger Fluss, aber hier stand die Tragödie zwischen den Blättern, und deren fiese Fratze grinste sie an.

»Aber Weinzirl, das hört sich doch so an, als wäre diese Bruni mehrfach vergewaltigt worden, als hätte man eine Abtreibung versucht. Ist sie daran dann gestorben? Oder getötet worden? Ihrer kleinen Schwester haben sie erzählt, sie sei in Amerika. Wie grauenvoll ist das denn?« Evi war ein kühles, beherrschtes Mädchen, aber nun war sie wirklich angefasst.

Weinzirl auch, er war keiner, der Emotionen gut ausformulieren konnte, das hier machte ihn erst recht sprachlos. Auch weil es so aus dem Nichts gekommen war.

»Weinzirl, das ist doch gar nicht so lange her, ein bisschen mehr als sechzig Jahre. Was für ein Frauenbild malt das Mädchen? Frauen werden benutzt, sind billige Arbeitskräfte. Alle Bäuerinnen sind abgewirtschaftet, ausgebrannt, sterben bei der Geburt ihrer Kinder. Weinzirl!«

»Evi, ich, ich … Ich möchte losrennen und dem Mädchen helfen. Ihr sagen, dass bessere Zeiten kommen. Sorry, ich bin gerade überfordert.«

Evi warf ihm einen Blick zu, in dem Zuneigung lag. Er war oft ein Klotz, das wusste er. Aber das hier traf auch ihn. Es war eine Betroffenheit, die sie beide nun teilten.

»Evi, wir brauchen mehr Infos zu dieser Familie Lutz. Das Heft endet im Sommer 1961, da müssen wir ansetzen. Wer war diese Elvira? Wer war Bruni? Wie hieß der Vater? Und vor allem: Warum hatte Sebi Mair dieses Buch?«

Evi nickte.

»Evi, du bist besser im Recherchieren. Kriegst du was raus über die Familie Lutz?«

»Sicher«, sagte Evi und verschwand.

Sie beide waren froh, kurz allein zu sein, allein mit ihrer Hilflosigkeit. Weinzirl las das Heft noch einmal. Eine Vergewaltigung, eine Abtreibung, ein Suizid? Zu viel für diese wenigen Seiten. Wer warst du, Elvira? Auf jeden Fall ein Mädchen, das sich ohne Rechtschreibfehler auszudrücken verstand. Baier kam ihm in den Sinn. Was er über den Niveauverfall gesagt hatte, und er gab ihm recht. Dieses Mädchen hatte eine Dorf-Volksschule durchlaufen und alles an Wissen mitbekommen, was nötig war. Und genau genommen hatte ihm noch niemand die Boston Tea Party so gut erklärt. Der Lehrer musste ein guter Mann gewesen sein, und Weinzirl erfasste eine Melancholie, die er seinem Alter als noch gar nicht angemessen empfand. Aber er war heute uralt.

Evi war nach einer halben Stunde zurück. »Es gab eine Familie Lutz. Sie lebten auf einem Einzelhof. Außerhalb des Dorfes und der Weiler. Eine Elvira Lutz ist am 25. August 1961 verstorben.«

»Es müsste dann aber ein Grab geben?«

»Genau das werden wir jetzt suchen«, sagte Evi.

Sie fuhren wieder auf die Berge zu, die näher kamen, deren Grau sich veränderte, auch weil Wolken über den Himmel zogen, die Schatten warfen. Größere, kleinere, vorwitzige und schwere. Kurzzeitig zog es sich ganz zu, aber das Blau gewann wieder die Oberhand. Sie parkten am Friedhof. Gingen durch die Reihen der Gräber, die Namen wiederholten sich. Sie entdeckten, was sie gesucht hatten. Ganz am Rande des Friedhofs gab es nur einen vermoosten Felsen, auf dem eingraviert war: »Elvira Lutz. 12.7.1947–25.8.1961«.

»Sie ist nur vierzehn Jahre alt geworden. Wie schrecklich«, sagte Evi.

»Es wundert mich, dass sie überhaupt begraben wurde. Eine Selbstmörderin«, sagte Weinzirl.

»Sie war ein Kind, womöglich gab man sich da mildtätig«, flüsterte Evi. »Wir müssen herausfinden, ob sie sich wirklich umgebracht hat. Wen fragen wir da?«

»Zeitzeugen? Evi, Elvira wäre heute Mitte siebzig, wir müssen ehemalige Schulkollegen finden, im Dorf wird ja wohl noch jemand wohnen, der sich an die Zeit damals erinnern kann.«

»Wenn sich jemand erinnern will«, stieß Evi aus.

»Ich rufe Baier an. Der kennt Gott und die Welt. Ich möchte keine allzu großen Glocken schlagen, wir schrecken womöglich jemanden auf«, sagte Weinzirl. »Drum würde ich momentan auch nicht in Dorfarchiven wühlen wollen. Es gibt sicher einen Historiker oder einen Dorfarchivar.«

»Aber dann glaubst du, das alles hat etwas mit dem Tod von Sebi Mair zu tun?«

»Sebastian Mair, ein grobschlächtiger Mann, der seinen Hund und seine Kaninchen schlecht behandelt, der zwischen Nutz- und Unnutztieren unterscheidet und selten ein gutes Wort für seinen Sohn hatte, der einzig die Schwiegertochter respektiert, schlägt ein Tagebuch in ein Wachstuch ein! Hütet es wie einen Schatz? Da muss etwas sein!«

Weinzirl wählte Baiers Nummer. Erläuterte ihm, worum es ging. Baier hatte einige Fragen. Schließlich legte Weinzirl auf. »Er überlegt. Er will sich spätestens morgen früh melden.«

»Ja, gut! Wir müssen wirklich mal Bewegung in die Sache bringen. Morgen ist schon Samstag. Und wir haben nichts!«

»Doch, ein kurzes Leben einer Elvira. Und eine geheimnisvolle Bruni.«

»Glaubst du wirklich, das bringt uns weiter?«, fragte Evi.

Er zögerte. Dann sagte er: »Ja.« Und überlegte. »Wollen wir was essen gehen? Wir waren ewig nicht mehr im Dionysos beim Toni.«

»Ja, ich rufe Jo an, wir in der alten Besetzung. Und wir reden nicht über den Fall!«, sagte Evi.

Sie saßen tatsächlich um acht beim Toni in Peißenberg, der irgendwie alterslos war. Dessen hübsche, viel jüngere Frau natürlich auch älter geworden war, aber immer noch diese angenehme Ruhe ausstrahlte. Es hockten ein paar Bekannte an den Tischen, diese Grenzregion zum Ostallgäu war auf einmal so weit weg. Und das war gut so. Weinzirl plauderte kurz mit dem ehemaligen Sparkassendirektor, der nun auch schon im Ruhestand war. Die Zeit ging dahin, und er gelobte, wieder öfter abends unter Leute zu gehen. Mit Jos Eintreten gab es erst mal ein großes Hallo, sie kannte natürlich Hinz und Kunz. Sie flog Evi um den Hals und umarmte Weinzirl.

»Alter, du siehst nicht gut aus.«
»Soll ich wieder gehen?«
»Nein, dann wirken wir jünger.« Jo zwinkerte Evi zu.
Sie aßen und lachten, sie bügelten Jos neugierige Fragen nieder, ließen sich mehr von der Kitzrettung erzählen.
»Wisst ihr, ich habe so viel in den letzten Wochen über die Natur gelernt, ich bedauere es wirklich, nicht Biologie studiert zu haben«, sagte Jo.
»Nun, der Weinzirl kennt eine Biologin. Eine ganz Adrette«, lästerte Evi.
»Weinzirl, nicht schon wieder! Wie sieht sie aus?«, fragte Jo.
»Gut«, sagte Weinzirl.
»Na ja, etwas üppig«, meinte Evi.
»Na, du bist ja auch ein Hungerhaken«, sagte Jo. »Wie heißt die?«
»Susanne Loth«, sagte Evi.
»Echt? Die hat einen Blog, der ist wirklich sehr gut. Naturzusammenhänge so erklärt, dass das nicht so akademisch klingt. Die Kitzretter-Mädels lesen das alle. Und mit der machst du rum?«
»Ich mache nicht rum! Evi ist eine Zicke. Diese Frau Loth war eine Ansprechpartnerin in unseren Ermittlungen, und wir haben gesagt: Kein Fall heute Abend!« Weinzirls Herz klopfte.
Jo sah ihn prüfend an, bestellte dann aber doch noch eine Runde Ouzo. Es wurde spät und Ouzo-reich.

SECHS

Samstag

Um kurz nach acht läutete Weinzirls Handy. Seine Zunge klebte am Gaumen. Der letzte Ouzo war schlecht gewesen. Baier war dran.

»Ich hab ein bisschen rumtelefoniert. Eure Frau ist Friderike Huber, sie war mit Bruni in der Klasse, sie stammt aus dem Dorf. Sie will mit euch reden.«

»Wo?«

»Sie würde sich mit uns im Gasthof Lechaue treffen. Ihr Mann ist recht krank, sie hat aber eine Pflegerin für ihn. Die passt derweil auf, hat sie gesagt.«

»Die Frau ist knapp achtzig und pflegt noch ihren Mann?«

»Friderike ist ein spezieller Fall. Gradheraus und glasklar im Kopf, und sie gibt ungern die Dinge aus der Hand«, sagte Baier.

»Ja, gut. Wann wollen wir uns treffen?«

»Elf Uhr fünfundvierzig in der Lechaue. Friderike legt Wert darauf, vor dreizehn Uhr mit dem Essen fertig zu sein.«

»Na dann! Ich informiere Evi.«

Sein Schädel meuterte. Er kippte eine Flasche Mineralwasser, stellte sich unter die Dusche und holte schließlich Evi ab. Die auch litt.

»Puh, mein Schädel!«

Weinzirl grinste. »Du hast einfach zu wenig Resonanzkörper, und so ein Bauernsalat saugt nix auf.«

»Du siehst auch nicht so aus, als hätte dein Moussaka viel gesaugt.«

Es war elf Uhr dreiundvierzig, als Gerhard, Evi und Baier sich am Parkplatz am Lech trafen. Dort standen schon drei Autos und ein Wohnmobil, aus dem ein Jack Russell giftig herausfuhr. Diese Wohnmobile waren eine Geißel der neuen Zeit, wenn Hunde mitreisten, war das eine Doppelgeißel.

»Der verteidigt bloß sei Revier um sei Läba!«, sagte eine Frau, die dem Terror gefolgt war.

Es gab auch Triple-Geißeln, dachte Weinzirl. Sie waren aber abgelenkt, als ein rostiger Golf, der wohl einst rot gewesen war, heranröhrte. Man hörte ihn im Leerlauf noch aufheulen, dann erstarb er. Aus der Tür erschien eine winzige Frau, allerdings war sie bemerkenswert flink und kam auf sie zu, sie zog einen Fuß fast unmerklich hinterher, war aber dennoch recht zügig unterwegs. Baier ging ihr entgegen. Reichte ihr die Hand und deutete einen Handkuss an.

»Friderike, habe die Ehre.«

»Baier, alter Charmeur. Alte Schule.« Sie wandte sich an Weinzirl und Evi. »Grüß euch. Friderike. Das ›Frau Huber‹ könnt ihr euch schenken.«

»Friderike, wir freuen uns, danke, dass Sie sich Zeit nehmen.«

»So komm ich mal raus. Los geht's.«

Sie steuerte einen Tisch ganz am Rande des Biergartens an. »So. Was trinkt ihr? Baier, bestellst du mir ein Dunkles? Ich muss mal kurz austreten.«

Sie sahen ihr nach. Was für eine Energie!

Eine Bedienung kam mit der Karte, sie bestellten schon mal die Getränke. Wenig später war Friderike zurück und orderte, als die Getränke kamen, Schälrippchen.

»Heutzutage heißt das ja Spareribs. Und ihr, ihr wollt etwas über die arme Bruni wissen?«

»War sie denn arm? Und ja, das würde uns sehr helfen.«

»Ich musste mich erst mal zurückerinnern. Und ich wollte mich gar nicht unbedingt erinnern, um ehrlich zu sein.«

Friderike nahm einen beachtlichen Schluck von ihrem Dunklen.

»Wenn ich heute sag, wir waren halt Kinder, ist das auch keine Entschuldigung. Heute, in der Rückschau, schäme ich mich.

Wir sind da hin und haben geklopft. Und die Bruni angestarrt und sind weggerannt und fanden das lustig. War es aber nicht.«

»Was war denn los mit der Bruni? War sie behindert?«

»Sie hatte eine Hasenscharte, man hat auch Wolfsrachen oder Kamelmaul dazu gesagt.«

Deshalb der Ausdruck »Hasenhexe«, dachte Weinzirl.

»Diese Begriffe fand man in Werken der frühen Humanmedizin. Weil man sich die Entstehung von kraniofazialen Fehlbildungen oder auch Spaltbildungen nicht erklären konnte, benannte man sie nach dem, woran sie optisch erinnerten: nach Tieren. Und der Ausdruck hält sich hartnäckig in der Alltagssprache«, sagte die erstaunliche Friderike.

»Du solltest womöglich sagen, dass du Ärztin bist«, meinte Baier.

»Eher war. Ich hatte eine Hausarztpraxis im Unterallgäu. Es war eine Gemeinschaftspraxis mit meinem Mann. Ich habe meinen Beruf jetzt wirklich an den Nagel gehängt. Spät genug, wir wollten unsere Patienten nicht im Stich lassen, es war kein Nachfolger in Sicht. Wir haben erst vor acht Jahren aufgehört. Am Ende haben wir doch noch wen gefunden, rabenschwarz, der Mann. Das gab einen Aufruhr.« Sie lächelte. »Ja, ich bin endlich auch mal in Rente. Sie kennen das ja mit Beruf und Berufung. Mein Vater war auch schon Arzt, drum war es auch nicht so arg, dass ich als Mädchen Ärztin werden wollte und studieren. Bevor ich nach Kempten ging, war ich im Dorf in der Schule. Wir hatten eine kleine Pension, die haben meine Oma und meine Mutter betrieben. Ich ging aufs Mädchenrealgymnasium in Kempten, weil meine Tante dort lebte. Und ja, ich habe dann Medizin studiert.«

»Und nun leben Sie wieder hier?«, fragte Weinzirl.

»Der Kurt und ich sind dann zurück in mein Elternhaus gezogen, also in die Pension. Wir mussten ziemlich viel renovieren, aber immerhin hat jedes Zimmer immer noch ein Waschbecken. Das waren andere Zeiten. Im Sommer kamen die Fremden. Drum hatte man Fremdenzimmer. Ich musste mein

Zimmer auch immer räumen und war dann den Sommer über im Souterrain untergebracht. Was gar nicht so schlecht war, ich konnte durch das Fenster ebenerdig verschwinden. Leider auch für so einen Schmarrn wie die Bruni foppen.«

Weinzirl nickte.

»Ich schweife ab, ihr wollt ja etwas über die Bruni wissen. Ich muss hinzufügen, dass sich unsere schulischen Wege recht früh getrennt haben. Weil ich ja in Kempten war.«

»Wie sah es denn in der Volksschule damals aus?«, fragte Weinzirl. »Bevor Sie nach Kempten sind?«

»Es waren immer die Klassen eins bis vier zusammen und die fünf bis acht.«

»Echt?«, fragte Evi.

»Ja, das war damals so. Wir waren so zwischen fünfunddreißig und vierzig Kinder auf diese vier Jahrgänge verteilt. Als ich eingeschult wurde, waren wir zehn Erstklässler. Abc-Schützen. Sagt man das heute noch? Schießt man aufs Abc, oder soll man es schützen?« Sie lachte. »Ich schweife schon wieder ab, aber haben Sie sich das mal überlegt? Schauen Sie mal.« Sie zog eine Kopie hervor. Es war die Kopie eines Fotos. Nicht besonders gut. »Das habe ich entdeckt. Ich glaube, das wurde mal bei einem Klassentreffen benutzt. Das waren wir eins bis vier. Die da bin ich.« Sie deutete auf ein Mädchen mit Zöpfen. »Der Babyspeck war noch nicht weg.«

Die Kinder hatten sich umgewandt und blickten in die Kamera. Der Fotograf hatte wohl hinten im Zimmer gestanden. Die Bänke standen eng, vorne gab es eine ausklappbare Tafel, deren linke Klappe ein Holzbrett mit dem Abc überdeckte. Vor dem Fenster stand eine zweite Tafel, eine, die man umdrehen konnte. Links lehnte der Lehrer an der Wand.

»Wissen Sic noch, wie der Lehrer hieß?«

»Nein, der Herr Oberlehrer. Man hatte Respekt vor ihm. Der Lehrer war eine Persönlichkeit im Dorf. Leiter des Männerchors, Vorstand im Schützenverein, Pächter der Jagd.«

»It's a man's world«, sagte Evi leise.

»Natürlich, junge Frau! Klare Rollen, klare Botschaften. Der Mann schaffte das Wirtschaftswunder, die Frau schaffte ihm den nötigen Background. Und Frauen taten gut daran, entweder hübsch zu sein oder eine tüchtige Mitgift zu haben. Gab es viele Hektar, sah man über gewisse optische Makel hinweg. Wir reden von einem Bauerndorf. Wir waren die Exoten, ich sowieso. Dass ich nach Kempten konnte, war nur möglich, weil ich die Tochter des Arztes war. Auch ein Mann mit Würde, wobei mein Vater im Krankenhaus gearbeitet hat. Lehrer, Arzt, Pfarrer, das waren die Instanzen.«

»Ist außer Ihnen noch wer auf eine höhere Schule gegangen?«

»Zwei Buben«, sagte sie. »Einer war sogar ein Bauersbub, der aber wirklich so intelligent war, dass die Familie ihn ziehen lassen musste. Er wurde später ein bekannter Physiker. Ist aber schon vor Jahren gestorben.« Sie blickte wieder auf das Foto. »Ich erkenne kaum wen, viele sind sicher auch schon gestorben. Ein paar alte Frauen sind bestimmt übrig. Komisch eigentlich, ich hatte immer das Gefühl, wir waren deutlich weniger Mädchen als Buben. Und das Bild bestätigt das auch. Viel mehr Jungs.«

»Aber warum?«

»Ich weiß es nicht, es gab eine Schulpflicht, es kann ja nicht sein, dass man die Mädchen nicht zur Schule geschickt hat. Oder gab es schon bei der Geburt weniger Mädchen? Oder was war das?«

Das »Oder« blieb in der Luft hängen.

Weinzirl betrachtete das Bild. »Aber wo ist Bruni?«

»Sie saß ganz hinten. Sie ist auf dem Bild abgeschnitten.«

Sie schwiegen, Friderike legte das Bild weg. »Wie seht ihr auf die Schulzeit?«, fragte sie nach einer Weile.

»Ganz ehrlich, an die Grundschule kann ich mich kaum erinnern«, sagte Weinzirl. »Oder nur mit Mühe, alte Klassenkameraden erkennen mich, ich sie aber nicht.«

»Spricht dafür, dass Sie in der Schule markant waren oder sich kaum verändert haben.«

»Markant trifft es! Markant ist er geblieben«, warf Evi ein.

Weinzirl versuchte auf Bruni zurückzukommen, auch er war ergriffen von einer seltsamen Schwere, wieder von einer eigenartigen Melancholie.

»Sie sind in jedem Fall, was diese Fehlbildung betrifft, vom Fach?«, setzte er neu an.

»Ja, und heute reden wir von der Lippen-Kiefer-Gaumenspalte. Aber die abwertende Hasenscharte gibt es bis heute, und damals, als wir klein und unbedacht waren, da dachte man beim Hasen an ein instinktgeleitetes Fluchttier. Das sahen wir in Bruni. Heute würde ich sagen, dass Bruni durch die Diffamierungen gelitten hat, und ich denke auch, dass sie eine Lernverzögerung hatte, dass sie eine Art Autistin war. Es ist auch erwiesen, dass Kinder mit einer isolierten Gaumenspalte im weiteren Leben häufiger als andere an einer Reihe von Erkrankungen leiden. Heute ist das operabel, damals war es eben ein Hasenmaul. Wie gesagt. Ich schäme mich, wir wussten es nicht besser, und auch die Erwachsenen haben mit hineingestiert. Warum interessiert euch das?«

»Wir haben ein Tagebuch der Schwester von Bruni gefunden, von Elvira«, sagte Weinzirl.

»Elvira, ach ja. Die Kleine, so eine Hübsche. Beide Mädchen waren bildhübsch. Hatten sie von der Mutter, die ist aber gestorben, als Elvira noch klein war. Auf jeden Fall war sie noch nicht in der Schule, glaube ich. Das ist alles sehr lange her.«

»Friderike, uns interessiert der Sommer 1961.«

»Da war ich«, sie rechnete kurz, »sechzehn. Bruni auch. Wie gesagt. Ich war ja schon in Kempten, aber an den Wochenenden und in den Ferien daheim. Ich glaube, Bruni hat die acht Schuljahre beendet. 58/59 müsste ihr letztes Schuljahr gewesen sein.«

»Was hat sie dann gemacht?«

»Sie wird zu Hause geholfen haben. Es war ja kaum zu erwarten, dass man für sie einen Mann würde finden können. Und dann war sie irgendwann mal einfach weg. Es wurde geredet im Dorf. Man hat gesagt, sie wäre nach Amerika. Das war sehr merkwürdig damals.«

»Friderike, die kleine Schwester schreibt in dem Tagebuch auch, man habe ihr gesagt, Bruni sei nach Amerika.«

»Das ist doch Quatsch!«

»Und Elvira starb 1961 mit gerade mal vierzehn Jahren?«

»Ja, das stimmt.«

»Warum starb sie?«

Sie nahm wieder einen großen Schluck.

»Als Baier gestern anrief«, sie warf ihm einen warmen Blick zu, »habe ich wirklich erst mal nachdenken müssen. Die Elvira, ach ja.«

Sie warteten.

»Elvira hat sich in der Tenne aufgeknüpft. Furchtbar, oder? So ein junges Ding. Sie war hübsch, auch intelligent, gut in der Schule. Sie müsste in der siebten Klasse gewesen sein. Es war ein Trauma im Dorf. Man fragte aber nur hinter vorgehaltener Hand nach dem Warum.«

»Gab es eine Antwort?«

»Wir reden von einem Dorf! Natürlich wurde gemunkelt, dass über der ganzen Familie der Irrsinn liegt. Das Kranke. Die Frau früh gestorben, die Bruni behindert.«

Die Schwere nahm noch mehr Raum ein.

»Sie scheint den Weggang der Schwester nicht verkraftet zu haben«, sagte Evi. »Sie hat sich deshalb umgebracht. Zumindest lesen wir das heraus.«

»Das arme Ding. Das kann schon sein. Elvira war die Frau im Haus, Bruni war nur sehr bedingt als Arbeitskraft zu gebrauchen.«

»Ein kleines Mädchen! Auf ihr lastete alles! Wie war denn der Vater, hätte der ihr nicht helfen müssen?«, stieß Evi aus.

»Martin Lutz, nun ja. Als Kinder fanden wir ihn unheimlich. Er hatte so kohlschwarze Augen. Und ganz schwarze Haare. Und er war immer dunkel gekleidet, und wenn er einem in der Dämmerung mit der Karre entgegenkam, mit Holz beladen, wie ein Teufel erschien er uns. Er war Holzer, bisschen ungeschlacht, aber ich glaube, er war nicht böse.«

»War er gewalttätig gegen die Mädchen?«, fragte Evi.

»Nein, ich glaube – aber auch das ist eine Betrachtung aus der Rückschau –, er war überfordert mit den Mädchen. Zwei Bixn, er hätte sicher noch einen Sohn gewollt, und da stirbt ihm die Frau weg. Er konnte nichts mit ihnen anfangen, Männer konnten in der Nachkriegszeit mit Kindern generell nichts anfangen. Kinder liefen so mit. Arbeiteten mit. Und dann straft ihn das Schicksal mit zwei Weibern, und eines ist auch noch ein Hasenkind, das sich merkwürdig verhält. Diese ganze Familie lebte abseits vom Dorf, auch in keinem der Weiler. Sie waren wirklich allein.« Sie stutzte. »Und wieder ändern die Zeiten alles. Heute ist das eine Alleinlage-Immobilie, nachgefragt und selten. Damals war es ein Kleinhäusler-Anwesen, im Winter kaum erreichbar. Ach, da hab ich noch was.«

Sie zog ein paar Blätter hervor. »Ein Aufsatz, den ich in der vierten Klasse geschrieben habe. Über das Dorf. Da können Sie auch schon ablesen, warum ich Ärztin wurde.«

Weinzirl nahm die Blätter und war gefangen. Er überflog die drei Seiten.

Der Bauer ist sehr abgehärtet, er ist es gewohnt, im eisigen Wind und Schnee auf dem Felde zu sein … Das Vieh hat unter der Klauenseuche sehr gelitten, und mancher Hof musste mehr als die Hälfte des Viehs einbüßen … Oft bleibt den Frauen die Feldarbeit alleine, weil die Männer als Holzfäller und Säger nebenbei ihr Brot verdienen müssen. Dann kommt noch die Hauswirtschaft dazu. So kann man es verstehen, dass die Bäuerin mit 35 Jahren schon ziemlich abgewirtschaftet ist. Sie braucht jeden Handgriff ihrer Kinder, und die Kinder haben wenig Zeit zum Lernen … Jeder Hof hat 1–2 Schweine, ein- bis zweimal im Jahr wird geschlachtet, doch das Fleisch wird nur sparsam verwendet. Am Sonntag in der Ernte und bei der schweren

Holzarbeit der Männer im Winter gibt es Fleisch, sonst meist nur die bekannte Allgäuer Mehlkost. Da die Bauern meist nur Fett, Mehl und Milch genießen, ist ihr Gesundheitszustand kein guter. Die Knochen zeigen vielfach Verunstaltungen, die Zähne gehen bald verloren. Schilddrüsenerkrankungen zeigen sich. Von den Ostflüchtlingen lernten sie den Mehrverbrauch an Obst und Gemüse in der Nahrung, und da auch unsere Geschäfte Südfrüchte anbieten, machen die Bauern davon Gebrauch.

Evi las auch, sie waren beide verblüfft. Evi brachte es auf den Punkt: »Das sind drei ganze Seiten! Da sind nur drei Rechtschreibfehler angestrichen, und eine Kommasetzung fehlt. Die Schrift ist wie gestochen, das ist ja Wahnsinn. Und auch Elvira hat in ihrem Tagebuch keine Fehler gemacht.«

»Andere Zeiten, meine Liebe.«

»Das würde ein heutiger Viertklässler doch nie schaffen. Auch diese Wortwahl nicht!«

Friderike nickte. »Das ist wohl so. Ich weiß gar nicht, wann die Volksschule so entwertet wurde. Damals wurde profundes Wissen vermittelt. Jedes Kind konnte gut schreiben und auch formulieren. Jedes Kind wusste etwas über Geschichte und Erdkunde. Man konnte eine Lehre antreten.«

Baier nickte. Weinzirl sah ihn an. Das waren fast seine Worte gewesen, als er von der Jagd auf die Welt geschlossen hatte und umgekehrt.

»Ich finde auch interessant, dass sowohl Sie als auch Elvira die Ostflüchtlinge hervorheben«, sagte Evi.

»Natürlich, das war ein Segen! Nicht unbedingt zu Beginn, als es Einquartierungen gab. Aber Ende der fünfziger Jahre hatten sich diese Menschen Eigentum geschaffen, und sie hatten Ideen. Überlegen Sie, die kamen teils aus riesigen Gütern in Ostpreußen, da hatte es Maschinen gegeben und Wissen um die Landwirtschaft. Da lagen Welten dazwischen. Hier war bitterarmes Leben im Schatten hoher Berge. Und genetisch hat es dem Allgäu auch gutgetan«, sagte sie und zwinkerte Baier zu.

»Meine Oma war auch aus Ostpreußen«, sagte Weinzirl.

»Sehen Sie, ist was aus Ihnen geworden.« Sie winkte der Bedienung und orderte ein neues Dunkles.

»Und überall in dem, was Sie und Elvira geschrieben haben, ist das Los der Frauen in so wenigen Sätzen ...« Evi brach ab.

»Ich weiß, was Sie meinen. Gute sechzig Jahre ist das her, Frauen waren zum Gebären und Arbeiten da. Sie alterten alle vor der Zeit. Dazu das Elend dieser Hausgeburten, wo irgendeine Verwandte oder eine Gesundbeterin dabei war. Es war bitter für Frauen, außer in Familien wie unserer, wobei auch meine Großmutter und meine Mutter schwer geschuftet haben. Aber ich durfte etwas lernen, das war schon viel.«

»Aber 1960, war da nicht auch so viel Aufbruch?«, fragte Evi.

»In den Städten vielleicht. Kriegsmänner und Nachkriegsmänner brauchten eine Frau, die ihnen ihr Zuhause hübsch machte, die herzeigbar war und Buben gebar. Und wenn wir ehrlich sind: Das gibt es bis heute. Ich kenne aus meiner ärztlichen Praxis genug Familien, da kamen drei Mädchen, und er wollte unbedingt noch einen Bua. Das vierte Kind war wieder ein Mädchen. Ich habe solchen Frauen heimlich die Pille verschrieben oder auch mal zu einer Total-OP verholfen. Sie müssen da gar nicht bis in die Sechziger zurückgehen.«

»Apropos«, sagte Weinzirl. »Gab es in der Familie Lutz keine Verwandten, Tanten oder so?«

»Nein, Martin Lutz' beide Brüder sind gefallen, und seine Frau war ein Flüchtlingsmädchen, das ihrerseits auch nur mit entfernten Verwandten als lästiges, elternloses Anhängsel aus Ostpreußen mitgeschleppt worden war. Wenn ich das jetzt richtig erinnere.«

Ihr Bier kam, sie nahm wieder einen Schluck.

»Erinnern Sie sich auch an den Bier-Luggi?«

»Bei Gott! Ein ganz unangenehmer Mensch. Großbauer, der

zudem Bier ausfuhr. Er hatte einen Pritschenwagen, einen Opel Blitz. Damals war der Karren für uns Kinder ziemlich beeindruckend.«

Blitz? Blitzi? Weinzirl schwante etwas.

»Wie hieß der Mann denn mit vollem Namen?«

»Ludwig Mair.«

Evi zuckte regelrecht zusammen. »Und der hatte einen Sohn?«

»Ja, einen Sohn namens Sebastian. Bei uns Kindern war das der Blitzi. Kam der nicht gerade ums Leben? Geht es darum?«

»Das besagte Tagebuch haben wir bei ihm gefunden«, sagte Evi und ignorierte ihre Frage.

Friderike nahm wieder einen Schluck, sah zum Lech hinüber. »O weh, der Blitzi hat damals die Elvira gefunden. Sie runtergeholt. Hat er dabei womöglich das Buch genommen, das sie bei sich getragen hat? Und das hatte er bis heute?« Sie kramte in ihrer Jutetasche. »Ich war mir noch nicht ganz sicher, was Sie von mir wollen. Aber ich habe noch zwei alte Fotos gefunden. Wenn Sie sich für den Blitzi interessieren.«

»Tun wir.«

Es lag Anspannung über der Gruppe, aber sie wollten Friderike nicht drängen.

»Es muss ein ganzes Album geben, das muss ich raussuchen, da sind mehr Bilder aus der Schulzeit drin. Falls Ihnen das was nutzen würde?«

»In jedem Fall!«

»Ich suche mal am Speicher. Oder im Keller. Diese hier steckten in einem alten Schulatlas.« Sie legte die beiden Schwarz-Weiß-Bilder auf den Tisch, die einen gewellten weißen Rand besaßen. Auf einem sah man den Opel Blitz, auf der Ladefläche stand ein Junge, der die Arme in die Seiten gestemmt hatte. Er war blond und kräftig.

»Das ist der Blitzi«, sagte die alte Dame.

Sie hatten den Mann nur mit Stichverletzungen vor Augen, sie hatten aber Bilder von ihm gesehen, und ja: Man erkannte ihn auf dem Jugendfoto.

Das zweite Bild war ein Foto von ein paar Mädchen in Trachtenkleidern.

»Das waren Mädels aus meiner ehemaligen Klasse, ich war da schon in Kempten. Es war irgendein Trachtenfest. Ich glaube, ich war da etwa vierzehn. Die Winzige links bin ich, die ganz rechts ist die Bruni.«

Weinzirl reichte das Foto Baier, der es Evi gab.

»Das ist Bruni?«, flüsterte Evi.

»Ja.«

»Aber sie war wirklich wunderschön! Bis auf die Hasenscharte.«

Auch Weinzirl war angefasst. Das Mädchen hatte lange Zöpfe, die sehr dick waren, sie musste Locken gehabt haben. Sie hatte eine weibliche Figur und war ungewöhnlich groß gewachsen. Nur ihr Gesicht war durch eine Hasenscharte entstellt. Und wenn man sich diese wegdachte, dann sah sie aus wie Nika Mair, wie Nika Mair mit vierzehn womöglich ausgesehen hatte.

»Sie, sie …« Evi brach ab.

»Was trifft Sie so?«, fragte Friderike.

»Sie ähnelt der Schwiegertochter von Blitzi auffällig. Und diese Schwiegertochter scheint die Einzige zu sein, die ihn zumindest etwas mochte. Und Sebastian Mair, der uns sonst als Kotzbrocken dargestellt wurde, der schien mit ihr auch vorsichtiger umgegangen zu sein«, sagte Weinzirl leise.

»Das würde bedeuten, er hat Abbitte geleistet, Buße getan?«, fragte Baier ebenso leise.

Weinzirl gab sich einen Ruck. »Ich vertraue auf Ihrer beider Schweigen. Wir lesen aus dem Buch heraus, dass die beiden Mair-Männer Bruni missbraucht haben. Und mehr noch: Der Vater der Mädchen scheint zumindest weggesehen zu haben.«

»Das sind schwere Vorwürfe«, sagte Friderike leise.

»Ja, aber es scheint so gewesen zu sein. Bruni wurde schwanger, es wurde eine Abtreibung versucht. Dann war sie weg. Verblutet oder ermordet?« Evi tat sich schwer, so kühl zu formulieren, aber sie musste das Grauen von sich weghalten.

Das spürte Weinzirl und legte nach: »Was wurde denn eigentlich aus Vater Lutz?«

»Er verschwand auch. Er hat sein Haus der Gemeinde vermacht. Dieses damals wertlose Häusl. Ich glaube mich zu erinnern, dass es hieß, er sei zu Bruni nach Amerika. Andere erzählten, er sei zur See gefahren.«

»Und er ist nie mehr gesehen worden?«, fragte Evi ungläubig.

»Meines Wissens nicht. Da müssten Sie wohl mal das Gemeindearchiv befragen, es ist wirklich sehr lange her.«

»Und wenn er sich auch umgebracht hat? Mit der Schuld nicht leben konnte?«, fragte Evi.

»Dann wurde zumindest nie eine Leiche gefunden«, sagte Friderike. »Worum geht es Ihnen eigentlich genau?«

»Primär darum, den Tod von Sebi Mair aufzuklären. Hatten Sie mit ihm Kontakt, seit Sie wieder hier leben?«

»Hie und da. Man nennt das Small Talk. Wir hatten wenig Berührungspunkte. Ich habe ihn mal beim Einkaufen getroffen, ein-, zweimal beim Essen beim Moser in der Wies. Und Sie glauben jetzt, sein Tod heute hat etwas mit Bruni und Elvira von damals zu tun?«

»Wir suchen Motive. Wir suchen in der Gegenwart und in der Vergangenheit. In der Gegenwart hatte er einige Menschen, die ihn nicht gerade geliebt haben.«

»Er war eigen. Auch stolz. Konnte er ja auch. Er hat einen großen Betrieb geschaffen. Er war als Dirigent sehr anerkannt. Ein Patriarch halt.«

»Haben Sie sonst noch etwas mitbekommen? So von den Dorftrommeln?«, fragte Weinzirl.

»Man hört es leise trommeln, dass er auf einem Kreuzzug gegen die Biber war«, sagte sie lächelnd.

»Hört man?«

»Wir sind am Land. Da hört man immer was. Stille Post. Nach jedem Weitererzählen wird die Geschichte kruder. Ich kann nicht beurteilen, ob das stimmt mit seinem Biberhass. Wenn man nach so langer Zeit zurückkommt in seine Heimatregion, ist vieles neu. Es gibt neue Themen, neue Verbündete. Nur die Berge stehen immer noch da, wo sie hingehören.«

Das nahm Weinzirl eben auch für die Berge ein. Und für Friderike. Sie war so schnörkellos.

Sie schwiegen alle eine Weile.

»Dürfen wir das Foto mitnehmen?«, fragte Weinzirl schließlich.

»Gerne.«

Es war zwölf Uhr zweiundfünfzig, als sie sich alle am Parkplatz verabschiedeten. »Ich suche das Fotoalbum und krame auch sonst noch in der Erinnerung. Baier, habe die Ehre! Hat mich gefreut, Frau Straßgütl, Herr Weinzirl.«

»Uns auch. Vielen Dank fur Ihre Zeit.«

»Nun, die Zeit, die mir noch bleibt, die nutze ich gerne mit guten Anregungen. Das war eine Anregung, wenn auch ein Flashback, über den ich heute noch nachdenken will.« Sie lächelte.

Dann setzte sie sich in ihren Golf. Der röhrte irgendwie im Leerlauf, dann hüpfte er rückwärts, brüllte im ersten Gang, bis sie doch mal schaltete.

»Automatik wäre da nicht schlecht«, sagte Weinzirl mit einem Lächeln.

»Stimmt, sie ist begütert, sie könnte sich ein anderes Auto leisten, aber sie hasst Verschwendung. Ich glaube allerdings, sie haben noch ein Auto, das neuzeitlicher ist«, sagte Baier. »Tolle Frau. Und nun, Sie beide?«

»Wir fahren nochmals zu Nika Mair. Ich bin mir jetzt sicher, dass sie mehr weiß.«

»Tun Sie das. Wühlen Sie im Misthaufen. Es gibt Tage, da bin ich so was von froh, das nicht mehr zu müssen«, sagte Baier. »Heute ist so einer. Machen Sie es gut.«

Auch er stieg in sein Auto, auch ihm sahen sie nach.

»Pack mers«, sagte Weinzirl nur. Das war viel gewesen! Viel für Hirn und Herz.

Als sie auf den Hof fuhren, kam ihnen Poldi entgegen und wedelte kräftig.

»Poldi, altes Haus.« Weinzirl streichelte seinen Kopf.

Ein Pfiff erschallte, Poldi sauste los, und da tauchte auch schon Nika Mair auf. Sie trug ein Sommerkleid mit einer Strickjacke darüber. Hätte Bruni später so ausgesehen?

»Wird das jetzt zur Gewohnheit, dass Sie hier auftauchen? Sie haben doch wieder nichts Neues!«

»Doch!« Weinzirl reichte ihr das Foto.

Und sie war konsterniert, fast erschrocken, sie gab das Foto zurück, fast als könnte sie sich daran verbrennen.

»Das ist Bruni. Elviras Schwester. Die Bruni aus dem Tagebuch. Das Ihr Schwiegervater besaß! Frau Mair! Nika! Sie haben das Heft gelesen.«

Weinzirl hoffte, dass diese Überfalltaktik fruchten würde. Aber sie schwieg.

»Sie haben mehr gelesen, als Sie zugeben. Sie haben Schlüsse gezogen! Sie sind doch nicht dämlich! Reden Sie endlich mit uns!«

»Diese Bruni, sie …« Nika Mair war erschüttert.

»Ja, sie ähnelt Ihnen. Vielleicht ist das ein Grund, weswegen Ihr Schwiegervater mit Ihnen gnädiger war. Zumindest einer der Gründe.«

Sie atmete tief durch. »Ja, ich hab das überflogen und nicht verstanden.«

»Was gab es da nicht zu verstehen?«, fragte Evi. »Es geht um Vergewaltigung und einen Suizid.«

»Das weiß man doch nicht! Wir kennen diese Elvira überhaupt nicht!«

»Die werden Sie auch nicht mehr kennenlernen, weil sie sich umgebracht hat. Nicht lange nach dem letzten Tagebucheintrag. Es gibt eine Grabstätte.«

»Aber …«

»Nichts aber, Elvira hat sich aufgeknüpft. Wir nehmen an, weil sie ohne Bruni nicht weitermachen wollte. Und Ihr Schwiegervater ist in fataler Weise irgendwie damit verbunden. Ich kann Sie auch vorladen lassen«, polterte Weinzirl.

»Ich, ach! Es tut mir leid. Der Schwiegervater war das ganze letzte Jahr oder auch schon ein bisschen länger seltsam rastlos. Er verschwand immer öfter mit dem Rad. Ich dachte, um auf die Jagd zu gehen oder um Biber zu töten. Aber er war auch am helllichten Tag unterwegs.«

»Ja und?«

»Ich habe festgestellt, dass er öfter mal ins Filz ging. Ich dachte am Anfang wirklich, er würde wieder Attentate gegen Biber planen. Oder ein paar Rehe meucheln, auch außerhalb der Schonzeit. Ich bin ihm ein paarmal gefolgt. Ich habe mir irgendwie Sorgen gemacht. Er ist immer an dieselbe Stelle gegangen, die ziemlich unzugänglich war. Er ist dagestanden, fast als würde er beten. Nach geraumer Zeit ist er einfach wieder weggegangen.«

»Und was war da zu sehen?«, fragte Evi.

»Nichts«, sagte sie.

»Nichts?«

»Nichts, ein paar niedere Spirken, Heidekraut, Rauschbeere. Was eben so wächst im Filz. Aber …«

»Aber was?«

»Mit der Planung für das FFH-Gebiet kommen da bestimmt viele Leute, die Bagger stehen wirklich ganz in der Nähe.«

Weinzirl konnte ihre Gedanken lesen, und es lag doch auch auf der Hand. »Nika, Sie glauben, da liegt ein Grab, oder? Das von Bruni? Das glauben Sie doch!« Er sah sie durchdringend an.

»Nein.« Sie schluckte. »Ja, leider ja! Es ist unwahrscheinlich, oder? Ich dachte früher immer, er hätte da einen Hund begraben. Es gab vor Poldi auch immer Hunde, und er hatte einen Rauhaardackel namens Maxi, den er sehr mochte. Mehr als meinen Mann. Der hat das jedenfalls so gesagt. ›Den Maxi hat er geliebt. Mich nur geduldet.‹ Ich dachte, er konnte das nach außen nicht zugeben, dass ein Tier ihm so wichtig war. Und er hat ihn deshalb weiter weg vergraben und ging all die Jahre hin. Ja, das klingt doch logisch«, sagte sie mehr zu sich selber. »Der Gedanke, dass da ein anderes Grab sein könnte, also das eines Menschen, kam mir wirklich erst, als ich das Buch gefunden hatte.«

»Nika! Nehmen wir mal an, da läge Maxi und es kämen nun Bagger, die ihn ausgraben. Wäre das einem Sebastian Mair so nahegegangen, dass er die Grabschändung eines Hundes hätte vermeiden wollen? Das ist doch Bullshit! Wenn es aber das Grab von Bruni ist, dann sieht es anders aus. Was, wenn Menschenknochen gefunden würden? Und Moorleichen konservieren sich sehr gut. Darum geht es doch! Davor hatte er Angst!«

»Aber ...«

»Was aber?«

»Aber was hat das mit seinem Tod zu tun?«

Das hätte Weinzirl auch gerne gewusst. Er mahnte sich zur Ruhe, eins nach dem anderen abzuarbeiten. Dabei bebte er innerlich. Seine Ex, Kathi, hätte jetzt gesagt: »Was ist das für ein Scheiß?« Was würde Susa sagen, und warum huschte diese Frau durch seine Gedanken?

»Finden Sie diese Stelle wieder?«, fragte Evi.

Nika nickte.

»Dann fahren wir da jetzt hin!«

»Ich muss aber zur Melkzeit wieder da sein!«

»Wo ist Ihr Mann?«, fragte Evi.

»Er ist nach München und hilft unserem Sohn. Der ist umgezogen, braucht Hilfe in der neuen Wohnung. Er wollte zwar auch bis zum Melken zurück sein, aber der Verkehr, man weiß ja nie.«

»Ihr Mann scheint selten da zu sein, wenn wir vor Ort sind«, sagte Evi.

»Sie kommen ja auch wie das Gewitter! Melden Sie sich halt an, dann wird er schon da sein.«

»Haben Sie ihm eigentlich von Ihrem Fund erzählt?«, fragte Evi.

»Nein, er hat genug Kummer. Er hatte ein schwieriges Verhältnis zu seinem Vater, sie haben zu wenig geredet, und genau das spürt er jetzt. Es ist zu spät. Er läuft rum wie ein Zombie. Warum sollte ich ihn noch zusätzlich belasten mit etwas, das womöglich gar keine Bedeutung hat?«

Keine Bedeutung? Weinzirl ließ das mal so stehen. Und sie schien ihren Mann wirklich sehr zu lieben.

»Fahren wir«, meinte Weinzirl nur und warf Evi einen strafenden Blick zu. Und genau genommen verstand er Hansi Mair auch. Flucht und Verdrängen halfen eben doch, aber das war wohl die männliche Sichtweise. Frauen sprangen ja gerne mitten hinein in die Suhle des Schmerzes. »Sie können mit uns kommen, wir bringen Sie rechtzeitig zurück.«

Nika nickte und wedelte dann mit der Hand in Richtung des Hundes. »Poldi, du bleibst hier. Mach Platz.«

Der Hund trollte sich auf eine Decke unter der Gartenbank, ein artiger Kerl, dessen Augen tiefer waren als das Moor und trauriger als ein Nebeltag.

Nika gab knappe Befehle – links, rechts, da in den Feldweg. Sie endeten mehr oder minder auf einer Wiese, wo in der Tat zwei Bagger standen.

»Wir müssen da in den Wald rein«, sagte sie nur und ging voran.

Das Gras hier war noch nicht gemäht, sicher eine Fläche, die erst ab dem 1. September gemäht werden durfte. Eine der Strah-, Sträh- oder Streuwiesen, deren Erhalt eben nur durch Menschenhand zu bewerkstelligen war. Wo man eben auch nur händisch oder maximal mit dem Balkenmäher arbeiten konnte. Gebirgspflanzen wie der Enzian oder die Mehlprimel hatten hier eine neue Heimat gefunden, sie kamen gut mit der Sauerstoffarmut und der Kälte der Böden zurecht. Nika bog ein paar Zweige zur Seite, stapfte wortlos weiter. Der Boden wurde nasser, es gab einen Pfad durch die Bulten und Schlenken, und schließlich blieb sie stehen.

»Da!« Wie sie angekündigt hatte, war da eigentlich nichts, moorige Natur eben. »Wenn es ein Grab gibt, dann muss es etwa da sein, neben der Spirke.«

»Von der Spirke hat Elvira auch geschrieben«, sagte Evi leise.

»Eine Kiefernart, recht selten, die nächsten gibt's erst wieder im Klausenwald bei Reutte. Eine der Leitarten für das Moor, drum sollen die Fichten auch raus.«

»Okay«, sagte Weinzirl. »Wir brauchen hier Fachleute. Evi, fahr du doch bitte Frau Mair zurück, ich bleibe hier. Schick die Koordinaten an die Kollegen, damit sie absperren. Danke. Ich mach den Kriminaltechnikern Beine.«

»Wollen Sie hier jetzt wirklich aufgraben?«, fragte Nika.

Wollte er? Eigentlich nicht, ihm graute vor dem Fund. Und womöglich kam nur Maxi raus – oder gar nichts?

Er blieb ihr die Antwort schuldig. Evi verzog das Gesicht, sie schien nicht begeistert zu sein, trollte sich aber. Nika Mair wirkte sehr verunsichert, Weinzirl nickte ihr kurz zu. Die beiden Frauen verschwanden. Er sah ihnen nach. Die kleine, zarte Evi, die deutlich größere, sportlich wirkende Nika.

Er zückte sein Handy und forderte die Kriminaltechniker und Kriminaltechnikerinnen an. Die leicht unflätigen Kommentare bezüglich Samstag und Wochenende und darüber, schon wieder in die Einöde fahren zu müssen, ignorierte er. Er schätzte die Kollegen des kriminaltechnischen Instituts im BLKA sehr, sie waren wirklich großartig und malten anders als in TV-Krimis auch keine Umrisse bereits abgeholter Leichen mit Kreide auf den Boden. Dadurch würden ja Spuren vernichtet.

Weinzirl setzte sich auf eine der Bulten. Und du, Bruni? Bist du wirklich hier? Er blickte über diese Welt, die gerade erst begonnen hatte, ihr Sommerkleid überzustülpen. Die Blätter an den Birken waren hellgrün, die Erikapflanzen wirkten wie poliert, und die Rauschbeere blühte. Als Junge hatte er mal eine Handvoll gegessen, und es war ihm schlecht und schwindelig geworden. Als rauschhaft hätte er den Zustand nicht beschrieben, eher als erbärmlich. Er hatte sich die Seele aus dem Leib gekotzt. Ein Schatten huschte über die Vegetation, ein roter Milan segelte über ihm.

»Alter, ich bin zu schwer für dich. Nicht dein Beuteschema.« Und Aas war er auch keins, warum dachte er so morbid? Wurde er jetzt doch alt?

Nach fünfunddreißig Minuten war Evi zurück, kurz danach tauchten Kollegen aus Schongau auf, die auch etwas verblüfft waren, dass sie nun neugierige Wanderer und Mountainbiker abhalten sollten. Hier war doch nichts!

Es war vier, als die Fachleute vor Ort waren, ein neuer Kollege schüttelte Weinzirl die Hand. Er hörte sich interessiert an, fragte, wonach er zu suchen hätte. Runzelte die Stirn.

»Wollen Sie Mumia gewinnen?«

»Wen?«

»Nun, zahlreiche Moorleichen fanden ihren Weg in die Apotheken, Herr Weinzirl. Mumienpulver sollte gegen so gut wie jede Krankheit helfen. Auch als Aphrodisiakum geschätzt. In der Malerei als Mumienbraun. Wir suchen doch eine Mumie, oder?«

Evi starrte den Mann an, Weinzirl riss sich am Riemen. »Zumindest einen Leichnam, der aber auch ein Hund sein könnte.«

»Bitte, ich soll eine mumifizierte Hundeleiche bergen?«

»Kann man aus der kein Mumia gewinnen?«, grinste Weinzirl.

»Nein, nur aus Menschen. Treten Sie zurück. Aus dem Weg«, verscheuchte er Evi und Weinzirl.

Die hockten sich an den Rand des Geschehens und warteten. Weinzirl hatte öfter das Gefühl, Polizeiarbeit bestünde zum größten Teil aus Warten. Gut, dass er eher ein Stoiker war. Drum hätte eine hyperaktive Ungeduldsliese wie Jo eben auch nie Polizistin werden können. Kathi, die auch eine Ausgeburt von Ungeduld war, hatte den Beruf allerdings gewählt. Warum irrlichterten immer diese Frauen durch seine Gedanken? War Susa geduldig? Wahrscheinlich schon, denn sonst könnte sie den Beruf als Natur-Erklärbärin wohl kaum machen. Er zupfte ein paar gelbe Halme aus und machte Knoten hinein. Übersprungshandlungen, mehr nicht.

Die Truppe grub und werkelte, und jemand rief: »Da ist was!«

»Vorsicht, allergrößte Vorsicht!«

Weinzirl und Evi waren schnell auf den Beinen.

»Weinzirl, machen Sie sich mal wieder vom Acker. Wir machen das nicht zum ersten Mal. Und als erste Einschätzung: Ein Hund ist das nicht.«

Die Zeit verstrich quälend langsam. Der Milan war wieder da, diesmal konnte er auf Aas hoffen.

Die Sonne wanderte, die Schatten malten neue Bilder in die Moorlandschaft. Und auf einmal durchdrang ein Ruf die träge Stille.

»So, Frau Straßgütl, Herr Weinzirl, jetzt können Sie näher treten!«

Er klang ein bisschen wie ein Zirkusdirektor. Treten Sie näher, sehen Sie Menschen, Tiere, Sensationen. Und so traten sie näher heran, und was sie sahen, war etwas, das sich augenblicklich einkerbte.

Weinzirl wusste in Sekundenbruchteilen, dass er dieses Bild nicht mehr loswerden würde. Es war nicht etwa gruselig. Da lag ein Mensch, die Hände über der Brust gekreuzt, ein Mensch in Grau, mit langem Haar, das rötlich war. Ein Mensch, der wie platt gedrückt wirkte und doch ein Mensch war. Und mit hoher Wahrscheinlichkeit Bruni, die nicht nach Amerika gereist war. Es war, als wären sie alle gelähmt, eine Lähmung, die erst durch den charakteristischen Schrei des Milans gestört wurde. Aber sie alle hatten die Totenruhe gestört.

Zwei der Kriminaltechniker stellten die Nummerntafeln auf, die gab es in der Realität und im Film. Auch die weißen Anzüge waren präsent, und irgendwie fühlte sich Weinzirl wie im Film. Er blickte über diese Armada an Geräten, die Hightech-Lampen, den 3-D-Laserscanner, die Grabwerkzeuge, das musste ein Film sein wie »Die Mumie kehrt zurück«.

»Herr Weinzirl, ich würde gerne Fachleute aus München ins Boot holen. Archäologen. Die haben sicher schon mehr Moorleichen gesehen. Wenn Ihre Vermutung stimmt, dann liegt diese Dame hier ja nur seit gut sechzig Jahren, sie könnte aber auch weit älter sein. Faszinierend!«

Weinzirl war sich nicht sicher, ob er das Wort »faszinierend« gewählt hätte, er fand das alles eher verstörend.

»Sie können hier also nicht das Alter bestimmen?«

»Ich bitte Sie! Bei der Moorleiche aus dem Uchter Moor dachte man, das sei ein verschwundenes Mädchen. In Wahrheit war das aber ein Mädchen, das in der vorrömischen Eisenzeit gelebt hat. Womöglich haben Sie eine neuzeitliche Dame gesucht und bekommen eine neue Rosalinde.« Er lachte. »Ich würde mich zu Fabrikpreisen verabschieden, wir translozieren die Dame und werden alsbald mehr wissen. Wirklich faszinierend. Für Sie machen wir uns in dem Fall gleich morgen dran, ich denke, Sie können bis Montagmittag mit ersten Ergebnissen rechnen.«

»Danke«, sagte Evi, und ihre Stimme klang belegt.

Der Trupp entschwand schließlich, die Leiche wurde abtransportiert, und Weinzirl fragte sich, wie schnell sie nun verwesen würde, jetzt, wo Luft an dieses Wesen kam. Auch die Kollegen trollten sich, Evi und Weinzirl standen einfach nur da.

»Ist das Bruni?«, fragte Evi schließlich.

»Es spricht viel dafür. Er hatte das Buch. Er musste womöglich annehmen, dass Bruni sein Kind in sich getragen hatte. Er hatte Schuldgefühle, er ist bis heute zu dem Grab gegangen. Oder wie man das nennen will.«

»Aber wer hat Bruni da vergraben?«, fragte Evi.

»Das werden wir wohl kaum mehr erfahren. Der alte Mair? Oder Brunis Vater? Beide zusammen? Oder er? Oder auch alle drei? Verdammt!«

»Und wer ist Rosalinde?«, fragte Evi.

»Wohl auch eine Moorleiche. Das können wir Baier fragen. Der ist doch bei den Freunden der Villa Rustica tätig. Baier ist unser römisches Gewissen. Oder so.«

Evi rügte ihn nicht mal wegen seiner wirren Reden. Sie alle standen unter dem Eindruck der letzten Stunden. Heutzutage verwendete ja jeder und jede das Wort »unfassbar«. Katzen und Hunde auf Insta-Posts waren unfassbar süß. Partys unfassbar nice, Essen unfassbar gut – die Sprecher, Schreiber und Post-Verfasser waren einfach nur unfassbar dämlich und phantasielos, fand Weinzirl. Und das hier war wirklich unfassbar, aber das Wort war verbrannt durch die inflationäre Nutzung.

»Aber nicht mehr heute. Es ist fast dunkel«, sagte Evi. »Und ich bin platt. Ich hol dich morgen früh ab, dann fahren wir zu Baier.«

Platt war auch dieses Wesen dort gelegen, eine leere Hülle von dem, was einst ein Mensch gewesen war. Als Weinzirl daheim war, widerstand er dem Impuls, Susa anzurufen. Erst musste er diesen Fall lösen, in dem sie eben auch eine Rolle spielte. Aber sie verließ seine Gedanken nicht.

SIEBEN

Sonntag

Evi war um acht bei ihm, er hatte tatsächlich bis halb acht geschlafen, von zwölf bis halb acht war für ihn fast schon eine Art Winterschlaf. Evi fuhr am Zellsee vorbei, hinauf nach Forst. Es war sonntäglich still, auch sie beide waren sonntäglich still. Als sie bei Baier ankamen, stand der schon wieder auf der Straße, diesmal, weil er selber grad aus dem Auto gestiegen war.

»Wollen Sie beide bei mir einziehen?«, grummelte er.

»Ich brauch einen Kaffee«, sagte Evi überraschenderweise. Sonst trank sie mehrheitlich Tee.

»Sie kennen sich ja aus. Husch, husch!« Baier scheuchte sie auf die Terrasse und kam kurz darauf mit einer Kanne Kaffee, Brezn und Butter wieder. »Gut, dass ich ein paar Brezn mehr gekauft habe. Kaffee?«

»Bitte!« Es gab ein Messer für alle, Teller hielt er auch nicht für nötig. So bestrichen sie eben reihum ihre Breze mit Butter, Evi hauchdünn, Weinzirl dick und Baier ebenfalls, ohne zu sparen.

»Meine Frau ist ja nicht da«, sagte er. »Mal wieder ein Yoga-Wochenende. Und Sie?«

»Diesmal wäre das Thema Rosalinde«, sagte Weinzirl.

»Ach so, ich dachte schon, Susanne.«

»Hä?«

»Ein Witz, Weinzirl, ich vergaß, dass Sie Allgäuer sind. Kein Schnellspanner. Also was jetzt? Worum geht es?«

Evi erzählte. »Ich hab kaum geschlafen. Ich hab von Mumien und Mumia geträumt. Mir ist schlecht. Und der leidlich witzige Mann von der KTU sprach von einer neuen Rosalinde.«

»Nicht Rosamunde«, sagte Weinzirl. »Auch nur ein Witzle gemacht«, schickte er hinterher.

»Gut, der Punkt geht an Sie. Wir reden also über Moorleichen. Das Besondere an Moorleichen ist ja, dass ihre Körper nicht artifiziell erhalten wurden, sondern natürlich mumifiziert sind. Anders als bei den Mumien des alten Ägyptens geschieht die Konservierung nicht durch den Eingriff von Menschenhand, sondern ausschließlich aufgrund des feuchten Moormilieus. Unter anderem hält der Luftausschluss Bakterien von der Leiche fern und verlangsamt dadurch den Verwesungsprozess. Und es sind die Huminsäuren, die antibakteriell und konservierend auf den Körper wirken. Sie entziehen ihm das Wasser, hemmen den Fäulnisprozess. Wie das Gerben von Tierhäuten.«

Evi gab ein Geräusch von sich.

»Ja, nun, das ist eben so. Nicht jedes Moor konserviert gleich, es gibt einen Unterschied zwischen Nieder- und Hochmoor. Niedermoore werden durch das Grundwasser, Hochmoore durch Regenwasser gespeist. Hochmoore haben einen besonders niedrigen pH-Wert, und das ermöglicht eben, dass Moorleichen Jahrhunderte oder gar Jahrtausende nach ihrem Tod mit Haut, Haaren, Nägeln und in einigen Fällen auch mit inneren Organen erhalten sind. Nur die Knochen und Zähne schwinden, das Kalzium wird entzogen. Die klassische Hochmoorleiche ist vor allem ein durch die Last der Torfschichten platt gedrückter Autoschlauch.«

»Baier, echt!«

»Ist aber so.«

»Baier, wir wollten doch was über Rosalinde hören!«

»Gemach, lassen Sie mich doch erst mal ausholen! Bei Ihnen fehlt es doch weit. Wir begeben uns jetzt in das Schwarzlaichmoor. Da wurde wie in so vielen der bayerischen Moore Torf gestochen, 2006 begann man zu renaturieren. Vorher aber wurde die ›Frau von Peiting‹ 1957 beim Torfabbau im Moor zwischen den Gemeinden Peiting und Hohenpeißenberg in einem Holzsarg gefunden. Wie das gerne so ist mit Mumien, gab es ein bisschen Geziehe darum, wer die Moorleiche denn nun die seine nennen darf. Erst wurde sie Peiting zugeschrieben, aber genau genommen ist sie auf Hohenpeißenberger Flur gefunden worden. Man nannte sie Rosalinde, sie dürfte aus dem 14. oder 15. Jahrhundert stammen und ist eine der wenigen dokumentierten und erhaltenen Moorleichen aus Bayern. Eben weil sie von einem Sarg geschützt war, blieb sie noch besser erhalten. Sie trug ein langes, feines Wollkleid und kniehohe Lederstiefel. Im krassen Gegensatz zu den sehr aufwendig gearbeiteten Stiefeln steht allerdings ihre einfache und schmucklose Bekleidung.«

»Aber dann doch eher nobel, oder?«

»Ja, die Wissenschaftler konnten nachweisen, dass sie wohl wenig körperlich arbeiten musste, dass sie im Wachsen keine Mangelernährung erleiden musste und sogar recht gut genährt war. Zahnweh wird sie wohl gehabt haben und ein markant vorspringendes Kinn. Um die fünfundzwanzig ist sie geworden, woran sie verstarb, ist Spekulation.«

»Na gut, im Moor ertrunken ist sie ja nicht. Wegen des Sarges«, sagte Evi.

»Die wenigsten ertrinken im Moor. Es sei denn, sie stechen kopfüber ein. Man versinkt ja nur zu zwei Dritteln, dann wird man schwerelos. Kommt aber trotzdem nicht mehr raus, und am Ende versagt die Blutzufuhr durch den Druck. Auch unschön. Man dachte lange, dass es sich um Verunglückte handelt, aber das waren wohl die wenigsten Fälle. Dann nahm man an, es wären Menschenopfer, Hingerichtete oder geopferte Verbrecher. Das haben wir aber Tacitus zu verdanken, der im Werk ›Germania‹ ja ein sehr grausames Bild von den Germanen zeichnet. Aber es wurden viele unter natürlichen Umständen gestorbene Personen gefunden, die eine Sonderbestattung erhielten, wie Rosalinde.«

»Aber warum dann der Aufwand?«

»Tja, womöglich hatte man Angst, sie würde spuken, die Angst vor Wiedergängern war groß. Ein Moorkrimi, meine Lieben. Ein Cold Case! Es gibt die Ansicht, Rosalinde hätte vorher ein uneheliches Kind geboren und hätte aufgrund dieser

Verfehlung nicht in gesegneter Erde bestattet werden dürfen. Eine andere Spur deutet darauf hin, dass sie eine Durchreisende gewesen ist, die man immerhin pietätvoll bestattet hatte. Alles möglich, nichts bewiesen.«

»Wenn wir davon ausgehen, es ist Bruni, dann ist sie ja nur rund sechzig Jahre da gelegen. Man wird doch noch DNA sicherstellen können?«

»Davon ist auszugehen. Moorleichen stammen ja aus ganz verschiedenen Zeitaltern: von Soldaten und Piloten aus dem Zweiten Weltkrieg über Menschen der Neuzeit und des Mittelalters bis in die Bronzezeit und teilweise darüber hinaus. Die Mehrheit der klassischen europäischen Hochmoorleichen hat ihren Ursprung jedoch in der Zeit zwischen 600 vor Christus und 400 nach Christus, also in der vorrömischen Eisenzeit und der Römischen Kaiserzeit.«

»Ihre Römer, Ihr Thema!«, lächelte Weinzirl.

»Falls Sie auf den Auerberg anspielen, seine kurze römische Geschichte ist nun mal auch ein spannender Cold Case. Da tun wir uns bei den Moorleichen leichter. Pollenanalyse oder die C-14-Methode machen es möglich, Moorleichen ihre Geheimnisse zu entlocken: Alter, Geschlecht, Gesundheitszustand und auch Aussagen über mögliche Todesursachen.«

»Wir können nur auf die Ergebnisse warten!«, rief Evi.

»Glauben Sie denn, es ist diese Bruni?«, fragte Baier.

»Ja, und nach allem, was wir gelesen haben und was auch Ihre Friderike erzählt hat, ist das doch mehr als wahrscheinlich.«

»Eines natürlichen Todes verstorben? Oder ermordet worden?«, fragte Baier.

»Hoffentlich erfahren wir dazu etwas«, sagte Evi. »Sie war plötzlich weg. Ich meine, da spricht doch viel für Mord.«

»Armes Ding«, sagte Baier. »Kinder sind grausam, Menschen generell. Wenn eine nicht der Norm entspricht und dann auch noch außerhalb des Dorfes lebt, ist man schnell aussätzig. Man wird zur Hexe, zum Kretin, auszugrenzen ist immer leichter, als nachzufragen«, sagte Baier und sah auf die Uhr. »Darf ich

Sie nun ausladen? Ich müsste zu meinen Römern. Wir haben da einen Tag der offenen Tür in der Villa Rustica.«

»Natürlich, danke für die Bewirtung«, sagte Weinzirl.

»Hmm. Sie melden sich ja eh«, meinte Baier.

»Und nun?«, fragte Evi, als sie wieder auf der Straße standen.

»Wie du gesagt hast: Wir warten.«

»Du kannst ja mal zu dieser Susanne auf einen Sonntagskaffee fahren«, lästerte Evi.

»Evilein, das werde ich natürlich nicht tun. Das verbietet mir mein professionelles Ermittlergewissen.« Er konnte wirklich überzeugend lügen, fand Weinzirl und schämte sich ein bisschen.

Es war elf, als Evi ihn absetzte, und er beschloss zu radeln, um den Kopf zu lüften. Bewusst schloss er Routen Richtung Seeshaupt aus, er folgte der Ammer nordwärts und hielt erst in Dießen im Schacky-Park an. Schob sein Radl zu einer Bank und ließ sich nieder. Er mochte diesen Landschaftspark, wo es jenseits einer Kastanienreihe in eine eher bäuerliche Streuobstwiesen-Natur überging. Ein gewisser Ludwig Freiherr von Schacky hatte ihn für seine Julia gestalten lassen, überall standen Solitärbäume in den Sichtachsen. Nichts war zufällig und doch, als müsste es so sein.

Am Seeufer gab es dann den üblichen Trubel aus Radfahrern, Spaziergängern, Kinderwagen, Hunden. Er flüchtete und stoppte an der spätgotischen Wallfahrtskirche St. Alban. Etwas ließ ihn hineingehen.

Der Hochaltar zeigte die Enthauptung des Kirchenpatrons. Auch keine schöne Geschichte. Der heilige Alban von Mainz wurde 406 enthauptet – und das mitten im Gebet! Er war der Schutzpatron von Mainz, der Bauern, half bei Unwetter, Epilepsie und bei Hals- und Kopfschmerzen – was angesichts seines Todes ja etwas zynisch klang. Die Geschichte der katholischen Kirche war eine von Hexenprozessen und Kreuzzügen, von Gewalt und Intrigen der mächtigen Kirchenfürsten. Es war ja nur sehr bedingt ein Gewinn, heiliggesprochen zu werden, befand Weinzirl. Tot war man dann schon und in dem Fall auch noch so unschön. Er taugte jedenfalls nicht zum Märtyrer!

Er verließ den See, radelte hinauf nach Bierdorf, weiter zum Gut Engenried, und dann gelangte er durch viele Feld- und Wiesenwege letztlich nach Stillern. Inzwischen kannte er diese Wege im Forst nordwestlich von Wessobrunn so gut, dass er hier jeden Partisanenkrieg hätte führen können. Er kehrte in Stillern ein und war nun ruhiger. Er hatte eine Weile wegdenken können. Er war auch zuversichtlicher, sie würden etwas finden, auch wenn das nichts sein würde, dem er freudig entgegenblickte.

ACHT

Montag

Auch Evi wirkte frischer, als sie sich am Morgen im Büro trafen. Sie schafften es gerade, einen Kaffee zu trinken und eine Butterbreze zu essen, die Kollegin Melanie dankenswerterweise mitgebracht hatte, als der alerte Spurensicherer anrief.

»Guten Morgen, einen wunderschönen dazu.«

»Morgen«, brummte Weinzirl.

»Montagmorgenstunde hat Gold im Munde«, sagte er. »In Ihrem Fall eher den Tod. Nun ja, der Kollege aus der Rechtsmedizin bat mich, Sie ins Bild zu setzen: Also, Ihre Leiche ist weiblich, etwa fünfzehn bis achtzehn Jahre alt. Sie war recht groß für ein Mädchen.«

Sie warteten.

»Ja, und weiter?«

»Nun, das Mädchen ist keine Dame der Historie, weder Steinzeit noch Mittelalter, sie ist etwa sechzig Jahre alt. Sie hätte sich im Moor sicher noch lang erhalten.«

Das klang wie ein Vorwurf.

»Ist sie Bruni?«, fragte Gerhard.

»Da ich keine Referenz-DNA habe, kann ich das nicht beantworten. Aber ich hätte da noch etwas!« Er machte eine Kunstpause. »Dieses Mädchen hat kurz vor seinem Tod geboren.«

»Was? Sind Sie da sicher?«, rief Evi.

»Ja, bin ich. Ich langweile Sie jetzt nicht mit dem Warum.«

»Wir sind davon ausgegangen, dass bei dem Mädchen, wir sagen mal, das ist Bruni, eine Abtreibung vorgenommen wurde«, sagte Evi.

»Die ist dann nicht geglückt«, meinte der Mann lapidar.

»Und das Kind, war es tot, hat es gelebt?«

»Ich kann viel feststellen, das aber nicht.«

»Aber wäre es tot geboren, hätte man es dann nicht mit der Mutter begraben?«

»Wer weiß, wie die da draußen ticken. Wenn man schon die Mutter in unheiliger Erde in einem Moor vergräbt!«

»Suchen wir ein zweites Grab?«

»Ich bin versucht, Nein zu sagen. Nicht schon wieder dieser Filz da draußen.«

»Und wenn das Kind lebt?«

»Meine Lieben, dann weiß es nichts von der Mutter. Oder man hat ihm eine Räuberpistole aufgetischt. Es hat eine neue Identität. Wurde an Sklavenhändler verkauft?« Er lachte. »Gut, ich traue diesem Schlag da vor den Alpen viel zu, das aber nicht.«

Evi schnappte nach Luft.

»Wir lassen Sie wissen, was wir vorhaben«, sagte Weinzirl nur. »Danke für die schnelle Arbeit.«

»Nicht dafür«, sagte er und legte auf.

»Was für eine Type!«, rief Evi.

»Eigen, sehr eigen«, sagte Weinzirl. »Aber gut. Wir gehen davon aus, das ist Bruni. Dann ist Sebastian Mair jahrzehntelang zu diesem Grab gepilgert. Und es gab womöglich sogar ein Kind. Das unter Umständen sein Kind war.«

»Aber wo ist es? Ist es bei der Geburt gestorben? Haben sie Mutter und Kind getötet? Weinzirl, das war 1961, da war doch nicht mehr finsteres Mittelalter!«

»Aber da war viel Enge in den Köpfen. Da waren die Regeln des Dorfes, die es doch bis heute gibt. Die immer gleiche Geschichte! Wer solidarisiert sich mit den Opfern? Kaum einer oder eine. Man lässt die Täter lieber gewähren. Redet sich die Welt und ihre Lügen klein wie eine Miniatur. Das Opfer wird schon etwas gemacht haben, was den Täter animiert hat.«

Evi schwieg. Es war klar, was sie dachte. Auch 2023 waren Frauen sicher zu sexy gewesen. Röcke zu kurz, Ausschnitte zu tief. Wer sich kleidete wie eine vom Straßenstrich, musste auch das Gesetz der Straße akzeptieren. Es kotzte Weinzirl an. Man konnte ihm viel nachsagen, aber was einen Mann dazu trieb, einer Frau Gewalt anzutun, das war in seinem Kopf und seinem Herzen – sofern er eins hatte – so weit weg wie ein Ausflug zu den Klingonen.

Da Evi schwieg, schob er nach: »Und da ist die Angst. Auch vor der Kirche. Lass das Kind den Vergewaltigern ähnlich sehen. Was wäre los gewesen? Lass es dann irgendwann Geld wollen. Oder Anerkennung. Besser im Keim ersticken.«

»Wie kommst du auf die Kirche?«

»Evi, Anfang der sechziger Jahre! Auf dem Dorf! Da zählten der Lehrer und der Pfarrer. Womöglich noch der Dorfarzt. Und wie lange ging das noch alles gut mit Missbrauch und Vertuschung? Erst in den 2020er Jahren stehen Menschen auf gegen die pädophilen Glöckner, die jeden Sonntag bimmeln. Es kommen nur immer weniger. Die bayerische Staatspartei hat immer noch das C wie christlich im Namen. Ist das gut oder eher eine Drohung?«

Evi sagte weiter nichts, er wäre einfach auch am liebsten aufgestanden, gegangen und losgelaufen. Gegen den Wind. Aber es half ja nichts.

»Wir müssen im weiteren Umkreis suchen. Sie haben das Baby bestimmt auch dort irgendwo verscharrt! Wenn sie doch so viel Anstand besessen haben, die Mutter zumindest zu beerdigen, dann werden sie das mit einem Baby doch erst recht getan haben.« Aber konnte er sich da so sicher sein? »Ich ruf den Mister Spusi an.«

Was er tat und mitteilte, dass sie auch noch ein Baby suchten.

»Ich habe es befürchtet«, sagte er düster. »Und meine Leute schon zusammengezogen. Bitte verschonen Sie uns mit Ihrer Anwesenheit. Es reicht, wenn Sie am frühen Nachmittag kommen.«

Weinzirl gab keine Antwort.

Um halb zwei waren sie vor Ort. Es war fast wie ein Déjà-vu. Sie saßen wieder im Moor. Wieder kreiste ein Milan. Ob es derselbe war?

Es war gegen sechzehn Uhr, als der Mann von der Spurensicherung auf sie zukam.

»Wir haben Knochen gefunden.«

Weinzirl sprang auf.

»Von einem Säugling?«

»Nein, ich würde sagen, von einem Mann. Und diese Knochen tragen Spuren von Verbrennung.«

»Bitte?«

»Menschenknochen, die verbrannt sind. Verkohlt. Ob die Person damals noch lebte oder ein Toter verbrannt wurde, das kann sogar ich nicht ad hoc feststellen. Ob die Person in situ verbrannt wurde oder später dorthin gebracht wurde, auch das ist schwer zu sagen.«

»Aber wann war das? Zeitgleich mit der Mädchenleiche?«

»Es wäre natürlich aparter, wenn das nun wirklich ein Ötzi wäre. Jahrtausendealt. Einfach nur ein Zufall, Leich und Leich gesellt sich gern.«

Evi gab ein japsendes Geräusch von sich.

»Nun denn, warten Sie ab. Wir haben Analysemethoden, wir können auch Rückschlüsse über die Vegetation ziehen, Höhe der Büsche und Bäume, Pollen, geben Sie uns ein bisschen Zeit.«

»Die habe ich nicht!«, sagte Weinzirl scharf.

»Deshalb werde ich wieder eine Nachtschicht einlegen, und morgen hören Sie von mir. Trinken Sie ein Bierchen. Das beruhigt.«

Es war gegen halb sieben, als die Knochen abtransportiert waren und sich Stille über das Moor legte. Das Abendlicht machte die Konturen weicher. Weiter draußen blökten Schafe, irgendwo bimmelte eine Kuhglocke. Es war ein Idyll, ein tödliches.

»Weinzirl, sind wir in einem schlechten Film gefangen? Du denkst doch, was ich denke!«

»Tu ich das?«

»Ist das Martin Lutz? Aber warum verbrannt? Das ist doch ein Horrorfilm.«

»Evi, den Tag haben wir noch. Lass uns die Sache mit dem Bier machen.«

»Es ist Montag, da ist am Land doch alles zu. Dienstag auch.«

Das war leider richtig. Die meisten Gasthöfe hatten nur noch von Donnerstag bis Sonntag offen. Hier war man aber in einer touristischen Gegend, womöglich half das.

»Such mal was«, sagte Weinzirl.

Und Evi entdeckte den Gasthof Mohren in Urspring, dessen Ruhetag dankenswerterweise Mittwoch war. Sie aßen wirklich sehr gut, und Weinzirl war zu müde, um Betrachtungen zum Thema »Mohren« anzustellen. Er war ein alter weißer Cis-Mann, und es erschien ihm unwürdig und unnötig, eine politische Debatte über kulturelle Aneignung, Correctness und das Gendern zu führen. Dieses Land hatte größere Probleme. Evi fuhr ihn heim. Er ging um zehn ins Bett und schlief bis sechs. Er joggte eine Stunde, duschte und fuhr ins Büro.

NEUN

Dienstag

Das Déjà-vu ging weiter. Es gab wieder Kaffee und Brezn, als der Teams-Anruf kam.

»Da Sie ja keinen Wert auf Floskeln legen, keinen guten Morgen. Gleich mitten hinein ins Moor. Es handelt sich um einen Mann, der etwa fünfzig war und etwa zu der Zeit, als das Mädchen bestattet wurde, ebenfalls dort angekommen sein muss.«

Angekommen sein? Der Mann pflegte wirklich eine interessante Ausdrucksweise.

»Sie würden also sagen, er wurde dorthin verbracht?«

»Die Lage der Knochen, die Tatsache, dass er sich ja nicht selber eingegraben hat, würde mich zur Spekulation veranlassen, dass er anderswo abgefackelt wurde und dann hier verscharrt. Und natürlich fragen Sie sich, was ich mich auch gefragt habe: Warum so nahe bei dem Mädchen? Das mit dem Zufall war ja eher ein Witz.« Er sah in die Kamera. »Die Antwort ist simpel. Mit neunundneunzigprozentiger Wahrscheinlichkeit ist das der Vater des Mädchens gewesen.«

»Der vor der, ähm, Verbrennung irgendwie getötet wurde? Schädel eingeschlagen, Waffengebrauch?«, fragte Weinzirl.

»Nein, ich gehe davon aus, dass er nur verbrannt wurde. Ohne vorherige Gewalteinwirkung. Und wenn Sie mir eine Frage erlauben: Suchen wir den Säugling immer noch? Damit die Familie dann komplett ist?«

Weinzirl war hart im Nehmen. Frauen sagten ihm Emotionslosigkeit nach. »Fleischerhundmentalität« war so ein Begriff, der öfter mal gefallen war. Aber nun trat ihm jemand gerade in die Magengrube. Eine jähe Übelkeit stieg in ihm auf.

»Ich würde sagen, momentan nein. Ich melde mich.«

Diesmal verzichtete der Spurensicherer auf ein »Bitte nicht«, sondern verabschiedete sich mit den Worten »Alles Gute, das erscheint mir ein Drama zu sein, das man sich so nicht ausdenken möchte«.

Weinzirl legte auf. Evi ging hinaus. Er hörte die Tür zur Toilette quietschen.

Was war da 1961 geschehen? Und mehr noch: Was für eine Bürde hatte Sebi Mair da getragen? Weinzirl hatte den Mann im Tod gesehen, entstellt in seinem Blut. Er hatte viel über ihn gehört, wenig Gutes, aber wenn der Mann immer wieder an dieses Grab oder Doppelgrab gepilgert war, dann hatte er gelitten. Hatte er wirklich versucht, Buße zu tun?

Mair wäre achtzig geworden, ihm war sicher klar gewesen, dass er nicht ewig leben würde. Zumal mit seiner Krankheit. Solange das Leben einen ablenkte mit Beruf, Arbeit, Hausbau, Kindern, Familie konnte man vieles kompensieren, aber in der Stille des Alters standen die Zombies auf aus ihren Gräbern. Im Fall von Mair hatte es die Untoten wohl wirklich gegeben. Weinzirl blickte über seinen Schreibtisch, der Computer gab irgendein dumpfes Geräusch von sich.

Er hätte nicht sagen können, wie viel Zeit vergangen war, als Evi zurück war und leise sagte: »Also ist Lutz auch niemals nach Amerika gereist oder zur See gefahren! Weinzirl! Was ist geschehen? Haben diese irren Mair-Männer ihn getötet? Warum? Weil er nun doch von der Vergewaltigung erzählen wollte?«

»Oder weil er mit seiner eigenen Schuld nicht leben konnte, weil er zugesehen oder weggesehen hat?«, ergänzte Weinzirl.

»Aber dann hätte er sich selber verbrannt? Wie furchtbar. Wie kam er dann ins Filz? Er hat sich sicher nicht selbst vergraben. Waren es Mair und sein Vater?«

»Alles Antworten, die uns Mair nicht mehr geben kann.« Er hasste den Mörder in dem Moment abgrundtief. Er hasste es, womöglich keine Antworten mehr zu bekommen. Und da war so viel mehr. Er atmete tief durch. »Evi, zwei Fragen treiben mich um: Hat irgendwer davon gewusst oder etwas gesehen? Denn es könnte ja auch sein, dass Mair nun beichten wollte.«

»Wie sollen wir das rausfinden?«, stöhnte Evi. »Und Frage zwei?«

»Wir haben nirgendwo eine Babyleiche gefunden. Das treibt mich um!«

Evi starrte ihn an. »Du meinst, was, wenn das Kind noch leben würde? Bruni starb bei der Geburt, aber das Baby lebt?«

»Wäre das nicht denkbar? Es wäre 1961 geboren, nun also Anfang sechzig.«

»Aber das wäre Wahnsinn! Wo ist es?« Evi hatte ihre hübschen Augen weit aufgerissen. »Weiß es, wer es ist?«

»Das ist die entscheidende Frage, oder? Reden wir von Adoption? Wovon reden wir? Und was, wenn sich dieses Kind aus irgendwelchen Gründen auf die Suche nach der Wahrheit begeben hat?«

»Und den eigenen Vater getötet? Sofern Sebi Mair derselbe war.«

»Evi, ich habe keine Ahnung, oder doch: Etwas sagt mir, dass seine Wut auf Rehe und anderes Getier sicher viele gegen ihn aufgebracht hat. Wir sind auf Spuren von Tieren und der Jagd gewandelt, haben viel gehört. Ich für meinen Teil habe viel gelernt, aber der Hass, dieser unbändige Zorn, die merkwürdige Waffe und die Brutalität der Tötung, das alles hat uns doch von Anfang an gestört! Das passt einfach nicht zu den Menschen, mit denen wir es zu tun hatten.«

»Und jetzt?«

»Wir fahren zu Friderike. Sie ist ein Schlüssel zu einem dunklen Verlies. Sie sprach von Fotos, womöglich hat sie die gefunden.«

Das Haus lag in einem der Weiler, die es hier zuhauf gab, kleine Satelliten des Dorfes, verstreut über eine bäuerliche Landschaft, die immer wieder Ausblicke auf die hohen Berge zuließ. Es war schön hier, auf eine Art, die heile Welt vorgaukelte. Die so heil aber nicht war. Dem Haus sah man auf den ersten Blick nicht an, dass es eine Karriere als Pension hinter sich hatte, aber unterm Giebel war noch ganz fade zu lesen: »Pension Erni«. Man hatte darübergestrichen, aber Erni war wohl renitent genug, um ihren Platz in der Geschichte einzufordern.

Sie gingen durch den Garten zum Eingang, im Garten saß in einem Rollstuhl ein älterer Herr. Man musste Herr sagen, denn er verströmte auf den ersten Blick eine ungeheure Noblesse, die von innen kam.

Er sah sie fragend an. »Guten Tag.« Auch seine Stimme war wohlklingend und fest. Weinzirl hätte sie fragiler erwartet.

Er stellte sich und Evi vor.

»Ach ja, Rike hat von Ihnen gesprochen. Sie war angefasst von diesem Flashback. Ich kann Ihnen dazu gar nichts sagen, ich trat erst am Ende unseres Studiums in ihr Leben.«

»Wo haben Sie studiert?«

»Tübingen, ich habe sprachlich nichts dort angenommen. Im Unterallgäu auch nicht. Ich stamme aus Münster, die westfälische Zunge ist nicht für ›isch‹ und ›it‹ geboren. Aber in Tübingen zu studieren war wunderbar. Und ich habe Rike getroffen.«

»Schmeichler«, erschallte eine Stimme. »Die Kommissare. Ich bin untröstlich, ich habe das Album noch nicht gefunden.«

»Dürfen wir Sie trotzdem etwas fragen?«

»Sicher, setzen Sie sich doch in den Pavillon. Und du schaust, dass du dich schleichst«, sagte sie zu ihrem Mann.

Der lächelte und sagte in Weinzirls Richtung: »Physio, ich werde gleich abgeholt. Man will noch etwas aufhalten, was nicht aufzuhalten ist. So rollere ich von dannen.«

Was er tat, zur Einfahrt, wo auch gerade ein Auto anhielt und eine Seitentür aufglitt.

»Ich bin gleich zurück«, sagte Friderike und zeigte auf den Pavillon. Nicht herrisch, aber doch so, dass man ihrer Aufforderung nachkam.

Es handelte sich um ein Exemplar, das auf edel alt getrimmt

war, darin befanden sich bequeme Hochlehner mit Sitzkissen. So wenig Achtung sie ihrem Auto zollte, das Ambiente rund ums Haus war elegant. Auch der große Garten war sehr gepflegt und stand sicher unter der Ägide eines Gärtners. Sie kehrte mit einer Wasserkaraffe und Gläsern zurück.

»Ich nehme an, dieses ›Ich bin im Dienst‹ ist Derrick-Jargon, aber ich dachte mal, dass Alkohol womöglich nicht angebracht ist und ein bisschen früh.«

Evi lächelte. »Ob mein Kollege das auch so sieht?«

»Für den Fall hab ich mal was vorbereitet.« Sie zog aus ihrer Jackentasche zwei kleine Flaschen Augustiner 0,33 und lachte verschmitzt.

»Danke!«, sagte Weinzirl mit Inbrunst.

»Was kann ich für Sie tun? Wie gesagt, ich suche das Album noch.«

»Friderike, können wir uns auf Ihre Verschwiegenheit verlassen? Wir befinden uns mitten in einem Verfahren, wie Sie wissen, geht es um den Tod von Sebastian Mair.«

»Schweigepflicht liegt mir als Ärztin im Blut.«

»Wir haben Brunis Leiche gefunden. Im Filz. Quasi als Mumie. Und mehr noch. Sie war schwanger, und sie hat geboren.«

Friderike hatte eine Hand vor den Mund gelegt, so als wollte sie einen Schrei daran hindern, gewaltsam herauszubrechen.

»Und das Kind? Auch tot?«

»Genau das wissen wir nicht! Alles, an was Sie sich aus der Zeit erinnern können, könnte uns helfen. Wer ging bei Bruni ein und aus? Verwandte? Freunde? All so etwas«, sagte Evi.

»Sie lebten sehr zurückgezogen. Elvira hatte sicher in der Schule ein paar Freundinnen, ob sie aber eingeladen wurden? Sie war das Filzhäuslerkind, ihr Vater ein bisschen gruselig. Ob sie jemanden eingeladen hat? Wahrscheinlich nicht, sie dürfte sich geschämt haben ob der ärmlichen Umgebung. Und Bruni, die hat sicher niemanden eingeladen. Sie hatte wohl keine Kontakte mehr, als sie die Schule beendet hatte. Dann war sie wohl zu Hause.«

»Wie eine Gefangene? Man wollte sie da draußen nicht zeigen! So klingt das in Elviras Buch. Ihr Vater hat sie auf den Dachboden gesperrt. Stellen Sie sich so was mal vor!« Evis Stimme bebte.

»Besser nicht. Oder doch. Ich schließe das nicht aus. Was es nicht geben durfte, das sperrte man eben weg. Was glauben Sie, in wie vielen Dörfern man den Bruder mit dem Wasserkopf verbarg oder die Schwester mit Downsyndrom. Oder den debilen Onkel, der noch die Ziegen hüten durfte. Es gab keine betreuten Werkstätten oder Tagesbetreuung oder gar Förderung. Traumatisierte Menschen kamen aus dem Krieg oder waren gar nicht weg gewesen. Hatten aber Hunger und Angst und rangen ums Überleben. Sie alle waren infiltriert von Nazi-Ideologie, es gab auch nach 1945 unwertes Leben. Jeder und jede hat sich auf seine Art arrangiert. Ich bin 1945 geboren, kurz nach Kriegsende, mein Vater kam 1947 aus der Gefangenschaft, studierte Medizin, war immer korrekt, aber nie liebevoll zu mir. Meine Mutter war eine emotionale Trümmerfrau, sie war maximal freundlich zu mir, auch nie liebevoll. Meine Oma, Erni, die hatte das Herz auf dem Fleck, wo es eine kleine Enkelin umarmen kann. Was ich sagen will: Diese Menschen waren alle emotionale Krüppel, es gab keine posttraumatischen Belastungsstörungen, es gab nur kollektives Weitermachen. Und dann kam das Wirtschaftswunder, das Materielle ersetzte Hitler, ein neuer Götze, dem man folgen konnte. Für Kinder oder Menschen, die etwas anders waren, gab es damals keinen Raum!«

Weinzirl und Evi hatten ihr zugehört, mehr und mehr gebannt. Mit welcher Leichtigkeit einerseits und welcher Präsenz andererseits brachte sie die Tragik der deutschen Geschichte auf den Punkt.

»Entschuldigen Sie, ich wollte Sie nicht mit meinen Philosophien langweilen, es geht konkret um Bruni. Ich hab mich durch unser Gespräch in die Zeit zurückgleiten lassen, und da war tatsächlich noch etwas, was ich nicht so recht einordnen kann.«

»Ja bitte? Und keine Sorge, Sie langweilen uns nicht. Im Gegenteil.«

Sie lächelte. »Um 1960 herum oder auch 1961, da sind mehrfach Münchner Gäste in der Pension gewesen. Und die sind ein paarmal zum Filzhäusl gefahren. Der Martin hat immer mal ein paar Schnitzarbeiten gemacht, ziemlich hübsch. Tiere vor allem. Sie haben bei ihm eingekauft. Sie sind mit einem sehr großen, schönen Auto gefahren. Es hatte damals ja lange nicht jede Familie ein Auto, wenn, dann einen Käfer. Das war aber ein BMW, ein Coupé. Das war insofern bemerkenswert, weil das so elegante Leute gewesen sind, die auch noch jung waren. Sie hatten keine Berührungsängste mit dem Lutz, und dann war die Straße zum Filzhäusl ja auch so schlecht. Das ist mir eingefallen, keine Ahnung, warum. Wahrscheinlich auch, weil die bei uns in der Pension ungewöhnliche Gäste waren. Sie waren wirklich ungeheuer konziliant. Und sie war wunderhübsch, und er sah aus wie ein Schauspieler.«

»War er einer?«

»Nein, wenn ich mich recht erinnere, auch Arzt. Er hat sich mit meinem Vater unterhalten. Ja, er muss auch Mediziner gewesen sein.«

»Wissen Sie den Namen noch?«

»Eben nicht. Aber er liegt mir auf der Zunge. Und ich glaube, es gibt auch von den beiden Fotos. Wenn ich nur dieses Album fände!«

»Danke, Sie finden es bestimmt«, sagte Weinzirl und fragte sich, was ihnen das nun bringen sollte. Außer der Erkenntnis, dass zwei junge Städter wohl weniger Vorurteile gehabt hatten als das Dorf. Oder aber sie hatten einen wohligen Schauer verspürt, wenn sie sich unter die Wilden gewagt hatten.

»Wenn Ihnen der Name einfällt, rufen Sie uns zu jeder Zeit an, ja?«

»Natürlich! Natürlich! Ich gehe jetzt gleich nochmals in den Keller. Leben Sie wohl.«

»Sie ist schon grandios«, sagte Evi staunend, als sie wieder im Auto saßen. »Aber viel gebracht hat das nicht.«

»Wer weiß, wenn der junge Mann Arzt war, vielleicht hatte er damals schon eine Idee, wie man Bruni mit der Hasenscharte hätte helfen können«, mutmaßte Weinzirl.

»Aber sie ist tot. Wir wissen nicht, wie und wann sie gestorben ist. Wir wissen nichts vom Baby. Wir wissen viel zu wenig von Mair, um den es am Ende ja geht.«

»Evi, lass uns die Hypothese mal weiterspinnen. Er hatte ein Kind, das ihn ausfindig gemacht hat. Was hätte dieses Kind, das heute über sechzig ist, getan?«

»Ihn aufgesucht, ihn zur Rede gestellt?«

»Ja, von mir aus! Aber dann hätten Nika und Hansi Mair doch irgendetwas mitbekommen, oder?«

»Nicht unbedingt. Du weißt ja nicht, wie dieses Kind, wenn es überhaupt existiert, vorgegangen ist.«

»Ich will Hansi Mair sprechen, der erscheint mir allmählich wie ein Phantom«, knurrte Weinzirl.

Den Weg zum Hof kannten sie, und als sie einmal mehr ihr Auto abstellten, kam Poldi zur Begrüßung. Er wedelte allerdings in Zeitlupe, so als wäre er sich nicht sicher, ob Wedeln erlaubt sei. Ein Jagdhund muss dienen? Und diesmal kam Hansi Mair aus dem Haus, er blieb im Türrahmen stehen.

»Herr Mair, dürfen wir kurz stören?«

Er schwieg. Da er stehen blieb, war das wohl ein Ja. Weinzirl hatte die ganze Zeit überlegt, wie er vorgehen wollte, ohne schlafende Hunde zu wecken.

»Herr Mair, ich muss Ihnen leider sagen, wir stecken fest. Uns fehlen Puzzlesteinchen.«

Mair schwieg.

»Wir haben im Moor zwei Leichen gefunden.«

»Das erzählt man sich.«

Natürlich erzählte man sich das, wenn Fahrzeuge ins Moor schaukelten. Wenn in einer beschaulichen Gegend plötzlich ein

Aufgebot an Spezialkräften auflief. Natürlich wurde geraunt und geredet.

»Die Tote ist eine gewisse Bruni Lutz. Sie starb mit sechzehn Jahren. Sie war etwa im Alter Ihres Vaters. Sagt Ihnen der Name etwas?«

»Nein.« Er runzelte die Stirn. »Oder ja. Es gab das Filzhäusl, das heißt heute noch so bei den alten Leuten, ist aber längst ein Wohnhaus, das irgendwelchen Augsburgern gehört. Die Bewohner damals hießen Lutz. Aber das ist ja ewig her. Ich bin 1970 geboren. Was hat das mit meinem Vater zu tun?«

Genau das war die Frage. Nika schien ihm wirklich nichts von dem Buch erzählt zu haben.

»Wo ist denn Ihre Frau?«

»Heute sehr früh auf Slowenien.«

»Wie?«

»Sie ist auf Slowenien gefahren, auf eine Rassekaninchen-Schau.«

»Was, bis nach Slowenien?«

»Sicher, es gibt auch Europasieger und Weltmeistertitel. Und meine Frau kann dann gleich noch die Familie sehen.«

»Und Sie?«

»Wir haben Tiere. Selbstmelkend sind die noch nicht. Die Kinder studieren. Oder wollen Sie melken?«

Weinzirl sah ihn interessiert an. Sie hatten bisher wenig mit ihm gesprochen. Er hatte sich eher als schweigender Klotz präsentiert, aber da spitzte Esprit durch und viel mehr Tiefe; und etwas sagte Weinzirl auch, dass er auf der Hut sein musste.

»Wann kommt Ihre Frau denn zurück?«

»In ein paar Tagen, wenn sie schon mal unten ist.«

»Aha«, sagte Weinzirl. »Und sonst, ist Ihnen noch etwas eingefallen, was uns helfen könnte?«

»Sie waren doch schon überall. Sie verdächtigen doch jeden, sogar den Socher, das ist ja lächerlich. Der Vater und er waren nicht immer einer Meinung, aber der Socher mordet doch nicht. Schauen Sie doch mal bei diesen Stoderern. Diese Jagd-Elfe mit der Jagdschule, die sollten Sie fragen! Der Vater war als Prüfer hart, aber gerecht, das hat diesem Madel nicht gepasst. Und so toll lief deren Schule auch nicht, da sind viele dann doch lieber in die altbekannte Schule nach Peiting.«

»Sind Sie auch Jäger?«, fragte Weinzirl.

»Ja, und ich hatte etwas andere Ansichten als mein Vater.«

»Kein Rehhasser?«

»Ach, die paar Rehe! Wir haben ganz andere Probleme! Wir haben zwölf Hektar Forst, unsere Bäume sterben wegen des Klimawandels, mal ist es extrem heiß, dann rauschen hier Monstergewitter durch, die Bäume sind eh schon geschädigt wegen des Borkenkäfers und anderen Schädlingen, die auch Laubbäume befallen. Und dann sind da noch die spaßwütigen Stoderer. Und das sind auch schon die, die aus Weilheim oder Landsberg kommen. Wo wohnen Sie?«

»Weilheim«, sagte Weinzirl.

Er nickte. »Sehen Sie! Was glauben Sie, was ich alles erlebe! Mountainbiketrails quer durch den Wald, Wohnmobile, die irgendwo stehen bleiben, und die Deppen grillen dann noch bei höchster Waldbrandgefahr. Darum geht's, da muss man nicht zum Massaker gegen das Reh aufrufen, um den Wald zu retten. Ein Schmarrn ist das, unsere Wälder sterben nicht am Reh, die sterben am Menschen.«

Das hatten sie in Abwandlungen ja nun oft genug gehört, Weinzirl würde in Zukunft ganz anders auf Rehe blicken. Vor allem aber war das eine lange Rede gewesen für einen ruhigen Mann.

»Da draußen ist längst Krieg. Auch wegen der Outdoor-Plattformen im Internet. Jeder Depp stellt eine Route rein. Plattformen wie Komoot geben nicht mal an, wo man parken kann, das Ergebnis ist, dass die uns alle Feldwege zuparken. Und selbst die Tourismusfuzzis vom Pfaffenwinkel beschildern einfach Radtouren über unsere Feldwege. Die sagen dann, das wäre ja seit zwanzig Jahren beschildert. Das ist ein Scheißhausargument. Vor zwanzig Jahren gab es einen Bruchteil der Räder und Radfahrer von heute! Es gab aber vor allem keine E-Biker, die keine Ahnung haben, wie schnell sie eigentlich sind, keine Ahnung von ihrem Bremsweg. Wenn ich da mit dem Bulldog und einem Schwader oder Kreisler fahre, die bremsen nicht! Ich muss in den Graben fahren! Da fördert man den Tourismus auf Kosten der Anwohner und Anlieger. Aber ich zahle hier Steuern, ich pflege hier die Natur, wir sind ganzjährig hier! Die große Politik hat Ideen fürs Land und die Natur, die im Hochhaus in einer Großstadt entstehen. Und die Kasperl in Weilheim oder Schongau hocken in ummauerten Städten. Wie denen ihre Hirne auch. Der Tourist ist wie ein Drogenabhängiger, er braucht seinen Stoff.«

Weinzirl war nun endgültig verblüfft. Evi auch.

»Schauen Sie nicht so! Mein Vater mochte keine Tiere, die nichts nutzen. Aber was die Raddeppen betrifft, waren wir uns einig. Und er hat die auch mal gestellt und zammgeschissen. Er hat mehrfach welche vom Radl gezogen. Und Reißzwecken gestreut. Die fahren bei uns durch den Hof, auf den Weg hinterm alten Haus und über einen Feldweg, der in keiner Karte steht, weiter Richtung Eschenberg. So einer kann ihn auch ermordet haben!«

Und der hatte zufällig einen Viertelmond dabeigehabt? Neben der Wasserflasche?, fragte sich Weinzirl und war alles, was zwischen verblüfft und genervt hineinpasste. Die Idylle war fragil. Idylle war ein Begriff, den Städter erfunden hatten. Die sie nutzten, um ihre Akkus wieder aufzuladen. Im Sinne der E-Bike-Akkus und im übertragenen Sinn.

»Herr Mair, wir bedenken das alles, danke Ihnen«, sagte Weinzirl nur, denn hier war momentan nicht viel zu holen.

Hansi Mair nickte. »So einfach ist das alles nicht, gar nicht.« Er drehte sich um und ging.

»Puh«, sagte Evi. »Macht der noch ein Fass auf! Der Alte hat Radfahrer gestellt und deren Reifen platt werden lassen? Wo bin ich hier? Und so ein Radfahrer auf dem Kriegspfad hat dann den Alten abgestochen?«

»Na ja, durch diese Wiesen scheinen überall Wege zu führen. Alte Wege, die heute zugewachsen sind, neue Wege, die ein Anhänger von Komoot entdeckt und sofort ins Internet gestellt hat. Einer radelt auf Privatgrund, Mair rastet aus, der andere rastet aus. Soll vorkommen. In unserem Fall geht es um den alten Weg. Lass es dort zum Showdown gekommen sein. Der Mörder tötet, versteckt Mairs Radl samt Biber und verschwindet. So unwahrscheinlich ist das nicht.«

»Das war aber in der Nacht!«

»Evi, da hat Hansi Mair schon recht. Die Menschen sind zu Unzeiten am Sporteln. Trailrunner rennen nachts über Almen und erschrecken Rinder, die gerade pennen, mit ihren Stirnlampen so sehr, dass die flüchten und in den Abgrund stürzen. Alles schon passiert.«

»Dir ist aber schon klar, dass wir dann ganz von vorn anfangen müssten?«

»Ja, das wäre dann so.« Er stöhnte. »Was für ein Kuddelmuddel an Befindlichkeiten. Aber mich stört auch, dass Nika weg ist. Ist das nicht komisch?«

»Na ja, sie hat doch gesagt, sie sei öfters in ihrer Heimat«, meinte Evi.

»Ja, aber etwas stört mich«, beharrte Weinzirl.

»Mich stört, dass meine Überstunden immer mehr werden«, sagte Evi mit Blick auf die Uhr. »Ich verpass meinen Yogakurs!«

»Na, dann auf zum betenden Elch oder strickenden Waschbären.«

»Boah, Weinzirl!«

Als sie sich getrennt hatten, musste Weinzirl zugeben, dass Evi im Vorteil war. Sie hatte so was wie ein Privatleben. Mit Yogakurs, einem Theater-Abo und einem Italienischkurs an der VHS. Er hatte maximal sein Fahrrad.

Heute allerdings traf er im Hof auf seine Vermieterin. Die hatte eigentlich für ein paar ihrer Enkel gekocht. Weinzirl hatte den Überblick verloren, wie viele es waren und welche zu welchen Erzeugern gehörten. Die Kinder waren aber nicht gekommen, und so aß er Berge von Spaghetti bolognese. Und schlief mit einem Klumpen aus Stärke und Parmesan im Magen ein.

ZEHN

Mittwoch

Er erwachte, als sein Handy läutete. Es war kurz nach sieben. Nicht dass Jo schon wieder einen Toten per Drohne gefunden hatte, schoss ihm durch den Kopf. Es war aber Friderike.

»Friderike, guten Morgen!«

»Herr Weinzirl, es ist früh, ich weiß. Aber es hat mir keine Ruhe gelassen. Ich habe nach dem Keller nun auch den Dachboden durchkämmt. Ich habe zwei Alben gefunden, und ich weiß jetzt auch mehr über das schöne Ehepaar. Können Sie kommen?«

»Sicher! Jetzt gleich?«

»Ja, ich habe Butterbrezn da.«

»Na, wie könnte ich da widerstehen.«

»Bis gleich.«

Weinzirl holte Evi ab. »Bis gleich« war etwas kühn formuliert. Wiewohl sie im selben Landkreis wohnten, war die Fahrt in den Südwesten eine Art Expedition. Luftlinie gar nicht so weit weg, aber mit dem Auto eine halbe Ewigkeit. Sie waren kurz nach acht vor Ort.

Friderike bat sie in ein helles Esszimmer, das noch alte weiße Schleiflackmöbel besaß, die royalblau bezogen waren. Auf dem Tisch lag eine weiße Tischdecke, auf der eine Platte mit Brezn und eine silberne Kaffeekanne platziert waren. Auch so ein Modell, das Weinzirl noch von seiner Oma kannte. Im Kontrast dazu standen die Bilder an den Wänden: moderne grafische Kunst, bunt und gefällig, ganz anders als die Schlachthofbilder bei Reimann.

Friderike schenkte Kaffee ein. »Greifen Sie zu.«

Dann platzierte sie zwei Alben und zwei alte Schulhefte auf

dem Tisch. Blätterte in einem der Alben und legte es Weinzirl vor die Nase. Deutete auf ein Bild: »Das ist das Ehepaar.«

Die beiden lehnten an einem roten Coupé, er sah wirklich aus wie ein Gregory-Peck-Double, und sie war, wie Friderike gesagt hatte, bildhübsch.

»Warten Sie!«, sagte Friderike und nahm das Foto aus den Fotoecken. Sie drehte es um.

Da stand etwas geschrieben, Weinzirl hatte die Stirn gerunzelt.

»Das ist Altdeutsch. ›Ilse und Pius 1961‹ steht da«, sagte Friderike.

»Okay, das ist also der junge Arzt?«

»Ja, und passen Sie auf. Ich habe die alten Belegungsbücher der Oma gefunden.« Sie nahm sich eines der zwei Hefte, das ebenfalls mit altdeutscher Schrift feinst mit Bleistift beschrieben war. »Das Paar war 1960 fünf Mal da, 1961 sogar sieben Mal und dann ab dem Sommer nicht mehr.«

»Ja und? Wissen wir überhaupt einen Nachnamen?«, fragte Weinzirl. Er wollte ja nicht unhöflich sein zur alten Dame, ihre Euphorie nicht bremsen, aber was brachte ihnen das?

»Sie hießen Lorenz, und natürlich, Herr Weinzirl, ist das nicht alles. Die Oma hatte ja noch ihr Blockwart-Kästchen.«

»Was?«

»Wir nannten das so. Sie hat für jeden Gast eine Karteikarte angelegt und da verzeichnet, was ihr nicht gepasst hat.« Sie zog ein Kästchen hervor. »Hier zum Beispiel. Müller: Er ist ungeschlacht, sie hat psychische Probleme. Wagenseil: Haben Klopapier geklaut. Zauner: Er kann Fliesen legen, wir können ihn beschäftigen, wohnt und isst dann umsonst.«

Evi gluckste. Friderike lächelte sie an und fuhr fort. »Baumeister: Haben einfach ein Kleinkind mitgebracht, ohne Anmeldung. Salvenmooser: Er riecht furchtbar. Lorenz: Sie ist so traurig, dass sie keine Kinder bekommen kann.« Friderike sah hoch. »Es geht noch weiter: Sie hat Hoffnung. Nächste Zeile: Sie haben es getan, ich wünsche ihnen Glück. Es ist besser für alle.«

Sie alle starrten auf das kleine Kästchen, dann sah Weinzirl

Friderike in die Augen. Er hatte so etwas bei ihrem letzten Gespräch schon geahnt, sich aber verboten, es auszusprechen.

»Sie denken also, diese Lorenz haben Brunis Kind mitgenommen?«

»Ist das nicht schier offensichtlich?«

»Aber Bruni! Warum ist Bruni gestorben? Bei der Geburt? Später? Wurde sie ermordet?«, rief Evi.

»Das müssen Sie herausfinden. Pius und Ilse Lorenz. Die werden Sie doch finden können?« Hoffnung lag in ihrer Stimme.

»Ja natürlich.«

»Gott, überlegen Sie nur! Haben die einfach ein Kind mitgenommen? Ohne echte Adoption?«

Evi sah Weinzirl hilfesuchend an.

»Aber Friderike, wie alt war das Ehepaar Lorenz 1960?«, fragte Weinzirl.

»Etwa dreißig?«

»Dann wären sie heute über neunzig!«

»Was ja durchaus sein kann. Die Leute halten ja immer länger. Und dann wäre da Brunis Kind. Das könnte noch leben, wenn es nicht vorher durch Krankheit oder Unfall ausgeschieden ist.«

Weinzirl hatte das Gefühl, er blickte in einen Abgrund. Evi blieb sprachlos.

»Suchen Sie diese Familie Lorenz?«, fragte Friderike. Auch sie wirkte so viel fragiler, als sie sich bisher präsentiert hatte. »Auch wenn das am Ende gar nichts mit dem Blitzi zu tun hat?«

»Natürlich«, sagte Weinzirl. »Und wir werden Ihnen sagen, was passiert ist. Wenn wir so weit sind. Wenn wir reden dürfen.«

»Ich weiß, die Schweigepflicht schon wieder. Ich wünsche Ihnen Glück. Ich schäme mich wirklich, dass wir Bruni auch nur als Witzfigur missbraucht haben. Es ist bitter. Wir waren kleine Monster.«

Friderike war keine, die man mit »Sie wussten es nicht anders« beruhigen konnte. Sie war zu klar für Beschönigungen.

Evi und Weinzirl fuhren schweigend nach Weilheim. In äußerster Anspannung. Evi verschwand sofort hinter ihrem PC und arbeitete fieberhaft. Und dann hatten sie es so weit zusammen.

Professor Dr. Pius Lorenz hatte als HNO-Arzt gearbeitet, mit beruflichen Stationen im Schwabinger Krankenhaus, im Dritten Orden und einem Lehrstuhl an der LMU. Er war 2019 verstorben. Seine Frau Ilse war Hausfrau gewesen, Evi hatte einige Artikel gefunden, die sie als engagierte Bürgerin beschrieben. Sie hatte für Condrobs ehrenamtlich Kinder betreut, sie war in einem Asylkreis tätig gewesen und hatte bei der Tafel gearbeitet. Auf einem Bild von 2018 sah sie immer noch sehr attraktiv aus.

Evi hatte weitere Eckdaten zusammengetragen: Pius Lorenz, geboren 14. April 1932, verstorben 25. November 2019. Ilse Lorenz, geborene Baumgartner, war am 20. Mai 1935 geboren und am 20. August 2022 verstorben. Beide waren auf dem Westfriedhof beerdigt, in einem Familiengrab inmitten von Namen, die sich um München verdient gemacht hatten. Das Ehepaar hatte in Neuhausen gelebt, in der Flüggenstraße, wo ehrwürdige Villen vorgaukelten, man wäre gar nicht mitten in einer Millionenstadt. Alles in allem war das ein Bild eines Erfolgspaares in einem Bilderbuchleben.

Und es gab eine Tochter. Andrea Lorenz, geboren am 8. August 1961. Diese Andrea war in Pflaumdorf, nördlich des Ammersees, gemeldet. Dort verzeichnet war eine Sattlerei. Die Ärztetochter war Sattlerin geworden? Waren das die Gene der bäuerlichen Mutter? Und ein Gedanke drängte bei Weinzirl sofort heran: Eine Sattlerin hatte bestimmt einen Viertelmond, vermochte selbigen auch zu führen, genau wie andere Messer.

»Was machen wir jetzt?«, fragte Evi. »Wir können da doch nicht hinfahren und sie fragen, ob ihre Eltern überhaupt ihre Eltern sind? Was, wenn sie gar nicht ahnt, dass sie die Tochter der armen Bruni ist? Und selbst das können wir nicht mit Sicherheit sagen! Wir haben drei Zeilen auf einem Pappkärtchen aus einer Stasi-Kartei.«

»Blockwart«, sagte Weinzirl. »Evi, du hast völlig recht. Das ist vage, schwammig, und egal, was wir machen, wir wecken schlafende Hunde.«

»Aber Gerhard, es müsste doch Adoptionspapiere geben, oder? Diese Lorenz können doch nicht einfach mal so ein Kind gehabt haben. Das muss doch aufgefallen sein! Sie war doch nie schwanger.«

»1961, ein Haus im Wald, in dem ein Mädchen fast wie eine Gefangene gelebt hat? Haben da nicht eher alle weggesehen? Und wer weiß, ob Ilse Lorenz sehr viele Sozialkontakte hatte. Sie war zudem sehr schlank, sie hätte eine Schwangerschaft de facto auch unter großen Pullis verstecken können«, sagte Weinzirl.

»Du meinst, die haben das Baby einfach so als das ihre ausgegeben? War das 1961 nicht auch illegal?«

»Evi, wir müssten uns da mal ins Adoptionsrecht einarbeiten, was uns an der Stelle unterm Strich aber nicht interessieren muss. Was da damals passiert ist, ist erst mal egal. Wir müssen wissen: Ist diese Andrea Lorenz Brunis Kind, mehr noch: das Kind von Bruni und dem Mahrer oder Blitzi oder Sebastian Mair? Verdammt!« Und plötzlich stutzte er. »Evi, wer hat uns was von ausgemusterten Werkzeugen aus einer Sattlerei erzählt?«

Evi überlegte, zückte dann ihr kleines Notizbuch. »Na, diese Brünhild, diese Susanne Loth, vor der du sabbernd lagst.«

Er zuckte innerlich zusammen. Wenn Evi wüsste. »Ich habe nicht gesabbert. Aber klar, das stimmt, Susa war da!«

»Susa?«

Er versuchte zu überspielen, dass er ihren Spitznamen kannte. »Wir könnten Susanne Loth fragen, ich ruf sie an.«

»Möchtest du nicht lieber hinfahren? Dann könntest du wieder sabbern.« Evi ließ nicht locker.

»Weißt du was, das mach ich auch. Du kannst so lange weiter über diese Familie Lorenz recherchieren.«

Er ließ Evi einfach stehen und hörte, dass sie im Hintergrund »Arschloch« rief.

So weit ging Evi selten.

Der Weilheimer Verkehr war wie immer nervig, der Blick auf die Berge besänftigte ihn. Er fuhr südwärts und schließlich auf Susas kleinem Hof vor. Es war still. Er ließ die eiserne Glocke erschallen, die mit einem Pferdekopf verziert war. Der Schlägel schepperte lauter als erwartet. Man hörte im Haus Schritte, die Tür ging auf.

»Hei, hoher Besuch?«

Sollte er sie nun rechts, links küssen? Er machte einen Schritt auf sie zu und hauchte ihr einen Kuss auf die Wangen. Sie roch gut.

»Ich störe?«

»Nein, nicht direkt. Ich sitze an einem Abstract, auf Englisch zu schreiben ist doch anstrengender als auf Deutsch. Komm rein. Einen Cappuccino?«

»Schwarzer Kaffee?«

»Das geht leicht.«

Sie standen wieder in der Küche, er lehnte an der Anrichte.

»Und?«, fragte sie. »Ist das ein beruflicher Besuch?«

»Ja, in der Tat. Es geht um Andrea Lorenz. Die kennst du, oder?«

»Ähm, ach ja, klar. Die Andi. Sorry, ich war noch wo ganz anders. Um was geht es? Wieder um meine Werkzeuge? Die hab ich von Andi, ja. Ich hab die aber wirklich nicht in den Mair gerammt.«

Du nicht, aber diese Andi? Weinzirl versuchte sich zu konzentrieren, auch wenn sein Blick durch ihr Jeanshemd abgelenkt war. Es war eventuell ein Knopf zu viel offen.

»Diese Andi, Andrea Lorenz, kennst du sie besser?«

Sie sah ihn prüfend an. »Sie ist meine Sattlerin. Ich kenne sie länger, ja, und ich hoffe, sie arbeitet noch eine Weile. Sie muss ja über sechzig sein, denke ich. Sie ist wirklich gut. War mal im Kutschensport recht hochklassig unterwegs, hatte dann einen schweren Unfall.«

»Weißt du etwas über ihre Familie?«

»Begütert. Vater Professor, Mutter High Society. Sorgte wohl für Irritationen, dass sie nach dem Abitur Reitsportsattlerin gelernt hat. Aber ihre Eltern waren wohl sehr feine Leute. Die Mutter ist kürzlich erst gestorben, glaub ich.«

»Hattest du in letzter Zeit Kontakt zu ihr?«

»Nein, oder doch. Warte: Sie hat mich angerufen und gesagt, sie sei in der Nähe von Steingaden. Ob ich was brauchen würde. Da war ich aber nicht da.«

»Wann war das?«

»Puh, keine Ahnung. Noch nicht so lange her. Warum willst du das wissen?«

»Kannst du akzeptieren, dass ich das nicht sagen kann und darf?«

»Klar.«

»Hast du eine Ahnung, ob sie Sebastian Mair kennt? Ist der Name je gefallen?«

Sie hatte die Stirn gerunzelt. »Nein, warum sollte sie Mair kennen? Die haben ja auch keine Pferde. Wenn sie da in der Region wen kennt, dann Leandra. Es kann auch sein, dass sie bei der war.«

»Die Doppelnamige?«

Sie grinste. »Hätt ich auch nie gemacht. Ich hab meinen Namen behalten, mein Ex seinen. Hat Vorteile, vor allem bei Trennungen. Man ist noch die, die man war. Aber wegen Leandra: Ich kenne die ja aus der Jagdschule, und wir sind mal in einem Gespräch über Hunde gestolpert. Die meisten Probleme haben die Jagdschüler mit den Hunden. All diese Jagdhunde, wer für welchen Einsatzbereich, das ist echt schwer. Und da sind wir irgendwie draufgekommen, dass ich Andi kenne und sie Andi einen Hund vermittelt hat. Womöglich wollte sie den Hund mal besuchen, schauen, wie es ihm geht. Er heißt Otto der Große.«

»Auch so ein Spanier?«

»Nein, ein Bosniake. Ein Hütehund. Riesig und treudoof.« Sie lächelte.

»Wieso hast du eigentlich keinen Hund?«

»Ich bin so oft unterwegs. Das ist nicht fair. Meine Katzen werden von der Nachbarin versorgt, die wohnen teils bei ihr. Bei der gibt es nämlich Leberkas und Käsewürfel, hier nur Katzenfutter. Warum hast du keinen Hund?«

»Ich hatte einen. Neun Jahre lang. Er war eine Persönlichkeit. Autark und telepathisch. Er … er fehlt mir jeden Tag.«

Sie umarmte ihn spontan. »Wenn dein Herz leichter wird, dann könntest du ein Eckchen für einen neuen Hund finden?«

»Vielleicht. Ja, vielleicht.«

Es ging schon wieder ums Vergleichen. Kein Hund würde so sein wie Seppi. Keine Frau wie Miri, aber anders.

»Danke. Dieser Tod von Mair wirft grad sehr viele Fragen auf, ich bin im Moment wirklich unfrei. Aber dann treffen wir uns? Gehen wir essen?«

»Ein Date?«

»So was in der Art?«

»Unbedingt. Ciao, Gerhard Weinzirl.« Wieder dieses Rechts-links-Küsschen. Warum roch sie nur so gut?

Bis er in Weilheim war, hatte sich sein Herzschlag etwas normalisiert. Und Evi war auch wieder runtergekommen.

»Sorry«, sagte sie. »Das war stutenbissig und unprofessionell.«

Er hatte ein schlechtes Gewissen, denn letztlich lag Evi mit ihrem Gespür ja völlig richtig.

»Passt schon, ich hätte auch nicht wegrennen müssen«, sagte er leichthin. »Also, ich habe aber etwas Interessantes erfahren.« Er berichtete.

»Wenn diese Andrea einen besseren Draht zu Leandra hat, dann hat sie der womöglich erzählt, dass sie ihre Eltern sucht. Leandra kennt Mair, hasst ihn. Wenn Andrea Lorenz annehmen musste, das sei ihr Vater, was hat es in ihr ausgelöst?«

»Wir müssen sie fragen.« Evi wirkte unentschlossen.

»Sollten wir nicht eher nochmals zu Leandra?«

»Aber nur wenn du dich zusammenreißt!«

»Ich schwöre.«

»Pfft«, machte Evi nur.

Allmählich hatte Weinzirl das Gefühl, in einer Tour de Pfaffenwinkel gefangen zu sein. Ständig verließen sie Weilheim, um näher an die Berge heranzurücken und in den Südwesten des Landkreises zu gelangen.

Die beiden Spanier schossen an den Zaun, es folgte ein Pfiff, und die beiden rannten augenblicklich zurück. Sie hörten ein »Platz und bleib«. Dann kam eine Frau um die Ecke, und die war definitiv nicht Leandra. Sie war jung und schmal und lächelte.

»Ja bitte?«

»Weinzirl und Straßgütl von der Kripo in Weilheim. Wir würden Leandra Melles-Grote suchen.«

»Oh! Die ist nicht da. Ich hüte die Hunde ein. Ich bin Leandras Hundetrainerin. Helfe ihr immer mal, die zu vermittelnden Hunde zu trainieren.«

»Das scheint ja schon ganz gut zu klappen.«

»Ja, Alonso ist immer noch ein bisschen misstrauisch. Er war sein Leben lang an der Kette und wurde mit dem Wasserschlauch geschlagen. Drum hat er so Angst vor Wasserschläuchen. Und Pedro lebte auf der Straße, er war voller Milben, teils kahl und blutig gekratzt. Da muss man Vertrauen langsam aufbauen. Aber das wird.«

So viele Geschichten, so viele böse Schicksale, auch Tieren sah man nicht hinter die pelzige Fassade.

»Wann kommt sie denn wieder?«

»Montag, sie ist in Slowenien.«

»Slowenien?«

»Ja, auf einer Rasseschau. Mit ihren Meeris.«

Evi und Weinzirl tauschten schnelle Blicke.

»Ist sie zufällig mit Nika Mair unterwegs?«

»Ja genau. Die hat ihre Riesen dabei. Das sind ja Trümmer. Die sind gestern ganz in der Frühe gefahren. Die Schau beginnt am Donnerstag und endet Sonntagmittag.«

»Danke, dann wünschen wir viel Erfolg mit den Spaniern.«

»Danke schön, ich hab ja Ole als Co-Trainer dabei. Ole!«

Ein Collie kam angelaufen, hinter ihm die Spanier. Die junge Frau lachte. »Das mit dem ›Bleib‹ ist noch ausbaufähig, gell, Ole?«

Der legte den Kopf schief, er sah wirklich entzückend aus.

»Ich hab schon lange keinen Collie mehr gesehen«, sagte Weinzirl.

»Ja, schade. Sie sind out. Und Ole ist auch Rettungshund! Wir sind in einer Staffel bei der Flächensuche aktiv, das kennen Sie ja sicher auch bei der Polizeiarbeit?«

»Ja, ein Hund, der auf der Fläche sucht und jeglichen Geruch, den er findet, ausarbeitet? Also anders als ein Mantrailer, der gezielt einen einzigen Menschen suchen soll.«

»Ja genau, achtzig Prozent unserer Einsätze sind nachts, wir sind ja immer die nachgeordnete Instanz. Da verschwindet eine alte Dame aus dem Heim. Es vergeht Zeit, bis das auffällt. Man fragt die Familie, ob sie womöglich dort ist. Sucht selber, informiert die Polizei, und dann kommen wir ins Spiel.« Sie lachte. »Und es ist nicht falsch, dass wir ab und zu noch jemanden finden, der ursprünglich gar nicht vermisst wurde. Gesucht wurde im Herbst ein Pilzsammler, und zusätzlich wurde eine verwirrte alte Frau gefunden, die gar nicht als abgängig galt.«

»Cool«, sagte Evi. »Ich kenn nur Lassie und dachte immer, Collies sind nur schön.«

»Nein, nein, sie waren eigentlich über Jahrhunderte der Inbegriff des Arbeitshundes, quasi das Original, lange bevor all die Border Collies und Aussies die Gunst errangen. Das Tolle an Ole ist, dass man ihn draußen anknipst, er ist sehr motiviert, aber nie über-drüber. Er arbeitet planvoll und intelligent, und zu Hause ist er ein ruhiger, sehr angenehmer Mitbewohner. Und er gibt so Typen wie den beiden da Sicherheit.«

»Sehr gut! Weiterhin eine gute Zeit. Frau Melles-Grote können wir dann auch noch nächste Woche aufsuchen.«

»Okay.« Sie hob die Hand zum Gruß. »Kommt, Jungs!«

So schmal sie war, sie hatte Präsenz. Die Hunde folgten ihr sofort.

Evi blies Luft aus. »Mensch, und jetzt? Die beiden sind in Slowenien. Bis Montag, sollen wir so lange warten?«

»Nein!«, stieß Weinzirl aus. Sein Entschluss war ebenso spontan wie irrational. »Ich fahr nach Slowenien, auf diese Schau. Wo ist die? Google das mal!«

Evi sah ihn an, als sei er schwachsinnig geworden.

»Google bitte!«

Evi nahm ihr Handy, scrollte. »Es ist eine Europaschau, in Maribor. Du kannst da nicht hinfahren!«

»Doch, kann ich. Diese Nika verschweigt etwas, und diese Leandra kennt eine Frau, die womöglich die Tochter von Mair ist. Und beide sind gerade jetzt weg, Evi, das ist doch kein Zufall. Die wissen etwas, viel mehr, als die rausgelassen haben.«

»Du kannst da nicht ermitteln!«

»Will ich nicht, ich fahre rein privat auf eine Kleintierschau. So what?«

»Und wenn die dir nichts erzählen?«

»Dann hab ich einen Ausflug gemacht. In sechs Stunden bin ich da unten. Jetzt ist es halb acht, ich bring dich jetzt heim, ess 'ne Kleinigkeit und fahre. Dann bin ich in den frühen Morgenstunden unten. Ich brauch nicht viel Schlaf.«

»Aber das geht nicht!«

»Evi, wir haben nichts zu verlieren. Und so eine Rasseschau hat mich immer schon mal interessiert.«

»Du hast sie nicht alle!«

»Das, mein liebes Evilein, fällt dir erst heute auf?«

»Nein, aber es wird schlimmer mit zunehmendem Alter!«

»Danke.« Er grinste. »Der Überraschungseffekt ist auf meiner Seite, wünsch mir lieber Glück.«

»Ja, mach ich, viel Glück, du sturer Allgäuer.«

Er aß zu Hause ein Käsebrot, das Brot hatte schon zwei Tage hinter sich, der Käse einen härter werdenden hochgerollten

Rand, sei es drum. Er packte sich eine Wasserflasche auf den Beifahrersitz und fuhr los. Wie immer war die Fahrt ostwärts zur Salzburger Autobahn das pure Grauen, man kam nur langsam vorwärts, er war froh, am Irschenberg endlich die A 8 zu entern. Warum fuhren am späten Abend noch so viele Autos umher?, fragte er sich. Wohin strebten sie alle, und was dachten all die Lkw-Fahrer, die sich auf die heillos überfüllten Parkplätze quetschen mussten? Das war definitiv auch kein Traumjob, dachte Gerhard. Sie hatten doch über Traumjobs gesprochen, Susa und er. Ihr Gesicht tauchte vor ihm auf. Sie geisterte durch seine Gedanken.

Er rauschte auf das Voralpenkreuz zu und bog Richtung Graz ab. Es war eine helle Nacht, die Fahrt durch die Kalkalpen machte ihn leichter. Auch hier war er mal mit dem Mountainbike unterwegs gewesen, im Nationalpark Kalkalpen, mitten im Sengsengebirge und dem Reichraminger Hintergebirge. So viel Wald, so viel Kraft der Natur. Aus dieser wilden Waldwelt war einst das Holz hinausgetriftet worden, weil die Eisenverhüttung in der Steiermark einen gewaltigen Holzbedarf gehabt hatte. Bis 1936, denn der Wasserweg war lang gewesen, beschwerlich, und das Holz war gesplittert wie Mikadostäbchen angekommen. Und so war die Idee der Waldbahn geboren. Auf zweiundvierzig Kilometern Länge tuckerte sie bis 1971 durch unzählige, dem Fels abgerungene Tunnel. Als die Gleise entfernt worden waren, entstand auf der Trasse ein Rad- und Wanderweg, dort war er gefahren, durch lange Tunnelröhren, wo ganz weit vorne das Licht am Ende des Tunnels zu sehen gewesen war.

Auf dieses Licht hoffte er nun auch.

ELF

Donnerstag

Er passierte Graz, verließ in Spielfeld die Autobahn, holte sich in einer Avanti-Tankstelle zwei Wurstsemmerl und Kaffee. Überquerte die Mur und stellte sein Auto direkt an den Fluss. Schlief eine Stunde, es wurde hell. Der Mann in der Tanke war etwas irritiert, dass der bayerische VW-Bus schon wieder erschien, schenkte noch zwei Espressi aus und fragte Weinzirl, ob er etwas vergessen hätte.

»Nein, alles gut. Musste nur mal eine kurze Augenpflege machen.«

»Dann passt's eh«, sagte der Mann.

Als Weinzirl in Maribor einfuhr, war er plötzlich zufrieden. Egal, was das nun bringen würde, es war gut, einfach nur geradeaus zu fahren. Im Fahren lag etwas Meditatives, und plötzlich fühlte er etwas in sich aufsteigen, was er länger vermisst hatte: Zuversicht.

Er parkte direkt an der Drau und schlenderte zum Haus der Alten Rebe, das Weinmuseum hatte noch nicht offen. Aber die Rebe, die im Guinnessbuch der Rekorde als älteste Rebe der Welt erwähnt war, die gab es noch. Vierhundert Jahre alt, der Wein hochexklusiv, zwischen dreißig und fünfundsechzig Kilo im Jahr gönnte die Alte Rebe der Stadt, woraus etwa fünfundzwanzig Liter gekeltert wurden. Die Sorte war eine autochthone Rebe Sloweniens, kein Massenwein, nur ganz berühmte Leute bekamen ein Fläschchen, Schwarzenegger, Brad Pitt, Bill Clinton und diverse Päpste – Putin auch, das bereute man womöglich.

Die Rebe hatte wie durch ein Wunder die Bombardierung im Zweiten Weltkrieg überlebt und eine Periode, als dubiose Leute im Haus gewohnt hatten. Eigentlich hätte Weinzirl angenommen, sie hätten das Holz als Brennholz verwendet – hatten sie aber nicht.

Er war von Maribor gefangen, jedes Mal, wenn er hier war. Hier reimte sich Ostalgie auf Moderne, hier gab es k. u. k. Nostalgie neben junger slowenischer Kunst, eine ehrwürdige Konditorei wie Ilich neben feiner italienischer Küche. Er ging ins Astoria am Eseleck, ein altes Wiener Caféhaus, das um sieben schon öffnete. Es war wie Urlaub – oder eben nicht. Der Kaffee war prima, die zwei Brioches ziemlich süß, aber Zucker war ja gut fürs Gehirn.

Es war Zeit, zur Halle über der Drau zu gehen, wo eigentlich Volleyball gespielt wurde. Und Weinzirl war doch nahe dran, vom Glauben abzufallen. Der Parkplatz war proppenvoll, ein riesiges Banner erzählte davon, dass der Europäische Dachverband der Geflügel-, Tauben-, Vogel-, Kaninchen- und Caviazüchter am Werk sei. Er zahlte Eintritt und staunte nicht schlecht. Überall gab es Tische mit Käfigen drauf, es wuselte vor Menschen, es lag Anspannung in der Luft.

Er ging ein Stück eine Zuschauertribüne hoch und setzte sich neben eine ältere Dame. Sah hinunter. Ein ernst aussehender Mann hatte eine Meersau dabei und schien die nun zu einem Richtertisch zu tragen. Weinzirl nahm wahr, dass die Frau neben ihm ihn ansah und lächelte.

»Sie schauen etwas verwirrt«, sagte sie in einem schönen österreichischen Akzent.

»Hmm, ja, ich hab so was noch nie gesehen. Sie aber schon?«

»Ich bin Journalistin, schreibe über Kleintiere. Soll ich Sie ein wenig einweihen?«

»Nur zu gerne.«

»Der Mann ist der Zuträger, der bringt die Tiere zum Preisrichter, neben ihm sitzt der Schreiber, und der notiert die Bewertungen. Dieses nette Tier bekam für alle Kriterien ein ›hv‹ für hervorragend. Das ist in der Tat hervorragend, denn auf der Bewertungsskala des verbandseigenen Rassestandards gibt es ›vorzüglich‹, was fast nie vergeben wird, dann ›hervorragend‹

und dann noch ›sehr gut‹. Mit allen weiteren Bewertungen, die schlechter sind, hat man mit der Preisvergabe nichts mehr zu tun«, sagte die Frau.

»Okay?«

Sie lachte. »Ich gebe zu, das ist ein bisschen eine eigene Welt. Ich habe früher auch gezüchtet. Man liest die Bewertungen der Unbestechlichen auf dem Kärtchen in jedem Fall. Für mich waren sie Ansporn, etwas besser zu machen. Da lernt man viel draus.«

»Na ja, ich dachte, bei Meersäuen gibt es halt Glatthaar, Langhaar oder diese Rosettendinger, und die Farben sind reiner Zufall, ich merke gerade, da irre ich gewaltig.«

»Allerdings. Es existiert eine rege Züchterszene. In England begann die planmäßige Zucht überdies schon Ende des 19. Jahrhunderts, ich kenne köstliche alte Bilder, auf denen kleine Jungs in Matrosenanzügen Guinea Pigs vorstellen. Und wie bei Hunden auch hat sich das Ideal verändert. Vor einigen Jahren hatten Meerschweinchen eine spitze Schnauze, manchmal auch eine Taille, waren eher lang gestreckt. Heute ist das Zuchtziel, dass sie ein geblockter Typ sind. Das Schweinchen sollte durchbemuskelt sein, Kondition haben, gesund sein, kein Fettsack und kein Hungerhaken.«

»Wie ein Brot?«

»Hah! Sie kennen sich ja doch aus! Da unten ist grad ein Anwärter auf einen Rassesieger. Schönes Tier!«

Das schöne Tier war Lapilula von Leandra Melles-Grote.

»Ein US-Teddy in Slate Blue-Gold-Weiß, großartig!«, rief die Frau euphorisch.

Unten wurde das Tier von den Richtern auch noch mit fachmännischem Griff auf den Rücken gedreht und angepustet.

Weinzirl blickte wohl wieder sehr sparsam.

»Das dient dazu, festzustellen, ob die Unterfarbe auch so ist, wie es der Rassestandard will. Hundertsechzig Rassen mit zweihundert Farbschlägen gibt es, jede Rasse hat so ihre Fans, und jede Rasse wird bewertet«, erklärte seine neue Bekanntschaft.

»Danke«, sagte Weinzirl, »ich danke Ihnen wirklich für diese Einblicke.«

»Überlegen Sie sich das mal mit dem Züchten, das ist eine tolle Sache, es geht um das Wissen um Genetik, um Feingefühl und Vernunft. Bei Meerschweinchen sieht man Erfolge schneller, weil auch die Generationen kürzer sind. Womöglich sehe ich Sie ja bald mal am Tisch.«

»Wer weiß«, lächelte Weinzirl. »Noch viel Spaß.«

Er stieg die Stufen hinunter, ging durch die Halle bis zu dem Tisch, wo Leandra mit ihrem Siegertypen wieder aufgetaucht war.

»Gratulation«, sagte er.

Sie drehte sich um, strahlte ihn an, und das Lächeln erstarb, als sie Weinzirl erkannte. »Was machen Sie denn hier?«

»Der Schau beiwohnen.«

»Quatsch!« Das kam so aus ihr heraus, dass Weinzirl lachen musste und dann wieder ernst wurde.

»Ich muss Sie und Nika Mair sprechen. Jetzt!«

»Nika ist da hinten, die Kaninchen sind nachmittags dran.«

»Und die Championesse?«

»Die hat was zu essen. Sie ist das gewohnt.«

In der Tat mümmelte das Tier an einer Karotte, wobei eine Meersau wahrscheinlich nicht mümmelte. Leandra sagte etwas zu der Frau, die am Tisch neben ihr stand. Augenscheinlich sprachen sie französisch miteinander.

»Estelle schaut auf meine Tiere. Kommen Sie!«

Sie lotste ihn durch die Halle bis zu Nika Mair, die auch ziemlich verblüfft aussah.

»Hallo, Frau Mair, Sie waren nicht zu Hause.«

»Und da fahren Sie mal eben nach Maribor?«

»Rasseschauen sind mein Leben«, sagte Weinzirl.

Nika Mair musste lachen.

Weinzirl sah beiden Damen in die Augen. »Ich weiß, Sie müssen nicht mit mir reden. Würden Sie es dennoch tun?«

»Worüber?«

»Ich würde gerne mit Ihnen über Andrea Lorenz sprechen.«

Leandra Melles-Grote zuckte leicht zusammen, Nika Mair sah aus, als wollte sie wegrennen.

»Es reicht mir jetzt eigentlich. Dieses ganze Taktieren, diese Scheibchen an Wahrheit, die Sie da runtersäbeln, Frau Mair! Wie wäre es mal mit der Wahrheit? Und wenn Sie es vergessen haben: Ihr Schwiegervater wurde sehr unschön getötet. Ich will wissen, wer das war. Auch wenn Ihnen das egal zu sein scheint.«

»Es ist mir nicht egal! Ich, ich …«

»Sag es ihm«, meinte Melles-Grote.

»Was?«, rief Weinzirl so laut, dass sich einige Leute umdrehten.

»Dieses Tagebuch, das ich Ihnen gegeben habe.«

»Ja, von Elvira. Was ist damit?«

»Ich hatte es schon länger. Es ist mir mal in die Hände gefallen, als ich beim Schwiegervater aufgeräumt habe. Ich hab reingelesen, nichts verstanden, und ich fand es dann auch übergriffig, den Schwiegervater darauf anzusprechen. Es war ein altes Buch, aus irgendwelchen Gründen in seinem Besitz. Und dann kam auch vor etwa zwei Monaten eine Frau mit einem Auto mit einem Landsberger Kennzeichen auf den Hof gefahren. Sie stieg aus, und ich war wie vom Donner gerührt.« Nika Mair stockte, ihre Hände zitterten leicht. »Die Frau sah dem Schwiegervater so was von ähnlich und mehr noch. Sie hätte Hans' Schwester sein können.«

Weinzirl wartete.

»Sie meinte, sie wolle nicht stören, das sei ja ein Überfall, aber sie suche ihre leiblichen Eltern.«

»Entschuldigen Sie, aber warum bei Ihnen?«, fragte Weinzirl.

»Da komme ich ins Spiel«, sagte Melles-Grote. »Andrea und ich kennen uns. Schon länger. Über die Hunde, auch über die Pferde. Wir sind etwa gleich alt und waren immer sporadisch in Kontakt. Andi rief mich an, sie war völlig durch den Wind und meinte, sie hätte gerade erfahren, dass ihre Eltern nicht ihre Eltern gewesen wären. Ich musste sie erst mal beruhigen, sie war völlig durch den Wind. Als sie sich etwas gefasst hatte, habe ich erfahren, dass ihre potenziellen Eltern wohl hier aus der Gegend stammten. Sie hat sich an mich gewendet, weil ich in der Region wohne. Eine logische Idee. Ich konnte mit dem Begriff Filzhäusl aber auch nichts anfangen. Ich habe ihr versprochen zu recherchieren, was ich bei Nika getan habe. Sie wusste nur, dass es mal ein Haus armer Leute am Filz gegeben hatte. Das habe ich Andrea gesagt, auch, dass es wohl jetzt umgebaut ist. Sie kam zu mir, trank einen Tee, hat mir erzählt, dass ihre Mutter ihr einen Brief hinterlassen hätte.«

»Den sie erst nach dem Tod der Mutter gelesen hat?«

»Ja, stellen Sie sich das mal vor! Sie begleitet ihre Eltern in den Tod, kümmert sich, und dann posthum kommt so ein Hammer. Andrea hat immer mal mit ihren Eltern gehadert, vor allem mit dem Professoren-Vater, der seine Tochter natürlich auch lieber in der Medizin oder der Juristerei gesehen hätte. Und dann bist du über sechzig und merkst, dass deine ganze Identität, dein mühsam errungenes Selbstbild falsch ist.«

Weinzirl schwieg. Wohin sollte das alles führen? Er zähmte seinen Drang, herauszupoltern.

»Ich konnte ihr gut zureden, sie fuhr dann auch zu dem Haus, die Augsburger, die es als Ferienhaus besitzen, wussten wohl, dass da mal eine Familie Lutz gewohnt hat. Mehr aber nicht. Sie kam zurück, wir überlegten, was zu tun wäre. Natürlich auf die Gemeinde zu gehen, das lag ja auf der Hand. Es war meine Idee, sie zu Nika zu schicken, weil die ja alle Leute kennt, Teil der Dorfgemeinschaft ist, ihr womöglich Auskunft geben könnte. Ich bin ja nicht so drin im Dorfleben, Nika schon eher.«

»Sie war also bei Ihnen?«, sagte Weinzirl in Nikas Richtung.

»Ja, und ich war echt wie versteinert. Ich war wirklich unter Schock. Ich weiß gar nicht so genau, wie unser Gespräch verlief. Ich habe ihr gesagt, ich würde mich mal umhören, nachdenken. Sie hat mir auch ihre Telefonnummer gegeben. Als sie dann wieder weg war, habe ich das Buch wieder rausgeholt, es nochmals genauer gelesen.«

»Ja, und dann?«

»Ich war verwirrt, dann zornig, dann fassungslos. Alles durcheinander. Ich musste doch annehmen, sie sei das Kind von dieser Bruni und dem Schwiegervater. Oder?« Sie sah Weinzirl regelrecht verzweifelt an. »Aber das erschien mir alles so ungeheuerlich.«

»Weil man herauslesen muss, dass Ihr Schwiegervater oder dessen Vater oder beide Bruni Lutz vergewaltigt haben?«

Ihr traten Tränen in die Augen.

»Wo waren Ihr Mann und der Schwiegervater? Haben die Andrea Lorenz getroffen?«

»Nein, sie waren beide im Wald, Windbruch beseitigen.«

»Und dann? Haben Sie die beiden konfrontiert?«

»Ich wollte meinen Mann da erst mal rauslassen. Er war etwas enger mit seinem Vater, gerade so, als würde Sebi irgendwie etwas milder zu ihm. Und Sebi? Na ja, es war mir klar, dass er zumachen würde. Ich habe versucht, ihn auszufragen. Ich bin ja bei den Landfrauen, und wir haben wirklich so eine Idee, dass wir an den Höfen Schilder anbringen. Hausname, Historie, ein spezielles Detail, stehen ja einige auch unter Denkmalschutz. Und da hab ich versucht, elegant etwas über das Filzhäusl rauszukriegen.«

»Was hat er gesagt?«

»Wenig. Arme Leute hätten da gewohnt. Abgerissen sei es, da müsse ich kein Schild aufhängen. Das ganze Unterfangen sei eh eine Schnapsidee, weil dann die depperten Radfahrer auch noch an jedem Haus stehen bleiben würden.«

»Waren Sie mit dieser Andrea nochmals in Kontakt?«

»Ja, ich hab sie angerufen und gesagt, dass ich leider noch nichts hätte rausfinden können. Sie ihrerseits hat auf der Gemeinde auch nur erfahren, dass Bruni und Martin Lutz unbekannt verzogen seien und Elvira Lutz tot sei. Sie klang ziemlich enttäuscht, wollte aber weitermachen. Sie sagte noch, dass sie so eine Art Unglückssträhne hätte, dass alles grad zusammenkäme. Ihr Radius wäre sehr eingeschränkt. Sie hätte sich die Bänder im Sprunggelenk gerissen und könne nicht Auto fahren. Ich hab ihr versichert, dass ich auch weiter nachfragen würde.« Sie schluckte. »Ich war so verstört, war das nicht fast ein Zeichen, dass man die Vergangenheit ruhen lassen sollte, Herr Weinzirl?«

Natürlich, wenn man alles auf eine esoterische Schicksalsebene hob, dann wurde das Leben erklärlich. Man musste sich selber auch gar nicht mühen, man fand sicher überall Zeichen des Universums. Weinzirl versuchte, ruhig zu bleiben.

»Aber dann war Ihr Schwiegervater tot. Sie haben doch wohl dran gedacht, dass da ein Zusammenhang bestehen könnte! Sie haben das verschwiegen, eine Ermittlung blockiert!«

»Nein! Oder nicht zu Anfang! Wie Sie da am Hof standen, wie Hans so versteinert war, als Sie diese Nachricht überbracht haben, da dachte ich doch nicht an diese Frau!«

Das glaubte er ihr sogar. »Aber Nika, Sie haben uns später das Buch gegeben. Warum haben Sie uns denn dann überhaupt auf das Buch gestoßen?«

»Weil ich dann doch zu zweifeln begann. Weil ich wollte, dass etwas in Bewegung kommt. Weil mein Mann immer noch wie ein Stein war. Ich weiß auch nicht, wirklich.« Sie wischte hektisch ein paar Tränen von den Wangen.

Weinzirl wandte sich an Leandra Melles-Grote. »Und Sie, hatten Sie nochmals Kontakt zu Andrea?«

»Ja, aber diese Geschichte war in dem Fall nicht das Dominierende. Andi wollte ein paar Tipps, wo sie gute Physios findet.«

»Ich denke, Sie kneten Pferde?«

»Ich habe eine Ausbildung im Humanbereich, habe mich erst später aufs Pferdekneten verlegt.« Sie sah ihn durchdringend an.

Und Weinzirl leistete innerlich Abbitte. Ganz so schlimm war sie nicht. Er hatte Vorurteile, sie besaß eine spezielle Art, die ihn leicht aggressiv werden ließ. Was ungerecht war, und die spezielle Art hätte man ihm ja wohl auch attestiert.

»Ist sie denn nun wieder mobil? Wissen Sie das?«, fragte er.

»Das entzieht sich meiner Kenntnis.«

»Und bei Ihnen, Nika, ist sie da nochmals aufgetaucht?«
»Nein, auch nicht.«
Weinzirl sah sie prüfend an. Sie war ein offenes Buch. Es war klar, was sie dachte. »Aber sie würde doch nicht …! Ich meine, wenn er wirklich ihr Vater wäre.«
Was würde sie nicht? Als Tochter einen Vater töten, den sie gerade erst kennengelernt hatte? Ein Vater, der ihre Mutter vergewaltigt hatte? Hatten die beiden miteinander gesprochen? Hatte Andrea Lorenz womöglich etwas über Bruni und deren Tod herausgefunden, was sie alle nicht wussten? Weinzirl versank in einem Morast aus Hypothesen.
»Sie beide halten jetzt die Füße still! Sie rufen Andrea Lorenz nicht an! Ist das klar?«
Beide nickten, wirkten bedröppelt. Ob sie das einhalten würden, stand auf einem anderen Blatt.
»Die Damen, viel Erfolg noch mit den Nagern – und ich warne Sie wirklich ausdrücklich!«
Beide sahen zu Boden.

Er ging ohne ein weiteres Wort davon. Rannte fast durch die Stadt zu seinem Auto. Alles stand und fiel ja nun mit der Frage, ob Andrea Lorenz ihren potenziellen Vater überhaupt getroffen hatte. Und dann war da Nika. Die zu Beginn in einem Buch gelesen hatte, das keinerlei Bezüge zu ihrer Familie gehabt hatte. Die dann Schlüsse gezogen hatte. Die wusste, wie viele andere auch, dass zwei Moorleichen geborgen worden waren. Auch sie konnte Buch und Realität abgleichen. Weder Bruni noch Martin waren je nach Amerika gereist. Beide waren 1961 gestorben. Bruni war gestorben – ob bei der Geburt des Kindes, das wusste er nicht. Martin war verbrannt worden. Von wem? Und immer wieder: Was hatte Andrea Lorenz gewusst?
Er verließ Maribor, fuhr durch die Weinberge und tippte auf eine Nummer.
»Hei, willst du mich besuchen? Ich bin allerdings in Freising an der TUM.«

»Würd ich gerne, ich bin grad noch in Maribor.«

»Urlaub?«

»Weniger, längere Geschichte. Susa, kannst du nochmals überlegen, wann dich Andrea Lorenz angerufen und gesagt hat, sie käme in die Gegend?«

»Ähm, ja, warte.« Es raschelte.

»Ich hab mal die Nummern am Handy abgeglichen. Das war am Freitag vor zwei Wochen.«

Das war dann nur drei Tage vor Mairs Tod gewesen.

»Nutzt dir das etwas?«

»Ja, sehr. Danke dir. Und du, was machst du an der TUM?«

»Über den Wald der Zukunft reden. Wie wir ihn diverser und resilienter machen.«

»Ist das nicht eher ein Thema aus den Lebensratgebern?«

»Och, der Wald hat das eigentlich erfunden«, lachte sie.

»Viel Erfolg!«

»Dir auch.« Im Hintergrund hörte man Stimmen. »Ich muss.« Sie legte auf.

Weinzirl atmete tief durch. Tippte erneut. »Evi, ich komme zurück. Pass auf.« Er erzählte.

»Du glaubst also, Andrea Lorenz hat ihn getroffen? Ihren vermeintlichen Vater?«

»Wir fragen sie. Jetzt haben wir genug in der Hand.«

ZWÖLF

Donnerstag

Es war sieben am Abend, als er in Weilheim ankam. Evi betrachtete ihn prüfend. »Ganz schöner Ritt, mal schnell nach Slowenien.«

»Ging, der Verkehr hielt sich in Grenzen. Dann mal auf nach Pflaumdorf!«

»Du willst da jetzt noch hin?«

»Ja, und wie«, knurrte er.

»Dann fahr ich aber«, sagte Evi. »Die Frau muss nicht mit uns reden. Wir brauchen eine Vorladung. Oder willst du sie verhaften?«

»Wir fahren da jetzt hin. Den Rest überleg ich mir später.«

Es war kurz nach acht, als sie vor dem Haus ankamen. Es war eine Villa Kunterbunt ohne Zaun, ein ziemlich großer Zottelhund kam wedelnd angelaufen. Der hatte keine Berührungsängste. Und er freute sich so, dass er Weinzirl ansprang. Gottlob nicht Evi, die wäre wahrscheinlich umgekippt. Das war mehr ein Kalb als ein Hund.

»Entschuldigen Sie! O weh. Ich krieg das nicht aus ihm raus. Igor, Platz!« Das klappte, er wedelte im Liegen weiter.

Es war gut, dass sie noch ein paar Sekunden die Blicke auf den Hund heften konnten. Denn Andrea Lorenz sah aus wie ein Zwilling von Hansi. Nur etwas älter.

»Kommen Sie wegen eines Sattels? Ich muss Ihnen sagen, dass ich grad wenig arbeite. Mein Fuß ist lädiert.« Es schien für sie kein Problem zu sein, dass es nach acht war. Sie war bestimmt ein typischer Fall von selbst und ständig.

»Kein Sattel. Es geht um Sebastian Mair.«

Sie wandte sich kurz ab. »Ich kenne keinen Sebastian Mair.«

»Ob Sie ihn kennen, wissen wir in der Tat nicht. Sie kennen

aber Leandra Melles-Grote und Nika Mair. Und Sie suchen Ihre leiblichen Eltern, und beide Damen waren Ihnen behilflich.«

»Wer sind Sie?«

»Gerhard Weinzirl und Evi Straßgütl, Kripo Weilheim. Wir ermitteln im Fall von Sebastian Mair. Er wurde ermordet.«

»Ich weiß«, sagte sie leise.

»Das wissen Sie?«, fragte Evi überrascht. »Ich denke, Sie kennen ihn nicht.«

Sie schwieg.

»Von wem wissen Sie das?«

»Von Hansi Mair. Ich muss nicht mit Ihnen reden!«

»Das ist völlig richtig. Sie bekämen eine Vorladung und müssten dann mit uns reden.«

»Ich weiß, mein Vater war öfter in Rechtsfragen verwickelt. Der Jurist ist der natürliche Feind des Mediziners, hat er immer gesagt.« Sie stutzte. »Also der Mann, den ich bis vor Kurzem für meinen Vater gehalten habe. Bin ich Angeklagte oder Zeugin?«

»Frau Lorenz, wir haben sehr viele Puzzleteilchen. Uns fehlen aber die Ecken, um sie anzulegen. Sie würden uns sehr helfen, wenn Sie Eckstücke beitragen könnten.«

Damit war ihre Frage nicht beantwortet, aber sie nickte.

»Kommen Sie«, sagte sie nur und ging.

Das Kalb folgte, Evi und Weinzirl auch. Sie landeten in einem Wintergarten, in dem eine Rattan-Garnitur stand, die den orangefarbenen Anstrich über die Jahre etwas verloren hatte. Die Kissen waren bunt, allerdings mehrheitlich von Katzen belegt. Zwei der Tiere streckten sich, blickten vorwurfsvoll in die Runde, trollten sich und gaben zwei Plätze frei. Andrea Lorenz zog sich einen Hocker heran, der mit Kuhfell bespannt war.

»Frau Lorenz, Sie gehen doch davon aus, dass Sebastian Mair Ihr Vater ist, oder? Sie sind mit Hansi in Kontakt? Warum?«

»Es ist kompliziert.«

»Den Eindruck haben wir schon länger. Warum kennen Sie Hansi Mair?«

»Ich rede nur zu meinen Bedingungen mit Ihnen. Wir fangen vorne an.«

Evi nickte. Andrea Lorenz stand auf und kam wenig später mit einem Blatt zurück, das gefaltet war. Sie entfaltete es und gab es Weinzirl. Der zu lesen begann. Die Handschrift war sauber, klein und gerade, ohne dass das Blatt Linien gehabt hätte.

Mein liebes Kind, wenn du das liest, bin ich gegangen. Das ist der Gang des Lebens, und ich hatte Glück. Ich hatte eine großartige Familie. Du bist so eine großartige Frau geworden. Ich hoffe, wir waren nicht zu hart zu dir, dein Papa war manchmal nicht so feinfühlig, dich zu verstehen. Er wollte natürlich, dass du studierst, er war nicht immer ganz gerecht zu dir. Aber er hat dich sehr geliebt. Er hatte immer diesen bedingungslosen Willen, besser zu werden, Erfolg zu haben, die Leiter hinaufzusteigen. Für uns beide war da nicht immer Platz.
Ich habe dich vergöttert, du warst auch ein ziemlich starrköpfiges Kind, du warst stolz und kühn. Die letzten Wochen meines Lebens hatte ich viel Zeit. Man erinnert sich an die Dinge, die lange zurückliegen, viel klarer und zweifelt auch. Bevor ich abtrete, ich weiß nicht, ob es richtig ist, möchte ich dir noch etwas sagen. Denn auch du wirst irgendwann zurückblicken und dir womöglich Fragen stellen, wer du bist. Ob du mit Frieden im Herzen gehen kannst, musst du jetzt noch nicht überlegen, aber auch deine Zeit wird kommen.
Ich weiß, dass du und dein Vater euch gerieben habt, du hast ihn nicht immer verstehen können. Er dich auch nicht, aber er hätte es leichter gekonnt als du, denn er wusste das, was dir verborgen war. Liebstes Kind, du bist nicht unser leibliches Kind, es war uns versagt, Kinder zu bekommen. Aber das war nicht mehr schlimm, als wir dich zum ersten Mal sahen. Du warst so entzückend. Und jeder Tag mit dir war ein Gewinn voller Sonnenschein. Du warst immer so

kreativ, so naturverbunden. Auch so kühn, deine Freude an den Pferden war anders als bei deinen Freundinnen. Es war, als würdest du in ihre Seelen sehen. Dass du diesen schweren Unfall gehabt hast und Elfenkönig eingeschläfert werden musste, hat dir fast das Herz gebrochen. Und mir auch, weil deines brach. Es war schwer, dir damals zu helfen, und gut, dass du dann diese Ausbildung begonnen hast. Du hast so viel Schönes mit deinen Händen geschaffen.

Mein liebes Kind, wir haben das nicht immer verstehen können, weil wir so anders waren als du. Du fragst dich sicher, wer deine Mutter war. Deine Mutter hat dich nicht etwa verstoßen, sie ist bei deiner Geburt gestorben. Wir haben dort im Süden Bayerns öfter kleine Kurzurlaube gemacht, es war so eine kraftvolle Gegend und gar nicht weit weg von München. Dein Vater war damals schon Arzt, er wurde zu dem Mädchen gerufen, er konnte aber nichts mehr machen. Der Vater des Mädchens war überfordert, er war ein schlichter Mann, er hätte doch nie ein Baby großziehen können. So haben wir dich an Kindes statt angenommen. Was sicher nicht richtig war, ist die Tatsache, dass wir das still und leise getan haben. Es gibt keine Papiere, aber wem hätten sie geholfen?

So wirst du deine Mutter nicht mehr kennenlernen können, von deinem leiblichen Vater wissen wir nichts. Wir haben gefragt, aber nichts erfahren. Aber deine Eltern haben dir sicher dein handwerkliches Geschick vererbt, deine Kraft, deinen Willen, deine Liebe zur Natur. Mein großes Mädchen, lebe wohl und verzeihe mir: Aber wir dachten wirklich immer, deine echte Herkunft macht keinen Unterschied. Ich habe die letzten Wochen zu zweifeln begonnen.

Wenn du nun doch, was ich annehme, in deiner manchmal herrischen Art nachhaken willst: Es gab am Filz ein Filzhäuschen, es existiert nicht mehr, aber die Linde, an der die

Schaukel deiner Mutter hing, steht noch. Von der Familie ist wohl kein Mitglied mehr am Leben, aber womöglich willst du den Ort aufsuchen. Lebe wohl!

Weinzirl reichte Evi den Brief, er hatte das Gefühl, sein Arm wäre sehr schwer. Evi las und ließ den Brief sinken. In Weinzirls Kopf ging alles durcheinander. Nun wussten sie zumindest, dass Bruni nicht ermordet worden war. Aber wer hatte sie beerdigt? Wusste Andrea Lorenz mehr? Und was musste das in ihr ausgelöst haben?

Andrea Lorenz lächelte melancholisch. »Wenn Sie schon so schauen, dann können Sie sich vorstellen, wie ich ausgesehen habe.«

Weinzirl tat sich schwer, etwas zu sagen, er versuchte, irgendwo anzusetzen. »Sie sind Sattlerin, Sie waren im Kutschensport.«

»Ich bin bei drei Kleinpferde-Weltmeisterschaften mitgefahren. Einspänner. Ich habe einmal gewonnen, einmal wurde ich Dritte, einmal sind wir verunglückt. Mein Haflinger brach sich so kompliziert zwei Beine, dass er gehen musste. Ich hatte ein Schädel-Hirn-Trauma und diverse Brüche, es hat lang gedauert, bis ich wieder auf die Beine kam.«

»Wie alt waren Sie?«

»Zwanzig beim Unfall, einundzwanzig, als ich wieder zu leben begann.«

»Aber Sie sind den Pferden treu geblieben?«

»Ja, als Sattlerin. Ich reite immer noch ein bisschen, ich habe nie mehr eine Kutsche bestiegen. Und wie Sie lesen können, war meine Seelenverbindung zu Tieren rein genetisch.«

»Als Sie den Brief, ich meine …«, hob Evi an.

»Ich habe ihn dreimal gelesen. Das Grauen wurde nicht weniger. Ich habe mir erst einmal eine Badewanne eingelassen, ich war komplett überfordert. Dann habe ich das wieder und wieder gelesen. Es wurde nicht besser. Dann habe ich alte Fotoalben aus Kisten geholt, die mich mit meinen Eltern zeigen. Ich sah ihnen null ähnlich. Und mein ganzes Leben raste durch meinen Kopf wie ein Gewittersturm. Da waren Bilder und Fetzen von Bildern. Ich war ziemlich gut in der Grundschule und kam natürlich aufs Gymnasium. Da wurde es schwerer, da war ich nie gut. Außer in Kunst, Sport – und Mathematik seltsamerweise. Ich wollte nach der Zehnten abgehen, aber das hat mir mein Vater nicht erlaubt. Mein Abitur mit 3,3 war natürlich eine Katastrophe für ihn. Ich hätte womöglich Tiermedizin studiert, aber bei dem Schnitt? Ich war da schon sehr intensiv im Kutschensport, meine erste WM habe ich mit achtzehn gewonnen. Den dritten Platz mit neunzehn. In dem Jahr habe ich auch Abitur gemacht. Und da erinnere ich mich auch an Sätze, die mein Vater sagte. ›Das sind deine urtümlichen Anlagen.‹ Damals hab ich das nicht verstanden, ich dachte, das bezieht sich auf irgendwelche Großeltern. Womöglich auf seine Eltern, die im Krieg ums Leben gekommen waren. Ich habe nur die Eltern meiner Mutter kennengelernt, den Opa nur sehr kurz, die Oma länger, sie starb, als ich zehn war. Und diese war tatsächlich eher bodenständig. Ich dachte immer, er meint sie. Aber vor dem Hintergrund jetzt ist das klar. Ich bin das Gewächs mit den Bauerngenen.«

»Nicht das Schlechteste«, sagte Weinzirl. »Womöglich war das die Intention Ihrer Mutter. Sie wollte Ihnen sagen, dass Sie ganz richtig sind, so wie Sie sind.«

»Ja, das kann man zu ihren Gunsten annehmen. Ich war oft fremd in meiner Familie, das stimmt schon. Im Gymnasium waren die meisten eher aus gutem Hause, nicht obendrüber, aber doch dieser gut situierte Mittelstand. In meiner Klasse wohnten die wenigsten zur Miete, die Eltern hatten alle Häuser, mal größer, mal kleiner. Als Kind hinterfragt man das nicht. Ich bin oft angeeckt. Aber wenn meine Mutter mir nun Gründe hätte liefern wollen, hätte sie das nicht früher tun können? Müssen? Es kann auch sein, dass sie kurz vor dem Tod ihr eigenes Gewissen erleichtern wollte«, sagte Andrea Lorenz und klang müde.

Und Weinzirl stimmte ihr innerlich zu. Das waren kluge Menschen gewesen, natürlich hatten diese zeitlebens gewusst, dass ihr Vorgehen zumindest dubios, wenn nicht kriminell gewesen war. Sie hatten das weggedrückt unter die bürgerlich-intellektuelle Fassade. Er hätte auch gesagt, die Mutter wollte ihr Gewissen erleichtern. Und hatte ihre Tochter alleingelassen mit dem Unfassbaren!

»Und dann haben Sie über Ihre Herkunft recherchiert?«, fragte Evi nach einer Weile.

»Ja, nach einer gewissen Zeit, die ich im Schock war. Ich bin in diesen Ort, in diese Gegend gefahren. Es ist komisch, ich war da in der Region schon öfter, ein paarmal bei Leandra, ein paarmal oben am Eschenberg am Geißbichl. Ich habe da immer ein unerklärliches Gefühl von Nähe verspürt. Ich war geerdet dort. Gibt es so was?«

Evi nickte.

»Ich war dann bei dem Haus, das ist jetzt ein zweistöckiges Ferienhaus mit vier Wohnungen. Aber da war diese Linde wirklich. Ohne Schaukel, aber man sah sogar noch, wo die Schrauben gewesen sein mussten, an denen sie gehangen hatte.«

»Und Sie waren bei Nika Mair?«

»Ja, das hatte Leandra vorgeschlagen. Ich war auf der Gemeinde, der Altbürgermeister hat in seinen alten Unterlagen nachgesehen. Ich erfuhr, dass es eine Familie Lutz gegeben hatte. Eine Elvira habe ich am Friedhof gefunden, keine Brunhilde und keinen Martin. Wo sind deren Gräber? Müsste es die nicht geben? Ich war ratlos, verzweifelt. Und dann habe ich mir ganz blöde die Bänder angerissen und war außer Gefecht.«

»Sie waren aber am Freitag vor fast zwei Wochen wieder in der Region?«

»Ja, ich hatte zwar noch eine Bandage, konnte aber schon wieder ganz gut laufen. Ich wollte endlich das Grab meiner Mutter finden. Ich war in Steingaden im Raiffeisenmarkt. Eigentlich wollte ich nur was zu trinken kaufen, aber ich bin ja leider so ein Landei und liebe solche Läden. Da gibt es alles, was man braucht. Pferdehalfter, Arbeitshosen, aber auch Öle und Schnaps. Ich bin ein bisschen durch die Regale gebummelt, und da bin ich in einem Gang in einen Mann hineingelaufen. Volle Breitseite. Er war groß, und es war wie ein Donner. Wir haben uns beide angesehen, wir waren beide wie versteinert.«

»Das war Hansi?«, fragte Evi leise.

»Ja, und ich habe mich entschuldigt und irgendwas Wirres gesagt. Und er hat sich auch etwas gefasst und meinte, es gäbe ja merkwürdige Zufälle. Er hätte mal was über Doppelgänger gelesen und gedacht, sie müssten dasselbe Geschlecht haben.«

»Hatten Sie den Eindruck, er war rundum überrascht?«

»Warum fragen Sie das? Er war völlig verblüfft. Wirklich. Da habe ich ihn nach seinem Namen gefragt, den er mir gesagt hat. Dann verstand ich, dass er der Mann jener Frau ist, mit der ich geredet habe. Ich habe ihn gefragt, ob er mit mir sprechen würde. Es sei alles etwas kompliziert.«

»Hat er zugestimmt?«

»Er war etwas ablehnend, aber die in dem Markt haben auch schon ganz komisch geschaut. Und da hat er dann zugestimmt. Wir sind dann bei diesem Fischerhaus am Ortseingang von Steingaden gesessen. Haben geredet, ewig lang, glaube ich. Es war ganz merkwürdig. Er benutzte Wörter, die ich auch benutze. Er machte Gesten, die ich kenne. Er war mir nah, und wir waren uns dann ziemlich sicher, dass wir Halbgeschwister sind.«

»Aber wusste Hansi denn irgendetwas über Ihre Mutter Bruni?«

»Nein, nur dass es dieses Filzhäuschen gegeben hatte.«

»Nichts über das Verhältnis von Sebastian und Bruni?«

»Wir haben spekuliert. Unser Vater hatte sie geschwängert, sie war ja wohl sehr arm. Also keine Partie zum Heiraten. Wir haben auch spekuliert, dass womöglich Geld geflossen ist. Aber wenn sie bei der Geburt gestorben ist, dann war er ja fein raus. Ich wurde adoptiert, und alle hatten ihre Ruhe.« Sie klang bitter.

»Frau Lorenz, hat Ihr Halbbruder ein Tagebuch erwähnt?«

»Nein, was für ein Tagebuch?«

Weinzirl und Evi warfen schnelle Blicke hin und her. Es war gefährlich, was sie taten, aber zum Taktieren war keine Zeit mehr.

»Frau Lorenz, es existiert ein Tagebuch von Elvira. Sie war die Schwester Ihrer Mutter Bruni. Dieses Tagebuch besaß Sebastian Mair, und Nika Mair kannte es auch. Sie sagt, dass sie es Hansi nie gezeigt hat.«

»Das wird stimmen! Hansi hätte doch sonst davon gesprochen!«

»Nika Mair kennt dieses Buch. Müsste Hansi Mair es nicht auch kennen?«, fragte Evi nochmals.

»Ich glaube nicht, dass er es kannte. Er war so erschüttert.«

Weinzirl neigte dazu, das auch zu glauben. Alle hielten irgendetwas zurück. Aus Angst, aus Scham, aus Rücksicht. Aber Hansi hatte auch ihn und Evi manipuliert. Er hatte das Gespräch auf diese Radfahrer gelenkt, er war wirklich nicht zu unterschätzen! Die Wahrheiten waren alle wie Fähnchen im Wind. Sie wehten in unterschiedliche Richtungen.

»Was steht in dem Buch?«, fragte sie.

»Daraus geht hervor, dass Bruni mit hoher Wahrscheinlichkeit von Sebastian Mair vergewaltigt worden ist. Und womöglich von dessen Vater.«

Sie zuckte regelrecht zusammen. »Ich finde nach über sechzig Jahren einen Vater, der ein Vergewaltiger ist?«

Was sagte man darauf?

»Und wo ist meine Mutter? Warum gibt es kein Grab?«

»Es gab eines«, sagte Weinzirl. »Und Ihr Vater hat es all die Jahre besucht. Wir haben Ihre Mutter gefunden. Wir haben sie exhumiert und jetzt, da wir Ihre DNA hätten, sofern Sie uns diese geben, könnten wir mit Sicherheit sagen, dass sie Ihre Mutter ist.«

»Aber nach über sechzig Jahren? Wie?« Sie brach ab, ihre Welt wurde noch weiter aus den Fugen gehoben.

»Sie war im Moor begraben«, sagte Evi hilflos.

»Eine Moorleiche?«

»Ja, und sie lag da friedlich und an einem sehr schönen Platz«, sagte Evi, und ihre Stimme brach.

»Kann ich sie sehen?«

»Das wird sicher möglich sein«, sagte Weinzirl. »Wenn der Fall abgeschlossen ist. Frau Lorenz, wo waren Sie Sonntagnacht? Jener Sonntag, nachdem Sie Hansi getroffen hatten?«

»Sie glauben, ich hätte meinen gerade wiederentdeckten Vater ermordet?«, flüsterte sie.

»Haben Sie?«, fragte Evi.

Sie erhob sich von dem Hocker. »Das ist der Moment, an dem Sie nun mein Haus verlassen. Sie können sich die Vorladung sparen, ich komme morgen mit meiner Anwältin zu Ihnen. Wenn Sie nicht gehen, Igor kann auch anders.«

Und in der Tat hatte dieser begeisterungsfähige Gäste-Begrüßer nun die Lefzen ganz leicht angehoben. Und die Katzen waren alle verschwunden. Es gab diese telepathische Seelenebene, von der Ilse Lorenz gesprochen hatte. Andrea Lorenz kommunizierte mit ihren Tieren ohne Worte, ohne Blicke.

»Wir verlassen uns darauf«, sagte Weinzirl und erhob sich.

»Das können Sie.«

»Zehn Uhr?«

Sie nickte.

Evi folgte Weinzirl etwas überrumpelt ins Dunkel hinaus. Setzte sich ins Auto.

»Hätten wir sie nicht verhaften müssen?«

»Mit welcher Begründung?«

»Was, wenn sie das mit der Vergewaltigung doch wusste? Was ist dann? Und was wusste Hansi? Die beiden waren in Kontakt!«

»Am meisten wusste Nika«, sagte Weinzirl. »Und sie verteidigt ihre Lieben.«

»Du willst jetzt aber nicht sagen, dass Nika den Schwiegervater ermordet hat?«

»So abwegig wäre das nicht. Sie war uns immer einen Schritt voraus. Sie kannte das Tagebuch. Sie kannte die Grabstätte. Wir hören uns morgen die Geschichte von Andrea Lorenz zu Ende an.«

Evi grummelte irgendetwas und stieß aus: »Aber dann müssten wir eher Nika verhaften!«

»Die in Slowenien ist. Sie wird sich von dort kaum plötzlich absetzen.« Aber konnte er da sicher sein? »Evi, ich bin nun doch etwas durch. Wir warten den Morgen ab.« Evi kommentierte das netterweise nicht und fuhr konzentriert durch die Dunkelheit. Setzte ihn in Tankenrain ab.

»Gute Nacht.«

»Ebenso.« Weinzirl wusste, dass ihr das alle Beherrschung abverlangte. Geduld war selten eine Kernkompetenz von Frauen.

DREIZEHN

Freitag

Er schlief tief und so, dass er sich zumindest an keinen Traum mehr erinnern konnte. Er war auch erst kurz nach neun im Büro. Die Anspannung war greifbar. Um neun Uhr fünfundfünfzig meldete Melanie Andrea Lorenz und Frau Dr. Sigrun Muhr an. Beide Damen lehnten Kaffee oder Wasser ab, nachdem sie sich gesetzt hatten.

»Danke für Ihr Kommen«, sagte Weinzirl und fasste nochmals zusammen, was Andrea Lorenz ihnen gestern erzählt hatte.

Die Anwältin legte ein Blatt auf den Tisch. »Ich habe Ihnen hier den Brief der Eltern meiner Mandantin kopiert.«

»Danke. Was uns interessiert, ist natürlich, inwieweit Sie, Frau Lorenz, Ihren Vater getroffen haben. Haben Sie?«

»Ja, habe ich. Hansi und ich hatten uns am Sonntag verabredet, um mit ihm zu reden. Nika war nicht zu Hause, sie war musizieren. Hansi wollte das alles erst mal klären. Wir sind am späten Nachmittag zu seinem Haus. Wir haben ihn aber nicht angetroffen. Hansi hatte aber eine Idee, wo er sein könnte.«

»Wo?«

»Hansi meinte, er sei auf Bibertour.«

»Was heißt das?«

»Abende und Nächte, in denen er Biber jagte. Und Hansi meinte, dass er eine Art Basislager hätte. Da lagerte er Fallen und Messer und so.«

»Und da haben Sie ihn getroffen?«

»Es war in der Tat eine kleine Hütte, fast zugewachsen, Bäume rundum, viel Schatten. Wenn man nicht weiß, wo sie ist, findet man sie gar nicht. Wir haben etwas weiter weg parken müssen und sind gelaufen. Was mit meinem immer noch etwas lädierten Fuß gar nicht so toll war.«

»Und dann?«

»Er war da. Er sank auf einen Stuhl. Er hat uns nur starr angesehen. Hansi hat ihm gesagt, wer ich bin. Er saß immer noch da und starrte. Hansi hat ihn angebrüllt, dass er reden soll.«

»Und, hat er?«

»Ja, letztlich. Er hat gesagt, dass er Bruni geliebt hätte. Aber dass das natürlich nicht gegangen wäre, weil er der Sohn vom Großbauern gewesen wäre. Und Bruni auch ein wenig zurückgeblieben gewesen wäre. Das wusste ich bis dahin gar nicht! Das stand nicht im Brief meiner Mutter.«

»Sie hatte eine Gaumenspalte, sie war wohl eine Art Autistin, soweit wir das aus Gesprächen ableiten können. Behindert war sie sicher nicht«, sagte Evi leise.

Andrea Lorenz hatte Tränen in den Augen, die Anwältin reichte ihr ein Taschentuch.

»Ich habe ihn dann auch gefragt, warum er nie nach mir gesucht hat«, sagte sie schließlich.

»Ja, warum hat er nicht?«

»Er meinte, dass er eine Weile weg gewesen wäre. Dann als Erstes zum Filzhäusl gekommen wäre, und da wären sein Vater und Brunis Vater gewesen. Sie sagten, Bruni und das Baby seien bei der Geburt gestorben. Und weil das ja ein uneheliches Kind war, hätte man Bruni nicht am Friedhof begraben können. Sie hätten ihm damals das Grab gezeigt.«

»Das heißt, er dachte all die Jahre, Sie wären tot?«

»Ja, das hat er immer wieder beteuert. Und das glaubte ich ihm auch. Für ihn war es ja auch so ein Schock, mich zu sehen!«

»Frau Lorenz, Andrea, Sie sagten gestern, dass weder Sie noch Hansi das Tagebuch kannten? Stimmt das?«

»Ich kannte es nicht!«

»Und Hansi?«

»Es war nie von einem Tagebuch die Rede. Wirklich!«

Aber was war, wenn Hansi das Buch doch gekannt hatte?, fragte sich Weinzirl. Hätte nicht auch er Schlüsse gezogen? Denn plötzlich war da eine Schwester, die das Ergebnis einer

Vergewaltigung gewesen war. Und sein Vater behauptete allen Ernstes, er habe Bruni geliebt? Wie hätte das auf einen geradlinigen Mann wie Hansi gewirkt?

»Wie ging es weiter?«, fragte Evi mit äußerster Beherrschung.

»Hansi hat ihn schließlich gefragt, woher er denn gewusst hätte, dass er der Vater dieses Kindes sei.«

Was eine berechtigte Frage war, vor allem vor dem Hintergrund der Vergewaltigung.

»Er rief ganz empört, dass Bruni doch keine Schlampe gewesen sei!«

»Aber wir lesen aus dem Tagebuch heraus, dass zumindest sein Vater auch Verkehr mit Bruni gehabt hat. Der hätte auch der Vater sein können!«

»Das will ich nicht wissen. Nicht glauben! Und ich sehe aus wie Hansi, er wie ich. Ich glaube schon, dass wir beide Kinder von Sebastian sind. Und er war auf einmal dann ganz gerührt. Er hat gesagt, wie schön ich sei. Und dass es ihm leidtue. So sehr leid. Aber dass es doch gut für mich geworden wäre. Er hat gefragt, wo ich gelebt hätte. Und als ich ihm von meinen Eltern erzählte, war er noch mehr erschüttert. Er hat sie gekannt. Er hat gewusst, dass sie ab und zu beim Filzhäusl gewesen sind. Der junge Mann von damals hätte Bruni besucht, Medizin für sie dabeigehabt.«

»Und er hat nie geahnt, dass Brunis Kind mit dem Ehepaar Lorenz verschwunden war?«

»Nein, und es traf auch ihn mit voller Härte, wie sehr sein Vater und auch Brunis Vater ihn belogen und manipuliert haben.«

»Aber Sebastian Mair kannte den Inhalt von Elviras Tagebuch. Er hat die tote Elvira gefunden und das Heft an sich genommen. Er wusste doch, dass sein Vater Bruni vergewaltigt hat. Und er wusste von der kruden Geschichte mit der Reise nach Amerika. Er muss doch irgendwie reagiert haben! Martin Lutz ist kurz nach dem Tod seiner beiden Töchter ebenfalls gestorben. Er ist verbrannt! Hat Sebastian Mair ihn angezündet?«

»Das weiß ich nicht. O Gott, was haben diese Menschen damals alle getan?« Andrea Lorenz begann zu schluchzen. »Warum hat meine Mutter den Brief geschrieben? Ihr dummes Seelenheil gegen so viel Tragödie. Was hat sie angerichtet! Ich hasse sie dafür!«

Andrea Lorenz rang nach Luft, die Anwältin sah besorgt aus. Auch Evi litt, das war augenscheinlich.

»Frau Lorenz, das ist alles ganz furchtbar. Aber was ist denn dann passiert?«, fragte Weinzirl.

»Er hat uns stehen lassen oder sitzen. Er ist aufgestanden, und dann hat er meine Hand genommen. Er hat gesagt, dass er bereue. Dass er vor allem in den letzten Jahren so sehr bereut habe. Und was für eine Freude ich ihm damit gemacht hätte, dass er mich hatte sehen dürfen. So ein großes, schönes Mädchen. Das hat er mehrfach gesagt. Ich war wie erstarrt. Ich konnte nicht mehr denken. Er ist raus, wir sind etwas zeitverzögert hinterher. Er saß schon auf seinem Rad, den Rucksack auf, da war der Biberschwanz, der heraushing, ich werde das Bild nie mehr vergessen. Hansi rief ihm noch hinterher: ›Vater, warte!‹ Aber er ist davongeradelt, die Nacht hat ihn verschluckt.«

»Und dann?«

»Hansi war der Gefasstere von uns beiden. Er hat mich zu meinem Auto begleitet. Und gesagt, er würde seinen Vater suchen. Und ich solle heimfahren, mich beruhigen. Er würde mich morgen anrufen.«

»Und das haben Sie gemacht?«

»Ja, ich bin nach Hause gefahren. Ich weiß gar nicht, wie ich da hingekommen bin. Ich war voller Tränen und Emotionen. Ich dachte, ich bekomme einen Herzinfarkt, so raste mein Herz.«

Ihr Weinen verstärkte sich wieder. Weinzirl konnte ganz schlecht damit umgehen, wenn Frauen weinten. Bei kleinen Mädchen war das womöglich noch tolerabel, aber bei einer so handfesten Frau über sechzig?

»Er war am nächsten Morgen tot!«, warf er ein.

»Ja, ich weiß! Ich hätte ihn kennenlernen wollen. Ich hatte Fragen, Fragen zu meiner Mutter, ich …«

»Können wir eine kurze Pause machen?«, fragte die Anwältin. »Meine Mandantin kann nicht mehr. Ein Glas Wasser wäre gut. Geben Sie uns eine Viertelstunde?«

»Sicher«, sagte Evi.

Sie und Weinzirl standen auf, gingen hinaus, baten Melanie, Wasser zu bringen und vor Ort zu bleiben. Sie selber sanken in der Küche auf Stühle.

Was taten sich hier für Abgründe auf? Und insgeheim gab Weinzirl Andrea Lorenz recht. Wäre das alles nicht besser unter dem Deckel geblieben? Unter dem Moor? Warum hatten sie all diese Ranken aus Erika und Rauschbeere entfernt und etwas entblößt, was ihnen nun mit einer besonders hässlichen Fratze ins Gesicht blickte? Und was hatte Sebastian Mair da über sechzig Jahre mit sich herumgetragen?

Nach einer langen Zeit, die sie in den Kaffee gestarrt hatten, sagte Evi: »Sie war in der Region! Kurz bevor der Mair ermordet wurde! Sie hat Sattlerwerkzeuge! Die war das doch, und ich kann sie verstehen, dass sie ihn erstochen hat.«

»Aber Evi, das reicht alles nicht! Keinerlei Spuren, keine Fingerabdrücke. Wir kriegen da keinen Haftbefehl.«

Felix trat ein. »Da ist ein Hansi Mair. Er will eine Aussage machen. Er hat einen Anwalt dabei.«

Weinzirl zuckte innerlich zusammen. »Wie bitte?«

»Ja, Mair, Hansi.«

»Ja gut. Setzt die beiden ins Zimmer. Wir kommen.«

Er sah Evi an. Kam jetzt endlich die Wahrheit ans Tageslicht?

Sie gingen über den Gang und trafen auf die Anwältin, die wohl kurz austreten gewesen war.

»Frau Muhr, dürfen wir Sie noch etwas um Geduld bitten?«

»Ja, das käme mir zupass. Andrea möchte sich noch mit mir besprechen. Sie ist völlig durch den Wind.«

Weinzirl nickte nur, und sie gingen zu Hansi Mair. Der Anwalt nahm sich winzig neben dem stattlichen Landwirt aus. Er war jung und an sich attraktiv. Aber Weinzirl tat sich sehr schwer mit jungen Männern, die diese unsäglichen Ölquellen auf dem Kopf trugen und softer als jedes Softeis in der Sonne waren. Die ihren Sohn Finn-Joel fragten, ob er denn nun kommen möge. Was der Zweijährige gar nicht so recht entscheiden wollte und lieber mal brüllte wie am Spieß. Und der Typ sah so aus, als hätte er einen Finn-Joel als Sohn.

»Fabian Loth«, stellte er sich vor.

Reichte Weinzirl ein Kärtchen. Er war ein Anwalt des Bauernverbands. Etwas, was Weinzirl wunderte. Aber wahrscheinlich hatte er eben zu viele Vorurteile. Anwälte vom Bauernverband sahen eben auch nicht aus wie kernige Traktorfahrer mit Filzhut.

»Herr Mair?«, fragte Weinzirl in Richtung des Landwirts, der sehr ernst wirkte.

»Ich möchte eine Aussage machen.«

Das war interessant. »Dürfte ich Ihnen einen Kaffee bringen lassen?«

Er nickte. Suchte den Blick seines Anwalts, der ihm ebenfalls zunickte.

»Meine Halbschwester, also Andrea, ist hier?«, fragte Mair.

»Ja.«

»Sie hat mir eine Whatsapp geschrieben. Sie sollte nicht hier sein.«

»Warum? Sie hat uns gerade davon erzählt, dass Sie beide Ihren Vater in einer Hütte im Wald getroffen haben.«

»Das ist korrekt.«

Der Kaffee kam, das verschaffte ihnen allen eine kurze Pause.

Evi gab knapp den Inhalt des Gesprächs wieder und schloss: »Es bleiben sehr viele Fragen offen. Die brennendste für uns ist aber: Kannten Sie das Tagebuch von Elvira Lutz?«

»Ja, aber erst seit dem Tag, an dem ich Andrea getroffen habe. Das war in Steingaden im Markt. Ich war völlig aus der Bahn. Es war Freitag, der Vater war beim Einkaufen, dann wollte er in die Wies. Ich bin in sein Haus. Eher ziellos. Ich wusste gar nicht, wonach ich suchte. Nach einem Beweis für Andreas Existenz? Ich habe auch in Vaters Zimmer gesucht, wo er die Instrumente aufbewahrt. Und da war das Heft. Ich habe kurz reingelesen. Nichts verstanden. Aber ein paar Tage später haben sie im Filz gegraben und diese Moorleichen gefunden! Und da habe ich angefangen, eins und eins zusammenzuzählen. Und war entsetzt!«

»Haben Sie mit Ihrer Frau darüber gesprochen?«

»Nein, ich wollte das mit meinem Vater ausmachen, aber der wich mir am Samstag immer wieder aus. Alles eskalierte dann, beschleunigte sich, es war wie ein Strudel. Ich wollte genau wie Sie die Wahrheit wissen.«

»Im Gegensatz zu Ihrer Halbschwester hatten Sie aber einen Wissensvorsprung. Sie kannten das Tagebuch«, sagte Evi.

»Ja, aber ich wollte es aus erster Hand von ihm wissen. Wir waren in der Hütte, und dann haut der einfach ab! Ich habe Andrea in ihr Auto gesetzt, hab gewartet, bis sie weg war, und bin meinem Vater hinterher. Er war gar nicht weit gekommen. Er saß auf einem Baumstamm. Er sah schlimm aus. Er weinte, er hat nie geweint.« Er schluckte und fuhr fort: »Ich hab ihm auf den Kopf zugesagt, dass mein Opa und er diese Bruni vergewaltigt hätten!«

»Ja und?«

»Er beteuerte immer wieder, dass der Opa Bruni nie vergewaltigt hätte. Er hätte sie ein bisschen begrapscht, sich ihre Titten zeigen lassen.«

»Und das haben Sie geglaubt? Das ist doch eine dreiste Lüge, er hätte ja sogar ebenfalls der Vater von Andrea sein können«, flüsterte Evi.

»Das wohl nicht. Mein Vater sagte mir, dass der Opa im Krieg schwer verletzt worden war. Er hatte keinen mehr, also keinen Schniedel. Und er war sicher zeugungsunfähig. Drum gab es ja auch nur ihn, er wurde vorher gezeugt.«

Evi starrte Mair an, Weinzirl sah zur Wand.

»Ich habe ihm das geglaubt. Und auch, dass der Sex mit Bruni einvernehmlich war. Oder zumindest so was Ähnliches.«

»Sind Sie krank im Kopf? Einvernehmlich?«, brüllte Evi.

»Ich darf doch um etwas mehr Ruhe bitten«, sagte der Anwalt.

»Das heißt jedenfalls, das Kind konnte nur von Sebastian sein?«, fragte Weinzirl gepresst.

»Ja, und er sagte auch, er hätte versucht, seine Eltern dafür zu gewinnen, dass er Bruni heiraten dürfe. Und dann haben sie ihn zu einer Verwandten ins Unterland geschickt, um dort auszuhelfen. Und als er zurückkam, war Bruni weg. Das Kind auch. Sie haben ihm das Grab gezeigt, sagte er. Und dass seine Welt eingestürzt sei. Er muss dann ein, zwei Wochen später wieder am Hof gewesen sein, wo er Elvira fand. Er sagte, sie hing da wie ein Engel ohne Flügel. Es scheint eine Beerdigung fast ohne Leute gegeben zu haben. Und nach etwa zwei Wochen, sagte er, sei er wieder zum Grab von Bruni und dann zum Hof. Er habe gar nicht gewusst, warum. Da lag Martin im Garten. Verbrannt. Im Haus lag ein Schreiben, dass Martin das Haus der Gemeinde vermacht.«

»Ein Suizid? Martin Lutz hat sich selbst angezündet?«

»Das sagte jedenfalls mein Vater. Und dass er und mein Opa Martin dann auch vergraben und das Testament auf die Gemeinde getragen hätten. Es war die Idee des Opas, zu sagen, Martin sei nach Amerika ausgewandert. Er wollte nicht, dass der Martin nun auch noch die Sünde des Selbstmordes begangen haben sollte wie die Elvira.«

»Ach, plötzlich gab es so was wie Mitgefühl bei den beiden?«

»Wie wollen Sie beurteilen, was damals passiert ist? Können Sie das? Ich kann es nicht. Alles ist aus dem Ruder gelaufen, Sie verstehen die Gesetze von Dörfern nicht.«

Nein, das taten sie wirklich nicht. Weinzirl dachte an die Tagebucheinträge, daran, welches Bild Elvira gezeichnet hatte. Von Frauen, die wenig mehr als Arbeitskräfte und Gebärmaschinen gewesen waren. Deren Verlust erst auffiel, wenn die Arbeitskraft weggefallen war. Hansi Mair hatte recht. Sie konnten keine Urteile abgeben, nur mit zunehmendem Entsetzen zuhören.

Sie schwiegen eine Weile.

»Herr Mair, das hat Ihnen Ihr Vater also gestanden. Und dann?«

»Er hat mich gebeten, dass ich ihn allein lassen soll. Er ist den alten Winterweg hinauf. Ich bin zurück zur Hütte und weiter zu meinem Auto. Und plötzlich war da Panik. Und Unruhe. Und Angst. Alles zusammen. Ich bin wieder zum Winterweg. Man sah genau die Spur des Radls. Und da lag er dann. Tot. Erstochen.«

»Sie sagen, Sie haben Ihren Vater tot vorgefunden?«

»Ja.«

»Und dann?«

»Ich dachte, ich dachte …« Er sah Evi verzweifelt an.

»Dass es Ihre Halbschwester gewesen sein muss?«, fragte Evi sehr leise.

»Ja«, presste er heraus. »Aber das darf doch nicht sein. Und da habe ich, habe ich …«

»Was haben Sie?«

»Ich habe das Messer und den Rucksack mit dem Biber mitgenommen. Alles auf meinen Pick-up geworfen. Ich bin zum See. In einen Weg hinein, den ich gut kenne. Da habe ich das Rad und den Rucksack in eine Dickung gelegt.«

»Und wenn Sie jemand gesehen hätte?«

»Ich bin Jäger, da steht auch ein Hochstand.«

Er wäre nicht aufgefallen, und zudem hätte das Schweigen der Dörfer auch hier sicher geholfen.

»Warum haben Sie diese Sachen entfernt?«, fragte Weinzirl.

»Weil ich wirklich dachte, Andrea wäre es gewesen. Ich wollte Spuren verwischen. Ich dachte, wenn man ihre Fingerabdrücke findet oder so was. Sieht man doch im Fernsehen, dass Sie alles finden.«

»Sie wollten Ihre Schwester schützen?«

»Ja, wenn ich doch jetzt eine habe.«

Weinzirl atmete tief durch, Evi massierte ganz kurz ihre Nasenwurzel.

»Sie bleiben also dabei, dass Sie in das Feld gegangen sind. Sie haben Ihren Vater tot vorgefunden. Sie haben das Messer und den Rucksack mit dem toten Biber entfernt. Das Rad auch. Und Ihren Vater liegen lassen.«

Er nickte.

»Herr Mair, das ist doch Bullshit!«

»Ich darf doch bitten«, sagte der Anwalt. »Sie haben an der Leiche keinerlei Hinweise auf meinen Mandanten gefunden.«

»Und wo ist das Messer?«, fragte Evi.

»Im Kaltenbrunner«, sagte er.

Nach dem Rad und dem Rucksack mussten sie nicht fragen, das hatten sie gefunden.

Weinzirl wog ab, was zu tun war. »Herr Mair, ich werde Sie einem Haftrichter vorführen lassen. Sie sind dringend verdächtig, Ihren Vater getötet zu haben.«

»Ich war das nicht!« Er sprang auf, und der Stuhl polterte durch den Raum.

»Ruhig, Hansi«, sagte dieser Fabian. »Hab etwas Geduld. Der Haftrichter wird unserer Argumentation folgen.«

Wahrscheinlich hatte er recht. Weinzirl sah Hansi Mair in die Augen. »Herr Mair, eine letzte Frage: Warum sind Sie gekommen? Sie belasten sich und Ihre Schwester, die Sie doch schützen wollten.«

»Ich habe lange mit meiner Frau in Slowenien telefoniert. Es muss endlich aufhören.«

Auch er war den Tränen nahe, die Tragödie wurde größer und größer. Er hatte sich entscheiden müssen, wen er zu schützen gedachte. Seine Frau und seine Familie oder die neue Schwester. Eine Triage des Schreckens.

Er wurde abgeführt, Evi und Weinzirl sahen sich an. Sie mussten nun weiter mit Andrea Lorenz sprechen. Und klar war auch, dass sie Hansis Besuch erst einmal nicht erwähnen würden. Sie nickten sich zu. Gingen in den anderen Raum.

»Geht's wieder?«, fragte Evi.

»Es muss«, sagte Andrea Lorenz, die in der Tat etwas besser aussah.

»Möchten Sie uns noch etwas erzählen?«, fragte Evi.

»Es war etwas anders. Ich bin nicht heim. Also, ich habe geheult, dann war ich wieder wie erstarrt. Ich bin in Biberschwöll stehen geblieben. Rechts bei ein paar Höfen. Ich war so zittrig. Und dann hatte ich plötzlich Angst. Was, wenn Hansi eine Dummheit machen würde? Ich bin zurückgefahren. Wieder zu der Hütte. Keiner war mehr da. Ich bin der Spur gefolgt, durch diese Wiese.« Sie schluckte.

Evi schob ihr ein Glas Wasser hin. Sie trank zwei heftige Schlucke.

»Es war klar, man sah ja, dass er mitten durch eine Wiese gefahren sein musste. Es war neblig, sehr kalt.«

Sie ballte kurz ihre Fäuste.

»Da lag er dann. All das Blut. Aber er sah irgendwie milde aus. Ich, ich weiß auch nicht. Ich hatte im Rucksack ein paar Werkzeuge, ich hab einen Viertelmond neben ihm fallen lassen.«

»Warum um Himmels willen?«

»Ich dachte, Hansi sei das gewesen! Er soll doch nicht dafür büßen müssen. Er hat Kinder, eine Frau. Ein Leben.«

»Sie nicht?«

»Meines war gut, bis zu dem Moment, wo ich den Brief meiner Mutter las.«

»Und wenn es nun im Gefängnis endet?«

»Ich war das nicht. Er war schon tot!«

»War da sonst noch etwas? Ich meine, bei der Leiche?«

»Nein, nur all das Blut.«

»Und dann?«

»Ich bin zurück, dann wirklich heimgefahren. Ich weiß wirklich nicht mehr, wie ich heimkam. Ich war in Trance. Und gegen

Mittag hat dann Hansi angerufen. Er war völlig verstört. Der Vater sei tot.«

»Frau Lorenz, nochmals, sind Sie ihm hinterher und haben ihn getötet?«

»Nein, er war schon tot!«

Was die Anwältin formulierte, war dem ähnlich, was der Kollege formuliert hatte. Auch Andrea Lorenz sollte einem Haftrichter vorgeführt werden. Wie das ausgehen würde, war weiter unklar.

Als alle weg waren, stieß Evi aus: »Ich brauch einen Schnaps.«

»Mel!«, rief Weinzirl über den Gang. »Haben wir Alkohol auf der Dienststelle?«

»Hä?«

»Alkohol?«

»Eine Flasche Sekt und einen Obstler von meiner Oma?«

»Den bringst du!«

Was sie tat, mit zwei Stamperl.

»Feiert ihr?«

»Das Gegenteil«, sagte Evi und kippte den Obstler. Und einen zweiten hinterher.

Weinzirl beließ es bei einem.

Melanie tippte sich an den Kopf und trollte sich.

»Das gibt es doch nicht! Das kann nicht sein!«, rief Evi. »Wenn zumindest die zeitlichen Bezüge stimmen, dann war Hansi zuerst da. Dann hat er den Vater ermordet? Er nimmt alles mit. Dann kommt Andrea, sieht den Toten, lässt ihr Werkzeug fallen. Dann war es Hansi.«

»Evi, die können doch auch bei der Reihenfolge gelogen haben. Sie hat ihn umgebracht, womöglich ihren Viertelmond doch nur verloren. Sie flüchtet kopflos, dann kommt Hansi und räumt hinterher. Dann war sie es.«

Evi starrte Weinzirl an. »Und wenn das alles stimmt, was die erzählen? Beide wollen es nicht gewesen sein. Dann müsste es einen oder eine ominöse Dritte geben! Wahnsinn!«

»Sind wir nun doch bei Nika? Verdammt! Ich will sie sehen, und die ist noch in Slowenien!«

»Sie wird heimkommen, nehme ich an. Ihr Mann ist in U-Haft. Die haben Tiere, die müssen ja versorgt werden.«

Weinzirls Stirn war knittriger als sonst.

Die Stille forderte wieder Raum.

»Hast du mal überlegt, dass sie es gemeinsam waren?«, fragte Evi.

»Aber einer oder eine muss auch dann zugestochen haben. Das dürfen dann Gerichte auseinanderklamüsern. Und wenn die eine Kehrtwendung vollziehen und plötzlich beide gestehen, dann wird es noch schwieriger. Wenn beide gestehen, den Mord gemeinschaftlich begangen zu haben, werden beide als Mittäter verurteilt. Wenn aber jeder den Mord als Alleintäter gesteht, werden beide mangels anderer Beweismittel freigesprochen.«

»Kann das wirklich passieren?«

»Wenn's blöd geht.«

»Und jetzt?«

»Evi, wir brauchen ein Geständnis. Womöglich gibt einer oder eine auf. Wir kennen diese Effekte der Zermürbung. Außerdem wissen wir nicht, ob die U-Haft überhaupt aufrechterhalten wird.«

»Ich glaub das alles nicht. Kann das Leben so spielen?«

Weinzirl gab keine Antwort. Es konnte, und es konnte sogar noch perfider.

»Die sollen in jedem Fall die Leiche und die Kleidung von Sebastian Mair nochmals auf Spuren von Andrea und Hansi untersuchen. Da muss was sein! Von ihr oder von ihm!«

»Ich ruf in München an. Aber das wird heute oder wahrscheinlich übers Wochenende nichts mehr werden.« Evi war aus der Spur, die Ermittlungen hatten sie geschafft.

»Leg dich in eine Wanne, schlaf dich aus. Ich würde auf gut Glück morgen zu Nika fahren. Ich denke, sie ist zurückgekommen.«

»Ich komm aber mit!«

»Natürlich, ich hol dich morgen Mittag ab. Geh nach Hause. Ich kümmere mich um die Formalien.«

Als Evi draußen war, verschränkte Weinzirl die Arme im Nacken. Was konnte ihm helfen? Er war kein Fan von Badewannen, die hatten etwas Sargartiges, fand er. Er machte auch kein Yoga, und unmäßiges Trinken bis zur Besinnungslosigkeit lag ihm auch nicht.

Wobei er kurz daran dachte, denn weder sein Chef noch die Staatsanwaltschaft hielten mit ätzenden Bemerkungen hinter dem Berg. Erst keine Fortschritte, dann zwei Verdächtige, die beide nicht gestehen wollten. Ein Sachstand, mit dem er wahrlich auch nicht zufrieden war.

Er rannte mal wieder in die Dämmerung hinein, aß schon wieder eine Aufbackpizza und gelobte wie schon Hunderte von Malen, dass er sich gesünder ernähren würde, wenn der Fall vorbei war. Leider kam dann immer was dazwischen, oft auch ein neuer Fall.

VIERZEHN

Samstag

Als sie den Hof der Mairs erreichten, war da ein Mann, den sie nicht kannten. Und aus dem Stall kam Nika.

»Das haben Sie jetzt geschafft? Meinen Mann verhaften! Tolle Leistung! Wenn der Helfer vom Maschinenring nicht gekommen wäre, wer hätte die Kühe gemolken?«

Darauf konnten sie keine Antwort geben.

»Sie wissen ja aufgrund des Telefonats mit Ihrem Mann, was passiert ist. Was würden Sie an unserer Stelle denken?«

Nun war sie diejenige, die schwieg.

»Hans war das nicht. Er lügt nicht!«

»Na ja, er hat Sie auch lange belogen.«

»Das stimmt nicht. Aussparen ist keine Lüge.«

Evi gab ein Geräusch von sich. Weinzirl suchte den Blick von Nika Mair. Sie hatten alle etwas ausgespart. Diese Familie war meisterlich im Aussparen. Jeder hatte angeblich jeden schützen wollen, nicht belasten. War das Empathie oder Feigheit? Oder einfach das zutiefst menschliche Credo, es werde schon irgendwie gehen und alles nicht so schlimm werden?

»Frau Mair, Sie haben Ihrem Mann ein falsches Alibi gegeben?«

»Natürlich.«

»Das könnte als Beihilfe ausgelegt werden.«

Sie schwieg.

»Er war nicht bei Ihnen im Bett, zumindest nicht die ganze Nacht.«

»In der Frühe war er da.«

»Damit haben Sie auch kein Alibi, Frau Mair. Wo waren Sie in der Nacht? Nicht auch im Feld? Haben Sie Ihren Schwiegervater getötet? Weil er so viel Elend über Sie alle gebracht hat?«

»Ich, wieso ich?« Sie war wirklich konsterniert. »Ich?«

»Da war ja eine echte Völkerwanderung zugange auf dem alten Winterweg. Ihr Mann sagt, er habe den Vater nur noch tot aufgefunden. Auch Andrea Lorenz will ihn nur noch tot entdeckt haben. Waren Sie kurz vorher vor Ort? Haben Sie Sebastian Mair erstochen?«

»Nein!«

»Wir würden gerne eine Speichelprobe nehmen und Fingerabdrücke«, sagte Evi kühl.

»Sie sind ja verrückt!«

»Die einen sagen so, die anderen so«, warf Weinzirl ein.

»Dürfen wir?«, wiederholte Evi und wedelte mit einem Röhrchen.

»Bitte! Ich war das nicht!«

Das war der meistgehörte Satz in ihrem Job, dachte Weinzirl. Und zudem glaubte er ihr, aber auch er war schon Irrtümern aufgesessen.

»Sie haben uns vermittelt, dass Ihr Schwiegervater gar nicht so schlimm war! Sie wollten uns doch nur manipulieren! Davon ablenken, dass Sie ihn getötet haben«, sagte er.

»Nein, das war keine Finte, keine Manipulation. Das ist immer noch meine Meinung. Es gibt nicht nur Schwarz oder Weiß. Er hatte auch gute Seiten. War er nicht auch nur ein Opfer seiner Historie? Ist das nicht eine ganz und gar traurige Geschichte?«

Ja, verdammt noch eins: Ja! Das war eine traurige und tragische Geschichte, die die Welt eines wahrscheinlich ein bisschen linkischen Bauersbuben zerstört hatte. Er stammte aus dieser Generation »Ein Junge weint nicht«, »Ein Indianer kennt keinen Schmerz«. Hatte einen groben Vater gehabt, seine männlichen Vorbilder waren sicher alle grob und hart gewesen. Hart wie Kruppstahl?

Weinzirl war auch eher in dieser Tradition aufgewachsen, wobei seine Oma ihn auch darin bestärkt hatte, mal zu weinen. »Bua, heul amol, des reinigt«, hatte sie gesagt. Und der Opa war eher ein stiller Mann gewesen, aber keineswegs unemotional.

Seine »Viecher« hatten ihm alles bedeutet. Weinzirl hatte daheim eigentlich nicht den Eindruck festgeschriebener Geschlechterrollen gehabt. In Sebastian Mairs Welt war das sicher anders gewesen.

»Wollen Sie mich auch noch verhaften?«, fragte sie.

»Momentan nicht«, sagte Evi.

»Wie großzügig! Würden Sie mich entschuldigen? Ich habe einen Hof.«

»Wenn Ihr Mann verurteilt wird, machen Sie dann weiter mit der Landwirtschaft?«, fragte Evi.

»Er wird nicht verurteilt. Weil er es nicht war. Und ich auch nicht!«

»Wo ist eigentlich Poldi?«, fragte Weinzirl.

»Bei Leandra. Er hat da etwas Hundegesellschaft. Er ist die ganze Zeit so traurig.« Sie drehte sich einfach um und ging.

Der Betriebshelfer ging ebenfalls grußlos an ihnen vorbei. Sie waren hier nicht wohlgelitten. Aber das waren sie selten.

»Evi, mach dir morgen einen schönen Tag, wir werden bis Montag auf Ergebnisse warten müssen. Ich schicke die Proben von Nika Mair auch los. Und ich wette: Da wird am Montag Bewegung in die Sache kommen.«

»Dein Wort in was auch immer. Puh, ich bin gespannt«, stöhnte Evi.

»Wollen wir eine Wette abschließen?«, lächelte Weinzirl.

»Haha, sehr witzig, und ich kann beim besten Willen keinen Tipp abgeben. Du etwa?«

»Nein, eigentlich nein.«

»Wir können dann ja noch eine vierte Person aus dem Hut zaubern«, sagte Evi.

»Nein, nein und nochmals nein.«

Er fuhr schließlich vom Büro nach Hause und hatte Glück. Es gab die Option, Holz für den Kachelofen zu spalten. Eine wunderbare Tätigkeit, die in ihrer Monotonie wirklich half.

FÜNFZEHN

Sonntag

Aber der Sonntag kam, womit sollte er den füllen? Er ging laufen, räumte auf. Putzte die Wohnung, was aber auch nicht tagesfüllend war. Es war gerade mal halb vier Uhr. Plötzlich überkam ihn eine Idee. Er rief Baier an.

»Baier, Sie können Nein sagen.«

»Wozu?«

»Würden Sie mit mir auf einen Hochsitz gehen? Einfach nur sitzen?«

Baier sagte nichts.

»Okay, die Idee war blöd.«

»Nein, ich war nur etwas überrascht. Seit wann brauchen Sie wen zum Schweigen? Das können Sie doch auch alleine.« Da Weinzirl nichts sagte, ergänzte er: »Wir treffen uns in einer Stunde in Ingenried. Wissen Sie, wo der Dorfladen ist?«

»Den find ich.«

»Gut, schade, dass der heut geschlossen hat. Sonst ein guter Ort für eine Leberkassemmel.« Baier legte auf.

Weinzirl war etwas zu früh da. Ingenried war noch eine Schattierung dieses merkwürdigen Landkreises. Bäuerlich, weniger dem Götzen des Tourismus verpflichtet, und die Kombination aus Dorfladen und Bäckerei war, wie Baier gesagt hatte, leider geschlossen. Sah aber einladend aus, und Weinzirl überlegte, dass Ingenried auch ein guter Platz zum Leben sein könnte.

Neben ihm parkte ein schwarzer Jimny. Baier winkte heraus und zeigte an, dass Weinzirl einsteigen sollte.

»Habe die Ehre«, sagte Baier. »Haben Sie jetzt die Jagd für sich entdeckt?«

»Baier, ich überlege wirklich, den Jagdschein zu machen.

Wir haben so viel gehört in den letzten Tagen. Ich kann nichts davon wirklich einordnen. Ich weiß viel zu wenig über Flora und Fauna. Und ich könnte versuchen, nicht einer dieser Jungjäger zu werden, die Sie nicht so schätzen.«

»Hmm, gar keine so dumme Idee. Könnte was für Sie sein. Sie sind ja kein Hektiker. Gehen Sie dann zur schicken Ellen?«

»Baier, ich wähle die Jagdschule doch nicht nach der Optik der Lehrerin aus.«

Baier grinste. »Grad Sie nicht, Weinzirl, oder? Ellen macht das wirklich gut, natürlich moderner. Es sind nun andere Zeiten, ganz andere. Ich muss mich nicht mehr dran gewöhnen.«

Er fuhr über ein paar kleine Sträßchen und stoppte am Ende eines Feldweges.

»So, wir gehen auf den Bock.« Er nahm eine Büchse heraus. »Kommen Sie, Weinzirl.«

Sie stiefelten etwa fünf Minuten zu einem Hochstand, der über eine große Wiese blickte, die auf drei Seiten von Wald umzäunt war.

Sie stiegen empor, Baier legte eine Lodenunterlage auf den Sitz.

»Wegen der Hämorriden«, sagte er und drückte Weinzirl einen Feldstecher in die Hand.

Man hörte irgendwo einen Hubschrauber brummen, wahrscheinlich war wieder ein Bergsteiger oder E-Biker irgendwo abgeschmiert. Sonntage mussten in den Kliniken die Hölle sein. Weinzirl beobachtete einen Milan, der seine Kreise zog und dann in einer hohen Fichte landete. Drei Elstern flogen schimpfend durchs Bild. Zumindest nahm Weinzirl an, sie schimpften. Und dann trat ein Reh aus dem Wald. War das jetzt eine Ricke? Oder eine Geiß? Er war in dieser Jägersprache nicht daheim. Ihr folgten zwei Kitze, diese gesprenkelten Tierchen, die so bezaubernd aussahen. Eines puffte die Mutter unsanft in die Seite, es schien kaum Zeit zu haben, ans Gesäuge zu kommen. Er sah zu Baier hinüber, der lächelte. Ein weiteres Reh ließ sich blicken, es kam Weinzirl schlanker vor als die Mama der beiden Kitze.

Er hätte nicht sagen können, wie viel Zeit verging. Die beiden Kitze machten ein paar Bocksprünge, Tierkinder, die durch Spielen lernten. Sie zogen in Richtung des Waldrandes auf der anderen Seite der Lichtung, und dann tauchte ein Bock auf. Das Glas, das Baier ihm gegeben hatte, war wirklich sehr gut. Er konnte zählen, dass das Tier sechs Enden am Geweih hatte. Hieß das Geweih? Er sah in diese tiefen Augen und auf die lackschwarze Schnauze, das umgebende Fell war auch schwarz, bis es in Braun überging. Es passierte nichts, und Weinzirl fühlte, wie sehr er für den Bock bangte. Was, wenn Baier ihn schießen würde? Aber nichts passierte. Sie saßen noch bis zur völligen Dunkelheit da, außer einem Feldhasen, der in hohen Sprüngen kreuzte, war da nichts mehr zu sehen. Schließlich stiegen sie hinab und gingen schweigend zum Auto.

»Warum haben Sie nicht geschossen?«, fragte Weinzirl.

»Weinzirl, Sie müssen Ihren Blick schärfen. Was haben Sie gesehen?«

»Einen mit sechs Enden? Heißt das so?«

»Ja, ein Sechser.«

»Seine Hörner …«

»O weh, Weinzirl! Boviden oder Hornträger sind immer Wiederkäuer und Paarhufer. Zu ihnen gehören Rinder, Schafe, Ziegen, Gämsen, Steinböcke, Gnus und verschiedenste Antilopen und Gazellen. Sie alle haben Hörner. Hörner werden nicht abgeworfen, sie wachsen das ganze Tierleben weiter. Cerviden – von lateinisch Cervus, Hirsch – haben ein Geweih, das sie abwerfen. Hier haben nur die Männchen den Kopfschmuck, außer bei den Rentieren, die zu den Hirschen gehören und bei denen Weibchen ebenfalls ein kleines Geweih haben. Auch sie sind Wiederkäuer wie Damwild, Rotwild, Rehwild, Rentiere und Elche.«

»Sie sehen, der Jagdschein täte mir gut. War das mit den Kitzen wenigstens eine Ricke?«

»Ja, wir sagen in Bayern aber eher Geiß. Sie ist mindestens drei Jahre alt, das neben ihr war ein Schmalreh, zweijährig, ich nehme an, die Tochter vom Vorjahr.«

»Und der Bock, der war sechs, wegen den Enden?«

»Ein Mythos! Größe des Geweihs und die Anzahl der Enden sind kein verlässlicher Hinweis auf das Alter. Größe und Beschaffenheit des Gehörns sind abhängig von der Ernährung und der Veranlagung des Rehbocks und haben keinerlei Aussagekraft bezüglich des Alters. Sie müssten schon seine Zähne sehen.«

»Jetzt haben Sie aber auch Gehörn gesagt!«

»Ja, das macht die Jägersprache beim Rehbock, aber streng biologisch ist es ein Geweih.«

»Kompliziert.«

»Eher komplex«, sagte Baier. »Was wollten Sie ursprünglich wissen?«

»Warum Sie nicht geschossen haben?«

»Zum einen, weil er nicht so stand, dass ich verlässlich in die Kammer hätte treffen können. Aber mehr noch, weil das Holger ist.«

»Holger?«

»Ja, Holger, der ist eine Handaufzucht eines Kollegen von mir, und er hat eine Ohrmarke. Das ist Ihnen entgangen, Weinzirl.«

»Und alle achten das?«

»Hier bei uns im Revier ja, wenn er irgendwo übertritt oder ein Jagdgast schießt, dann sieht es schlecht aus für Holger.«

Mittlerweile waren sie wieder an Weinzirls Bus angelangt.

»Danke, Baier. Das war sehr eindrucksvoll.«

»Das könnte was werden mit Ihnen und der Jagd«, brummte Baier. »Gehen Sie doch mal mit der Susa mit.«

Weinzirl sah Baier an. »Wie kommen Sie auf Susa?«

»Wie lange kennen wir uns, Weinzirl?«

»Lange.«

»Weinzirl, ich hab das an Ihrem Blick gesehen. Wenn Sie da Ambitionen haben und Chancen, nutzen Sie die. Sie können Miri nicht ewig hinterhertrauern. Susa sollte das bei ihrem narzisstischen Ex-Mann auch nicht tun. Aber wenn da was entsteht,

Weinzirl, dann halten Sie das endlich mal fest. Sie werden ja nicht jünger. Diese Frau ist ein Juwel.«

Weinzirl war völlig überrascht. So privat war Baier noch nie geworden. Und es rührte ihn. Baier machte sich über ihn, Gerhard Weinzirl, Gedanken!

»Baier, ich …«, hob er an.

»Passt schon. Ich hoffe, Sie konnten abschalten?«

In der Tat hatte er nicht mehr an den Fall gedacht. »Ja, tatsächlich«, sagte er überrascht.

»Sehen Sie, das ist der Grund, weswegen ich damit begonnen habe. Ich habe auch zu viel mit nach Hause genommen. Servus, Weinzirl, wenn Sie mal wieder mitkommen wollen, gerne.«

»Danke«, sagte Weinzirl, und das umfasste weit mehr. Auch Baier wusste das.

Er war um halb elf zu Hause und war besserer Dinge als die Tage zuvor.

SECHZEHN

Montag

Evi tauchte mit einem Sonnenbrand auf der Nase im Büro auf, nach ihren Aussagen war sie am Balkon eingeschlafen.

»Och, Pink steht dir«, lästerte Weinzirl.

Evi sagte nichts dazu, sie saßen beide wie auf heißen Kohlen. Beide Verdächtige befanden sich noch in U-Haft, aber die Anwälte rotierten, um sie herauszuholen. Und sie befanden sich auf dünnem Eis.

»Weinzirl, ich brauche etwas Konkretes«, hatte es aus der Staatsanwaltschaft geheißen. Und Weinzirl hoffte auf die Ergebnisse.

Es gab ja DNA von beiden Verdächtigen und auch von Nika, er klammerte sich an die Hoffnung, dass irgendein Fitzelchen einen oder eine überführen würde. Und je länger er darüber nachdachte, desto weniger wollte er sich festlegen. Er fühlte sich wie auf einem Teufelsrad, und die Fliehkraft drohte ihn über den Rand zu schleudern.

Die Aussagen der Spurensicherer, die gegen Mittag Ergebnisse präsentierten, machten es nicht besser. Sie hatten an der Leiche keinerlei Spuren von einem der drei gefunden. Es blieb bei den Hunde- und den Karnickelhaaren. Es gab Fingerabdrücke von Hansi Mair an Rad und Rucksack, aber das deckte sich ja nur mit seiner Aussage, dass er beides hatte verschwinden lassen.

Die Gesichter all dieser Menschen zogen an ihm vorbei. Ellen Steinbeck, Reimann, Socher und dessen Frau, Leandra mit den Spaniern. Da war Susa, an ihr blieb er hängen. Wie es ihr wohl ging? Und suchten sie jetzt wirklich noch den ominösen Vierten?

Es war elf Uhr, als der Rechtsmediziner dran war. Weinzirls Blick war gerade auf einen Ordner gerichtet, der aufgeklappt auf dem Schreibtisch lag. Die Metallkrallen, die das Papier zu halten hatten, stakten nach oben. Auch ein Bild, das er nie mehr vergessen würde, weil das Gehirn zwei Einzelereignisse verknüpfte.

»Herr Weinzirl, ich bin bestürzt!«

»Hmm?«

»Ich habe Ihnen ja gesagt, dass er sich durch den Griff in die Messerklinge akzidentielle Verletzungen an den Händen zugezogen hat, die als aktive Abwehrverletzungen fehlinterpretiert wurden, sodass zunächst von einem Tötungsdelikt ausgegangen werden musste. Aber ich befürchte, dass wir es hier mit einer Selbsttötung zu tun haben!«

»Wie? Was?«

»Es geht um eine Selbsttötung.«

»Sie behaupten, der Mann hätte sich selbst erstochen? Das ist doch Bullshit!«

»Wenn Sie in Ihrem Berufsleben noch keinen derartigen Fall erlebt haben, ist das völlig normal. Das ist, zugegeben, auch ungewöhnlich. Ich habe ja auch versagt. Wir sind zunächst von einem Fremdverschulden ausgegangen. Aber solche Fälle gibt es in der Tat doch immer wieder.«

»Aber kann man sich so verletzen, dass es tödlich ist?«

»Sicher.«

»Der Mann war Jäger, er hätte doch eine Pistole oder ein Gewehr genommen!«

»Herr Weinzirl, wenn der Mann in einer psychischen Ausnahmesituation war? Er hatte kein Gewehr zur Hand. Er hatte ja keines bei sich, oder?«

»Nein«, presste Weinzirl heraus.

»Sehen Sie, und ganz so unwahrscheinlich ist das gar nicht. Suizid durch einen spitzen Gegenstand steht auf Platz sieben der Methoden, gleich nach den Feuerwaffen. Im Jahr 2021 haben sich deutschlandweit neuntausendzweihundertfünfzehn

Menschen das Leben genommen. Ähnlich den Vorjahren war mit rund vierundvierzig Prozent oder viertausendfünfunddreißig Fällen Erhängen die mit Abstand verbreitetste Methode; gefolgt von Sturz in die Tiefe mit achthundertsiebenundneunzig Suiziden und Arzneimittel- beziehungsweise Drogenmissbrauch mit achthundertzwanzig Suiziden. Jahr für Jahr sterben in der Bundesrepublik zwischen neuntausend und zehntausend Menschen durch Selbsttötung, da bleiben die Zahlen relativ konstant. Allerdings gibt es deutliche Unterschiede in der Geschlechter- und Altersverteilung. So bringen sich deutsche Männer mit fünfzehn Komma fünf Selbstmorden je hunderttausend knapp dreimal so häufig um wie Frauen. Auch steigen die Suizidraten mit voranschreitendem Alter deutlich an: Sie liegen bis zum Alter von fünfundvierzig Jahren unter dem Bundesdurchschnitt, sie steigen ab dem siebzigsten Lebensjahr auf rund sechzehn Komma vier je hunderttausend. In der Altersgruppe der über Fünfundachtzigjährigen sind wir schon bei fünfunddreißig Komma fünf je hunderttausend. Sie sehen, wirklich nicht so ungewöhnlich.«

»Und da gibt es gar keinen Zweifel?«

»Nein, ich lass Ihnen alles zukommen, wie gesagt. Ich bin bestürzt, es tut mir leid, dass ich Sie so lange im Unklaren gelassen habe. Aber erst Ihr Wunsch nach einer erneuten Suche nach Spuren der drei Verdächtigen und das völlige Fehlen derselben hat uns nochmals anders hinsehen lassen. Herr Weinzirl, die Unterlagen maile ich gleich.«

Weinzirl sackte regelrecht in sich zusammen. Erhob sich, als wäre er ein uralter Mann. Ging zum Fenster. Er wusste nicht, wie viel Zeit vergangen war, bis Evi eintrat.

»Geht's dir gut?«

»Nein!«

»Weinzirl?«

»Der Rechtsmediziner hat angerufen. Und was er sagt, ist, ist …«

»Es war doch Nika?«

»Nein.«
»Hansi?«
»Nein.«
»Andrea? Der hätte ich das am wenigsten zugetraut«, sagte Evi staunend.
»Nein.«
»Du willst mir nicht sagen, dass wir von vorne anfangen müssen?«
»Nein.«
»Weinzirl, hast du sie nicht mehr alle?«
»Evi, das war ein Suizid!«
Die Überraschung war auf seiner Seite, Evi starrte ihn völlig entgeistert an.
»Evi, er hat sich selber das Messer in die Brust gestochen, das sei zweifelsfrei so.«
Es war lange still.
»Man stößt sich doch kein Messer selbst in die Brust, wie gruselig ist das denn?«
»Ich hatte ein paar Minuten mehr als du. Ich habe nachgedacht. Da sitzt der alte Mann mal wieder in seiner Hütte. Rächt sich an Bibern und Rehen, weil er all die langen Jahre nirgendwo hinkonnte mit seiner Trauer und Wut. Und dann steht da eine Frau von über sechzig Jahren vor ihm. Die Hansi so ähnlich sieht, dass es keinen Zweifel gibt. Alles wird vor ihm wie ein Film abgelaufen sein. Und er war komplett überfordert. Und doch zufrieden. Für ihn war das ein Endpunkt, vielleicht der, auf den er immer gewartet hatte. Jetzt konnte nichts mehr kommen.«
Evi sah ihn immer noch entgeistert an.
»War der ein Selbstmordkandidat? Und wenn, hätte er nicht zu einer anderen Waffe gegriffen?«
»Das war auch mein erster Impuls. Aber zum einen hatte er keine dabei, und zum anderen wollte er vielleicht Buße tun. Dafür, nie überlegt zu haben, dass das Kind leben könnte. Dafür, dass Martin Lutz sich angezündet hat. Es kann für ihn das folgerichtige Ende gewesen sein.«

»Aber das ist doch feige! Er hätte seine Tochter noch kennenlernen können!«

»Evi, ein alter, sturer, kranker Mann. Er wusste um seinen Krebs, glaube ich. Vielleicht wollte er ihr das ersparen. Und er sah, dass es nun gut war. Sein Kind lebte. Und er vertraute auf Hansi, dass der die Schwester gut aufnehmen wird. Manche gehen, andere leben weiter. Er war Bauer, da geht es nur ums Wachsen und Vergehen. Ich verstehe ihn irgendwie.«

»Weil du, weil du …«

Weinzirl lächelte. Und sagte innerlich: Weil du auch ein alter, sturer Mann bist. »Evi, wir müssen die Staatsanwaltschaft informieren, den Pressesprecher. Für Andrea Lorenz und Familie Mair wird es ein Schock sein. Und eine Chance.«

Epilog

Einige Tage nach der ungeheuerlichen Nachricht fuhr Weinzirl mit seinem Bus zum Hof der Mairs.

Die Mairs saßen auf der Terrasse. Blickten auf.

»Ich bin einer der blöden Touristen, die überall rumrollern«, lächelte er.

»Bier?«, fragte Hansi Mair.

»Gern.«

Er kam mit drei Flaschen wieder, sie stießen nicht an.

»Ich wollte Ihnen sagen, dass die Leiche freigegeben ist. Sie konnen Ihren Schwiegervater beerdigen.«

»Das ist schön«, sagte Nika. »Und, Herr Weinzirl?«

»Ja?«

»Es tut uns leid. Wir waren nicht so sehr kooperativ.«

»Na ja«, sagte Weinzirl. »Augen auf bei der Berufswahl. Das bin ich gewohnt. Aber wie geht es Ihnen denn jetzt?«

»Wir sind am Verarbeiten. Wenn wir das alles gewusst hätten, hätten wir den Schwiegervater besser verstanden. Ihm helfen können.«

»Womöglich hätte er das gar nicht zugelassen«, sagte Weinzirl leise und war froh, die Sache mit dem Krebs nie erwähnt zu haben.

Sie tranken alle drei, der Hahn krähte wieder. Ein Trupp frecher Spatzen lärmte in der Buchenhecke. Die Luft roch nach dem Sommer, der in den Startlöchern stand.

»Aber was schön ist, was uns so sehr freut, ist«, begann Nika und nahm die Hand ihres Mannes, »dass Andrea kommt.«

»Wie?«

»Sie zieht in das alte Haus. In Sebis Haus. Sie hätte in Pflaumdorf sowieso ausziehen müssen, die haben ihr wegen Eigenbedarf gekündigt.«

»Das ist ja wunderbar.«

Hansi nickte. »Besser spät als nie. Und, Herr Weinzirl, jetzt, wo Sie grad da sind …«

»Ja?«

»Herr Weinzirl, könnten Sie den Hund nehmen?«

»Den Hund?«

»Poldi. Leopold. Ich hab keinen so rechten Draht zu ihm. Nika ist eh allergisch. Und er versteht sich gar nicht mit Andreas Hund. Die hassen sich.«

»Und er erinnert uns an alles. Er kann doch nichts dafür«, schob Nika nach.

»Aber ich …«

»Ja, ich weiß, es war nur so eine Idee. Weil ich den Eindruck hatte, da wäre etwas zwischen Ihnen. Aber natürlich: Sie haben keine Zeit. Vielleicht finden wir einen Jägerkollegen, der ihn nimmt. Er ist sehr gut erzogen. Entschuldigen Sie.«

Poldi saß nur da und sah Gerhard unverwandt an.

»Nein«, sagte er.

»Ja, ich verstehe Sie.«

»Nein, ich meine, Sie müssen sich nicht entschuldigen. Die Idee ist nicht dumm. Es ist nur so, dass mein Hund erst vor Kurzem gestorben ist.«

»Das tut mir leid.«

»Er war, wir waren …«

»Eine große Liebe? Die bleibt er doch. Aber es gibt womöglich eine andere Liebe? Lieben sollte man nie vergleichen«, sagte Nika.

Sie traf ihn ins Mark. Poldi schaute immer noch unverwandt, und dann blinzelte er plötzlich. Und gähnte. Eine Übersprungshandlung. Er wusste, dass es um alles ging.

Weinzirl nickte. »Komm, Poldi.«

Der erhob sich und setzte sich artig neben Gerhard.

»Ich habe noch Sachen für ihn. Leinen und so«, sagte Nika.

»Ich glaube, wir gehen mal shoppen. Wir beginnen von vorne«, sagte Weinzirl und wandte sich schnell um, damit Nika seine Tränen nicht sah. Poldi sprang in den Bus, als hätte er das immer getan. Weinzirl sah sich um, dann lächelte er. »Willkommen, Kumpel.«

Poldis Augen zwinkerten ganz kurz.

Weinzirl fuhr los, ab und zu sah er nach hinten. Der Hund lag entspannt im Bus. Weinzirl lächelte. Nun hatte er einen Jagdhund, dann musste er ja den Schein machen. Kurz vor Weilheim telefonierte er. Sie ging ran.

»Oh, hallo, Gerhard Weinzirl!«

»Ist das mit dem Date noch aktuell?«

»Natürlich!«

»Gibst du mir noch ein paar Tage? Ich habe nämlich einen neuen Mitbewohner. Poldi.«

»Poldi?«

»Ein Hund.«

»Gerhard, das ist großartig! Ich könnte auch zu dir kommen, wenn er sich etwas eingelebt hat. Um Poldi kennenzulernen. Natürlich nur, wenn du magst.«

»Ich mag. Bis sehr bald. Und, Susa?«

»Ja?«

»Ich freu mich.«

»Ich mich auch.«

Weinzirl lächelte Poldi an, der ihn wieder unverwandt ansah.

Es gab keine Alternative zur Liebe.

Nachwort

Weinzirl is back! Immer wieder haben mich auf Lesungen Leute angesprochen, dass sie meine Irmi Mangold schon auch mögen, sich aber sehnlichst einen Weinzirl wünschen. Buch auf Bestellung? Nicht ganz! Ich habe immer nur die Bücher geschrieben, die mir wirklich am Herzen lagen, in deren Mitte ein Thema steht, das mich berührt hat, fasziniert, beklommen gemacht.

Als ich letztes Frühjahr die Arbeit einer Kitzretter-Gruppe als Journalistin begleitete, war es da – das Thema! Es ist großartig, wie eine Drohne Kitze vor dem sicheren Mähtod retten kann, es ist unschätzbar, dass Ehrenamtler Zeit und Passion einsetzen, früh aufstehen und alles geben, um ein Tierkind zu retten. Und gleichzeitig verkünden deutsche Staatsforsten in einigen Bundesländern, dass sie das Reh total abschießen wollen. Ethisch und biologisch totaler Wahnsinn! Die angeblich fresswütigen Rehe sind nicht schuld am Sterben der Wälder. Wald ist außerhalb von Nationalparks immer Wirtschaftswald, ist eine Plantage, aber kein Naturraum mehr. Und neuerdings wird auch noch der Deckmantel des Klimaschutzes darübergebreitet. Aber wegen des verbeißenden Wildes stirbt kein Wald, er stirbt an brachialen Starkwindereignissen, er stirbt am Borkenkäfer, der sich – begünstigt durch den Klimawandel – immer schneller und öfter vermehrt. Rehfreie Wälder retten diese Welt nicht mehr. Jede Lebensform, jedes Tier hat einen Sinn im ökologischen Gefüge! Man redet allerorts vom Artensterben und will eine Art am liebsten ausrotten? Die einzige Art, die gar keinen Sinn hat, ist der Mensch …

Da ist es, das Thema, das einen Weinzirl, der mit Emotionen ja nicht so verschwenderisch umgeht, ganz schön umtreibt. Auch weil ihn diese böse alte Familiengeschichte tief drinnen trifft. An der Stelle möchte ich mit aller Deutlichkeit sagen: Diese

Geschichte, all ihre Akteure, sind erfunden. Leser neigen dazu, wenn ihnen Geschichten geografisch auf den Pelz rücken, wenn die Orte real sind, auch die Geschichten dahinter für real zu erachten. »Die Förg« hat niemand gemeint, aber sie will ihre Geschichten in einer realen Landschaft verorten und kein Lummerland mit dem Dorf Oberöd vor den Bärenbergen erfinden. Ob so eine Geschichte sich so hätte ereignen können, das mag jeder und jede selbst überlegen.

Was ich getan habe: Ich habe echte Schulaufsätze von Kindern Ende der fünfziger Jahre, Anfang der sechziger Jahre gelesen und daraus exzerpiert. Und meine Verblüffung war die von Evi: auf mehreren Seiten kaum Rechtschreibfehler, die Schrift wie gestochen, differenzierte Wortwahl. Kein Kind 2024 brächte das noch zusammen …

Danke an Herbert Sieber für sein historisches Wissen, danke an die Kitzretter Lechbruck, danke an die Jagdschule Schongau, danke an eine ganze Reihe von besonnenen Jägern und auch danke an Petra Gemeinhardt für Einblicke in die Zucht von Meersäuen. Danke an die umsichtige Lektorin Marion Heister und letztlich an all die, die genervt haben wegen der Auferstehung des guten alten Weinzirls!

Nicola Förg
HUNDSLEBEN
Broschur, 224 Seiten
ISBN 978-3-89705-615-2

»Nicola Förg entfesselt wieder die kriminelle Energie im bayerischen Idyll, spürt wortgewandt bösen Buben nach und schaut nebenbei tief in ländliche Seelen. Ein Heimatkrimi der besten Sorte.« Münchner Merkur

»Ein Krimi voller Spannung, aber auch hintergründigem oberbayerischen Humor.« Bayern im Buch

Nicola Förg
MARKTTREIBEN
Broschur, 208 Seiten
ISBN 978-3-89705-786-9

»Nicola Förg hat die Befindlichkeiten der Menschen im Oberland und ihrer Romanfiguren einmal mehr geschickt mit der Handlung in ›Markttreiben‹ verwoben.« Kreisbote

Nicola Förg
DONNERWETTER
Klappenbroschur, 192 Seiten
ISBN 978-3-95451-140-2

»Unterhaltsam, flüssig geschrieben und mit gelungenen Schlenkern in der Handlung. Auf Förg ist Verlass, nicht von ungefähr gehört die Oberbayerin zu den erfolgreichsten deutschen Krimiautorinnen.« Stadtblatt Osnabrück

»Bestsellerautorin Nicola Förg erzählt wie gewohnt souverän, mit Esprit und herzhaftem Humor einen gut konstruierten Kriminalfall. Mit viel Gespür für die oberbayerische und Allgäuer Mentalität und detaillierten Ortskenntnissen fesselt Förg den Leser und nimmt ihn mit auf den mystischen Auerberg. Ein urbayerischer Heimatkrimi der besten Sorte.« Kreisbote Oberallgäu

»Nicola Förg verwebt geschickt Spannung mit geschichtlichen Daten und Entwicklungen. Vor allem die Allgäuer Fans von Nicola Förgs treuen Lesern dürften bei ›Donnerwetter‹ auf ihre Kosten kommen.« Allgäuer Zeitung

www.emons-verlag.de